JACQUELINE LOCHMÜLLER

TOD IM FICHTELGEBIRGE

Kriminalroman

emons:

LChoice
Hier bestellen

Lust auf mehr? Laden Sie sich die »LChoice«-App runter, scannen Sie den QR-Code und bestellen Sie weitere Bücher direkt in Ihrer Buchhandlung.

Bibliografische Information der Deutschen Nationalbibliothek
Die Deutsche Nationalbibliothek verzeichnet diese Publikation in der Deutschen Nationalbibliografie; detaillierte bibliografische Daten sind im Internet über http://dnb.d-nb.de abrufbar.

FSC www.fsc.org
MIX
Papier aus verantwortungsvollen Quellen
FSC® C083411

Umschlagmotiv: Lie Avison/Arcangel.com
Umschlaggestaltung: Nina Schäfer, nach einem Konzept von Leonardo Magrelli und Nina Schäfer
Umsetzung: Tobias Doetsch
Gestaltung Innenteil: César Satz & Grafik GmbH, Köln
Lektorat: Dr. Marion Heister
Druck und Bindung: CPI – Clausen & Bosse, Leck
Printed in Germany 2019
ISBN 978-3-7408-0656-9
Originalausgabe

1

Robert Sander stieg aus der Dusche, griff nach dem flauschigen weißen Handtuch mit der goldfarbenen Stickerei »Arcona Living München«, das neben dem Waschbecken lag, und trocknete sich ab. In einer halben Stunde wollte er sich mit seinen Kollegen im Separee des Hotels zum gemeinsamen Abendessen treffen.

Er rubbelte mit dem mittlerweile feuchten Duschtuch über seine dunklen Haare und warf das Handtuch auf die Ablage über dem schmalen Heizkörper, von der es wieder herunterrutschte und als zerknüllter feuchter Haufen vor seinen Füßen landete. Er bückte sich, faltete es rasch und ungleichmäßig zusammen und legte es zurück auf das Gittergestell.

Ehe er das kleine Badezimmer verließ, prüfte er seinen Bartwuchs im Spiegel und strich mit der Hand übers Kinn. Er überlegte, ob er noch einmal mit dem Rasierer übers Gesicht fahren sollte, und entschied sich dagegen. Es reichte, wenn er sich morgen wieder rasierte.

Robert betrat das Zimmer, das er für die Dauer seiner Fortbildung in Sachen Medikationsberatung von Schwangeren für Apotheker im Arcona Living gebucht hatte. Es lag im zweiten Stock des Hauses. Durch die großen blank polierten Fenster konnte er den strahlenden Sonnenschein an diesem Julitag sehen. Draußen war es heute unerträglich heiß, und auch jetzt am frühen Abend hatte die Hitze die Stadt fest im Griff, doch die Klimaanlage hielt die Temperatur im Raum konstant auf angenehmen zwanzig Grad.

Er überlegte, ob er Mareike anrufen sollte, um zu hören, wie es ihr und den Kindern ging und ob in Bayreuth auch solch backofenartige Temperaturen herrschten. Er beschloss, den Anruf auf später zu verschieben. Es war jetzt halb sechs, und vermutlich aß sie eben mit den Kindern zu Abend.

Über dem Herrendiener neben dem Bett hingen ein weißes Hemd und ein dunkles Sakko. Beides hatte er heute tagsüber getragen. Er nahm eine helle Bundfaltenhose und ein blaues Poloshirt aus seinem Koffer, der aufgeklappt auf dem Kofferträger neben dem Schreibtisch stand. Jetzt, für den Abend, mochte er es lässig.

Robert zog sich an, richtete den Kragen des Poloshirts und griff nach seinem Kamm. Vor dem hohen Spiegel, der zwischen Kofferträger und Schreibtisch hing, überprüfte er seine Frisur. Danach trat er in den winzigen Flur des Hotelzimmers. Dort standen drei Paar Schuhe, ordentlich an der Wand aufgereiht. Ein Paar schwarze glänzende Lackschuhe, die er häufig zu seinen Anzügen trug und in denen er sich schon manche Blase gelaufen hatte. Ein Paar Sneakers, die herrlich bequem waren. Die mochte er am liebsten, aber sie waren für seinen Geschmack für offizielle Anlässe zu sportlich, und ein Paar braune Mokassins. Die schienen ihm für das Abendessen und sein Outfit geeignet.

Er ging zurück ins Zimmer und warf einen letzten Blick in den Spiegel. Aus den Augenwinkeln sah er, dass das Display seines Handys, das auf dem Schreibtisch lag, aufleuchtete, und gleich darauf meldete es mit einem brummenden Ton den Eingang eines Anrufes.

Mareikes Antlitz lächelte ihm durch die kleine Scheibe des Telefons entgegen. Robert drückte auf »Gesprächsannahme«.

»Hallo, mein Schatz. Ich hab eben an dich gedacht und überlegt, ob ich dich anrufen soll. Aber dann …« Er brach ab.

Durch den Apparat drang ein eigentümliches Geräusch. Ein Würgen, eine Art Schluchzen, ein lang gezogener Ton, in dem uferlose Qual lag. Von einer Sekunde zur nächsten wurde Robert kalt.

»Mareike?«

»Robert …« Sie keuchte, ihre Stimme schien zu flattern, sie klang hysterisch.

Er bekam Angst. Schreckliche Angst, die er unbedingt von sich fernhalten wollte.

»Mareike, was ist los?« Er musste Ruhe bewahren. Dennoch war ihm jetzt schon klar, dass etwas wirklich Schlimmes passiert war. Mareike war keine Frau, die zu Panik und Übertreibung neigte.

»Robert, die Kinder …«

»Was ist mit den Kindern?« Sein Mund wurde trocken, und sein Magen zog sich zusammen.

»Sie sind … es sind Toni und Natalie. Sie sind …« Jedes Wort wurde von wildem Schluchzen unterbrochen. Plötzlich hätte er sie packen und schütteln mögen. In seine Angst mischte sich Wut.

»Mareike, reiß dich zusammen!«, fuhr er sie an. »Was ist passiert?« Er sprach jetzt laut und eindringlich.

»Sie sind … verschwunden.« Wieder drang ein Keuchen durch die Leitung, abgelöst von wildem Schluchzen.

»Wie, sie sind verschwunden?« Ein winziger Funken Erleichterung mischte sich in seine Furcht. Er hatte die Kinder schon unter einem Lkw liegen sehen. Oder in dem verdammten Pool im Keller ihres Hauses ertrunken. Die Tür zu der kleinen Schwimmhalle war eigentlich immer abgeschlossen. Eigentlich. Wenn Antonia auf einen Stuhl kletterte, reichte ihre Körpergröße inzwischen, um an den Schlüssel zu kommen, der neben der bewussten Tür auf einem Wandbord lag. Es wurde höchste Zeit, ihn woanders zu deponieren. Vielleicht waren die Kinder ausgebüxt. Vielleicht hatte Antonia ihre kleine Schwester an der Hand genommen, und sie hatten St. Johannis erkundet, das Wohngebiet, in dem ihr Haus stand. Das Grundstück war gut gesichert, um Passanten keine Einsicht zu gewähren, mit einem Mäuerchen um den großzügigen Garten und einem hölzernen Eingangstor. Aber es war keine Festung. Es brauchte nur ein Besucher das Tor nicht wieder richtig geschlossen zu haben, schon konnten die zwei nach draußen. Der gegenüberliegende Friedhof hatte auf Natalie schon immer eine magische Anziehungskraft ausgeübt. Vielleicht waren sie dort und spielten zwischen den Gräbern. Es wäre nicht das erste Mal, und es war ja noch nicht dunkel.

»Sie sind … weg. Weg, verstehst du?« Sie sprach jetzt deutlicher, dennoch vernahm er nach wie vor ihr stoßweises Schluchzen.

»Mareike, nun beruhige dich.«

»Verstehst du denn nicht?« Unvermittelt schrie sie ihn an. »Sie sind weg!«

»Was ist mit Fabian?« Er musste die Nerven behalten.

»Der ist bei Lu…kas.«

Robert setzte sich auf die Bettkante.

»Mareike. Hör mir zu. Ich will, dass du mir jetzt genau sagst, was vorgefallen ist. Ganz genau, ja?«

»Ja«, flüsterte sie.

Trotz der etwa zweihundertfünfzig Kilometer Entfernung, die zwischen ihnen lagen, meinte er zu spüren, wie sehr sie sich konzentrierte, ihm zu erzählen, was geschehen war. In den nächsten Minuten erfuhr Robert von der Katastrophe, die in sein Leben eingebrochen war und die sein Dasein zerstörte. Nichts würde je wieder so sein, wie es gewesen war.

2

Kriminalhauptkommissarin Kristina Herbich, sechsundvierzig, Single und keine Kinder, fühlte sich der sieben Personen zählenden Familie, die sich vor ihrem Schreibtisch im Polizeipräsidium versammelt hatte, hilflos ausgeliefert. Die Mutter, deren Alter sie schwer einschätzen konnte, hatte ein Kleinkind von vielleicht einem Jahr, das trotzte, zappelte und quengelte, auf dem Schoß sitzen, weitere fünf Kinder scharten sich um sie, alle dicht aneinandergedrückt. Das älteste Kind, einen Jungen, schätzte Kristina auf circa vierzehn Jahre. Der Dolmetscher, ein etwa dreißigjähriger Afghane mit dem Namen Arman Pazwak, der seit etlichen Jahren in Deutschland lebte, übersetzte, was die Mutter der Kinderschar aufgebracht mitteilte.

»Die Familie lebt seit einem halben Jahr in der Gemeinschaftsunterkunft in der Wilhelm-Busch-Straße. Der älteste Sohn ist seit drei Tagen verschwunden. Die Mutter hat ihn das letzte Mal am Freitagabend gegen neunzehn Uhr gesehen. Sie weiß nicht, ob er etwas vorhatte oder sich mit jemandem treffen wollte. Aber er ist bisher nie über Nacht weggeblieben, spätestens gegen Mitternacht war er immer wieder da.«

»Wie alt ist der Sohn?«, erkundigte sich Kristina und wartete ab, bis Pazwak die Frage weitergegeben hatte.

»Neunzehn Jahre«, teilte der Dolmetscher der Kommissarin mit. Kristina griff nach einem Kugelschreiber und notierte sich das Alter auf einem losen Blatt. Der junge Mann war volljährig. Damit waren ihr im Grunde die Hände gebunden, solange er sich nichts hatte zuschulden kommen lassen. Sie fragte nach dem Namen des Vermissten.

»Tarik Ghubar«, informierte Pazwak sie.

Kristina tippte in ihren Computer. Wenn die Familie asylsuchend gemeldet war, mussten alle Familienmitglieder über vierzehn Jahre ordnungsgemäß registriert sein, was wiederum hieß, dass von dem abgängigen jungen Mann unter anderem ein Lichtbild vorhanden sein sollte. Kristina fand nichts.

»Sie haben bisher keinen Asylantrag gestellt?«, wandte sie sich direkt an die Mutter, die ihr buntes Kopftuch tief in die Stirn gezogen trug. Ihr Körper war vom Kragen bis zu den Schuhsohlen in einen weiten braunen Mantel gehüllt, der ihre Gestalt komplett verbarg. Frau Ghubar schüttelte heftig den Kopf, zeigte mit den Händen auf ihre Ohren und ihren Mund und zuckte mit den Schultern. Wieder schaltete sich Pazwak ein.

»Sie hat für sich einen Asylantrag gestellt«, teilte er Kristina mit. »Die Kinder sind nicht zentral gespeichert, weil sie noch unter vierzehn Jahren sind. Tarik ist erst seit einem Vierteljahr in Deutschland. Sie dachte, er hätte sich längst um den Antrag gekümmert.«

Kristina nickte.

»Gibt es ein Bild von ihm? Und was hat er für Kleidung getragen?«, fragte sie weiter. Sie sah so gut wie keine Chance, den jungen Mann aufzuspüren. Knapp neunhundert Flüchtlinge waren derzeit in Bayreuth registriert, dazu kamen all jene, die nicht erfasst waren. Vielleicht hatte Tarik Freundschaften mit anderen Asylanten geschlossen und hielt sich bei diesen auf.

»Es gibt kein Bild«, teilte Pazwak mit. »Er trug eine Jeans und ein dunkles T-Shirt. Er besitzt ein Handy, aber es ist ausgeschaltet, oder der Akku ist leer.«

»Was ist mit dem Vater?«, fragte sie weiter.

»Er soll noch in Afghanistan sein«, übersetzte Pazwak.

Das Kleinkind auf Frau Ghubars Schoß hatte mittlerweile den Daumen in den Mund gesteckt, nuckelte daran, und das Köpfchen sank an die Brust der Mutter.

»Beschreiben Sie Ihren Sohn bitte. Wie groß ist er? Ist er schlank oder eher kräftig?« Kristina versuchte, der Frau in die Augen zu sehen, doch diese mied ihren Blick. Nach einem kurzen Wortwechsel mit dem Dolmetscher wandte sich dieser wieder an sie.

»Er sieht seinem Bruder Hamed sehr ähnlich.« Er deutete auf den ältesten Jungen. Hamed war etwa einen Meter sechzig groß und sehr schlank, beinahe knochig, und seine glatten dunklen Haare waren kurz geschnitten. Kristina unterdrückte ein Seufzen. In ihren Augen sahen unzählige der zugereisten jungen Männer so aus wie Hamed.

Aus der Gruppe der Kinder, die sich bisher eng bei der Mutter gehalten hatte, löste sich ein kleines Mädchen. Seidige schwarze Haare fielen dem Kind bis auf die Schultern. Scheu näherte sie sich Kristinas Schreibtisch, auf der eine Schneekugel stand. Im Inneren befanden sich die Figuren zweier Eisbären, die Mutter und Kind darstellten und sich aneinanderschmiegten. Die Kleine blieb davor stehen und betrachtete konzentriert die Dekoration. Kristina griff nach der Kugel, die sie als Briefbeschwerer nutzte, und schüttelte sie leicht, sodass die künstlichen Schneeflocken durch den gewölbten Behälter schwebten, und ein Lächeln zog die Mundwinkel des Kindes auseinander. Sie streckte die Hand nach der Kugel aus und tippte mit einem Finger dagegen.

»Du darfst sie auch mal schütteln«, bot Kristina an und dachte, noch während sie sprach, dass das Kind sie wohl genauso wenig verstand wie der Rest der Familie.

Das zierliche kleine Mädchen mit der dunklen Haut und

dem schlichten roten Kleid rührte sie. Pazwak, der wohl den gleichen Gedanken hatte, übersetzte und schmunzelte dabei. Die Kleine sah von dem Dolmetscher zu ihrer Mutter und dann zu Kristina, als wollte sie sich vergewissern, ob jeder einverstanden war. Pazwak grinste, Kristina nickte, nur die Mutter schenkte dem Kind keine Beachtung. Vorsichtig griff das Mädchen nach der Schneekugel, musterte die Figuren im Inneren und stellte die Dekoration zurück. Schnell wandte sie sich ab und eilte die wenigen Schritte zurück zu ihren Geschwistern. Kristina lehnte sich in ihrem Stuhl zurück.

»Frau Ghubar«, sprach sie die Mutter des Kindes auf gut Glück an. »Könnte es sein, dass sich Ihr Sohn bei Freunden aufhält? Gab es Streit innerhalb der Familie, oder wäre es möglich, dass er zurück nach Afghanistan wollte? Zu seinem Vater zum Beispiel?«

Frau Ghubar schüttelte unentwegt den Kopf, noch während Kristina sprach. Sie fragte sich, ob die Frau doch einiges von der deutschen Sprache verstand. Wieder schaltete sich Pazwak ein, um die Fragen weiterzugeben.

»Sie hält das für völlig ausgeschlossen. Es gab keinen Streit, und Tarik ist sehr familienverbunden. Er hat versucht, die Rolle des Vaters zu übernehmen, um seine Mutter und die jüngeren Geschwister zu schützen. Niemals wäre er einfach verschwunden.«

Kristina nickte wieder. Letzten Endes konnte sie gar nichts tun, lediglich die Vermisstenmeldung aufnehmen. Es gab kein Bild, nur eine vage Personenbeschreibung und, zumindest soweit sie wusste, keine Straftat, die es zu ahnden galt. Vielleicht hatte der junge Mann Heimweh gehabt, was vielleicht in seiner Kultur als Schwäche galt, und er hatte sich eine Weile zurückgezogen. Oder Frau Ghubar ignorierte die Tatsachen, und es hatte doch Streit oder Freundschaften gegeben, von denen sie nichts wissen wollte. Eventuell hatte Tarik auch ein Mädchen kennengelernt und war bei diesem untergeschlüpft. Mochte es gar eine Deutsche sein, wo die familiären Vorstellungen ganz andere waren, und nun erhoffte sie sich polizeiliche Maßnahmen, um den ungehorsamen Sohn zurückzuholen.

»Frau Ghubar, ich kann Ihnen leider nichts versprechen. Ihr Sohn ist vor dem Gesetz volljährig und zudem, laut Ihrer Aussage, bereits drei Monate im Land. Er darf sich aufhalten, wo er möchte.«

Empört sprang die Frau auf, wobei sie ihr jüngstes Kind fest an sich presste. Das Kleine öffnete die Augen und fing augenblicklich an zu brüllen. Aufgeregt gestikulierte die Mutter, in ihrer Miene deutliche Zeichen von Entrüstung, und gab einen heftigen Wortschwall von sich, wobei sie Kristina zum ersten Mal direkt ansah. Aha. Sie verstand durchaus Bruchstücke der Sprache. Kristina versuchte, Ruhe zu bewahren, obwohl sie sich angegriffen fühlte, ohne die Worte der Frau übersetzen zu können. Die aufgebrachte Tirade, die ihr entgegenschlug, nahm kein Ende.

Mit einer Handbewegung versuchte Kristina, die Frau schließlich zum Schweigen zu bewegen, jedoch ohne Erfolg. Entschlossen stand sie auf.

»Genug jetzt!«, fuhr sie Frau Ghubar an. Überraschenderweise wirkte der scharfe Tonfall. Für Sekunden herrschte Stille im Raum, sogar das Kleinkind hörte verwundert auf zu plärren und musterte Kristina aus tiefschwarzen verweinten Kulleraugen. Tränenspuren zogen sich über das kleine dunkle Gesicht.

»Was hat sie gesagt?«, wandte sich Kristina an Pazwak. Er zuckte mit den Schultern, sein Blick war gleichmütig.

»Sie hat Sie beschimpft und Ihnen Vorwürfe gemacht. Sie würden nichts unternehmen wollen, weil Tarik ein Flüchtling ist.«

»Das ist doch Unsinn!« Nun wurde sie tatsächlich wütend. »Was soll ich denn unternehmen? Der Mann hat sich hier nicht gemeldet, es gibt kein Foto und nur eine spärliche Beschreibung, dafür absolut keine Anhaltspunkte, zu wem er in letzter Zeit Kontakt gehabt haben könnte. Wo sollen wir denn da ansetzen?«

»Ich hab Ihnen nur gesagt, was sie gesagt hat, Frau Herbich.« Sein Gesichtsausdruck war undurchschaubar.

»Gut.« Ihr Ärger wich einer leichten Erschöpfung. »Fragen Sie sie bitte, wie wir sie erreichen können. Über eine Handynummer oder so.«

Sie war überzeugt, der junge Mann würde über kurz oder lang unbeschadet wieder auftauchen.

3

Mareike Sander lag auf dem dunkelroten Sofa mit extra tiefer Sitzfläche, das mit jedem Bett konkurrieren konnte. Ihre Hände ruhten, schweißnass wie ihr gesamter Körper, neben den Oberschenkeln auf den festen Baumwollstoff gedrückt. Ihr Atem ging flach und keuchend, als läge eine Steinplatte auf ihrer Brust. Die letzten Sonnenstrahlen des extrem heißen Sommertages leuchteten in einem schmalen Streifen ins Wohnzimmer. Ihr Verstand funktionierte nicht mehr, stattdessen zerbarst ihr Innerstes ohne Unterlass und unter Höllenqualen.

Es durfte einfach nicht sein, was geschehen war. Natalie und Antonia waren weg. Ihre Kinder, ihr Ein und Alles. Die zarten kleinen Geschöpfe, die ihr der Himmel geschenkt hatte. Sie hatte nicht aufgepasst. Sie war schuld. Sie ganz allein. Sie hatte sämtliche möglichen Gefahren ausgeblendet, und nun war das Schlimmste eingetreten, was einer Mutter passieren konnte. Ihr Leben war zu Ende, ausgelöscht und zerstört, ein einziger Trümmerhaufen. Doch grausamerweise existierte ein Teil von ihr weiter. Jener Teil, der heftigstes Leid erdulden musste, der sich weder schützen noch die Tatsachen verleugnen konnte.

In ein paar Stunden würde Robert hier sein. Sie musste ihm gegenübertreten, sicherlich wiederholen, was sie ihm schon am Telefon gesagt hatte, sie musste seinen Schmerz und sein Entsetzen ertragen, zusätzlich zu ihren eigenen unermesslichen

Qualen. Und sie musste endlich die Polizei verständigen. Das hätte sie eigentlich sofort tun müssen.

Mareike stemmte sich in sitzende Position. Ihre Arme waren unvorstellbar schwer, und sogar zwischen ihren Fingern saß der Schweiß. Es gelang ihr kaum, nach dem Telefon zu greifen. Sie wählte den Notruf.

»Polizei, Notruf«, hörte sie eine junge weibliche Stimme am anderen Ende der Leitung.

»Mareike Sander hier.« Sie krächzte, und ein heftiges Zittern schüttelte sie. Beinahe wäre ihr das Handy entglitten.

»Meine Kinder …« Es ging nicht. Sie konnte es nicht noch einmal aussprechen. Bumm, bumm, bumm, drosch ihr Herz gegen die Rippen, bis hinauf in den Hals.

»Frau Sander? Hallo? Was ist mit Ihren Kindern?«

Antworten. Ich muss antworten. Ich darf nicht verrückt werden. Blitzartig tauchte das Bild ihres Sohnes Fabian vor ihren Augen auf. Für ihn musste sie weiterexistieren.

»Sie sind verschwunden. Weggelaufen. Oder entführt. Ich weiß es nicht.« Ihre Stimme brach, und der nachfolgende Weinkrampf schien ihr Kehle und Brust zu zersprengen.

»Bitte versuchen Sie sich zu beruhigen, Frau Sander. Ich brauche ein paar Informationen von Ihnen«, sprach die diensthabende Angestellte auf sie ein.

Mareike rang nach Luft.

»Wie alt sind die Kinder?« Ruhig und sachlich drang die Frauenstimme an ihr Ohr. Eigentümlicherweise half ihr das, sich ein wenig zu fassen.

»Drei und vier Jahre.« Sie sah ihre zwei kleinen Mädchen vor sich, als stünden sie im Raum und lächelten ihr zu.

»Seit wann vermissen Sie die beiden?«

»Seit … heute Mittag. Ich war … ich habe … es war vor der Norma in Aichig. Ich wollte noch rasch etwas einkaufen, und als ich zurückgekommen bin, waren sie weg.«

4

Kristina Herbich parkte ihren schwarzen Peugeot 206 direkt vor dem Anwesen der Familie Sander im Stadtteil St. Johannis. Das Haus lag gegenüber dem Friedhof. Es war halb acht, die Abendsonne warf lange Schatten, und es war noch immer drückend warm. Wie verlassen erstreckte sich die Straße in der gepflegten Wohngegend entlang den Häusern. Offenbar zog es die Anwohner an diesem schwülen Abend nicht einmal in ihre Gärten. Dennoch erschnupperte sie von irgendwoher den Duft von Gegrilltem und bekam augenblicklich Appetit. Sie sah ein gut gewürztes Steak vor sich, knusprige Bratwürste, dazu Kartoffelsalat. Kristina lief das Wasser im Mund zusammen. Zu Hause im Kühlschrank lag eine Fertigpackung mit gemischtem Salat, dazu ein Light-Dressing. Nicht die wahre Erfüllung, wenn sie richtig Hunger hatte. Aber sie musste unbedingt ein paar Kilo loswerden. Vermutlich würde sie den Salat hinunterwürgen, um sich anschließend etwas Essbares zu suchen. Kristina beschloss, über ihr heutiges Abendessen später nachzudenken.

Um das Haus der Sanders zog sich eine weiße Mauer, etwa einen Meter hoch. Das zweiflügelige, mannshohe Gartentor war aus honigfarbenem Holz, und über die Einfassung des Grundstücks wuchsen üppige Sträucher und Rosenbüsche, die gelbe und rote Blüten trugen, dazwischen drängte sich lilafarbener Hibiskus. Einen Einblick in den Garten bekam man nur, wenn man direkt vor der Mauer stand und durch die Zweige spähte.

Kristina betätigte die Glocke, die rechts vom Tor in die Steine eingelassen war. Es gab keine Gegensprechanlage. Sie wartete auf das Summen eines Türöffners, doch nichts passierte. Auch auf ein zweites Klingeln reagierte niemand. Probehalber drückte sie den Griff nieder, und tatsächlich ging das Tor auf. Ein mit terrakottafarbenen Steinen gepflasterter Weg ging schnurgerade zum Haus. Zu beiden Seiten des Weges gab es eine frisch gemähte Rasenfläche, rechts sah sie eine Schaukel und einen Sandkasten, dazwischen lag ein Fußball. Das kleine Vordach über der Eingangstür des Hauses wurde von zwei hellen Säulen getragen. Eine einzelne breite Stufe führte zur Tür, unter der eine schlanke Frau stand. Sie hatte kinnlange braune Haare, ein vom Weinen verquollenes Gesicht und hielt die Arme krampfhaft vor dem Bauch verschlungen. Ihr helles Sommerkleid war zerknittert. Beim Näherkommen entdeckte Kristina am Hals der Frau einen rötlich schimmernden Fleck. Ein Knutschfleck, diagnostizierte sie trocken, noch nicht sehr alt.

»Frau Dr. Sander?«

Die Frau nickte. Kristina hielt ihr die Hand hin.

»Kristina Herbich, Kriminalhauptkommissarin«, stellte sie sich vor.

Mareike Sanders Hand war kalt und schweißnass. Sie ging mit steifen Schritten voraus ins Haus. Kristina nutzte den Moment, die fremden Hautabsonderungen an den leichten Stoff ihrer Hose zu wischen.

Sie betraten einen kleinen Windfang, in dem maximal drei Personen Platz fanden. Links und rechts direkt an der Wand lagen jede Menge Schuhe auf dem alten Parkett, bunt durcheinandergewürfelt. Auf Kopfhöhe gab es eine Reihe von messingfarbenen Garderobenhaken, an denen etliche Jacken übereinanderhingen. Ein brauner Samtvorhang, der vor einem bogenförmigen Durchgang angebracht war, trennte den Windfang von einer geräumigen Eingangshalle. Der Samtvorhang schlug hinter ihnen zu. Die rechte Seite des Foyers wurde von einer offen stehenden Terrassentür mit weißen Sprossenfenstern beherrscht. Draußen standen weiße Korbstühle mit roten Sitzkissen. Sie gruppierten sich um einen Tisch mit Glasplatte, unter einer ebenfalls roten Markise. Der Terrassenboden war mit marmorierten schwarzen Platten ausgelegt.

Die Hausherrin öffnete eine der Türen, die von der Eingangshalle abgingen, und Kristina folgte ihr in ein großzügiges Wohnzimmer.

»Bitte.«

Dr. Mareike Sander war kaum zu verstehen. Sie machte eine schwache Handbewegung zu der Sitzgarnitur, die mitten im Raum stand, und ließ ihren Arm sofort wieder fallen, als hätte sie die Geste zu viel Kraft gekostet. Kristina setzte sich auf die Kante des Sofas, Dr. Sander nahm auf einem Hocker gegenüber Platz. Auf dem gläsernen Couchtisch zwischen ihnen lagen Buntstifte und zwei Malbücher, eines davon war aufgeschlagen. Ein Marienkäfer war mit unkontrollierten orangefarbenen Strichen ausgemalt, die über sämtliche Ränder des Vordruckes gingen. Zwischen den Stiften verstreut lagen Schokoladenpapierchen.

»Sie sind alleine zu Hause?«, begann Kristina das Gespräch und nahm aus ihrer Tasche einen Notizblock und einen Kugelschreiber.

»Ja. Mein Mann ist auf einer Fortbildung in München. Er ist aber schon unterwegs hierher.« Ihre Stimme klang heiser, ihre Augen waren gerötet, und über die fleckige Haut ihrer Wangen zogen sich Tränenspuren. »Unser Sohn Fabian ist bei einem Freund.«

»Wie alt ist Ihr Sohn?«

»Zehn Jahre.« Sie räusperte sich.

»Bitte erzählen Sie, was passiert ist«, bat Kristina.

Mareike Sander verschränkte wieder die Arme vor dem Bauch und umkrampfte die Ellbogen mit den Händen. Gleichzeitig beugte sie sich vor, als litte sie starke Schmerzen.

»Ich hab … die Kinder abgeholt. Aus dem Kindergarten.«

»Welcher Kindergarten und wann genau?«

»Der Kindergarten heißt Sternschnuppe und ist in Grunau. Das ist ein Ortsteil von Aichig. Ich war kurz nach zwölf Uhr da.« Sie starrte auf den Fußboden und drückte die Arme noch fester an den Körper.

»Und dann?«, hakte Kristina nach.

»Sabine hat auf uns gewartet. Das ist eine der Kindergärtnerinnen. Natalie und Antonia waren schon fertig. Sie …« Ihre Stimme brach, sie gab einen hohen lang gezogenen Ton von sich, der in ein kurzes, hartes Schluchzen überging. Kristina ließ ihr einen Augenblick Zeit, damit sie sich fassen konnte. Mareike Sander verstummte, verzerrte nun aber das Gesicht in einer Art tonlosem Schrei und wiegte den Oberkörper vor und zurück.

»Bitte, Frau Doktor. Wenn ich Ihre Kinder finden soll, brauche ich Ihre Hilfe«, sagte sie sanft und überlegte, ob es nicht besser wäre, einen Arzt zu rufen. Mareike Sander reagierte nicht.

»Frau Doktor? Ich würde gerne einen Kollegen für Sie anrufen. Wer …«

»Kollegen?« Die Frau hörte mit den wiegenden Bewegungen auf und sah Kristina aus weit aufgerissenen Augen an.

»Ja. Einen Arzt. Sie sind doch selbst Ärztin, nicht wahr? Gibt es jemanden, den ich für Sie anrufen kann?«

»Nein. Nein, ich brauche keinen Arzt«, stieß sie hervor. »Mein Mann kommt bald. Und Sie sind ja jetzt auch da.«

Kristina musterte die völlig aufgelöste Frau. Ehe sie ging, würde sie auf jeden Fall jemanden verständigen.

»Wie Sie möchten. Dann schildern Sie mir jetzt bitte den genauen Ablauf, nachdem Sie Ihre Kinder in Empfang genommen hatten.«

Mareike Sander nickte.

»Sabine hat mir die Kinder übergeben. Natalie war müde und quengelig, und Antonia wollte unbedingt eine Milchschnitte. Ich hab die beiden ins Auto gesetzt. Hinten, auf die Rückbank, und sie angeschnallt. Dann sind wir zum Discounter gefahren, zur Norma. Die Filiale liegt auf dem Weg, es sind mit dem Auto nur ein paar Minuten. Natalie war da schon eingeschlafen.« Die Frau unterbrach sich, als müsse sie nachdenken. »Ich hab den Wagen seitlich am Laden geparkt, da, wo man eigentlich nicht stehen darf. Dort war nämlich Schatten, und es war doch heute so heiß.« Ihre Stimme kippte. Nach ein paar Sekunden fing sie sich wieder.

»Ich habe Antonia gebeten, auf die Kleine aufzupassen. Ich wollte doch gleich wieder zurück sein.«

»Wie alt sind die Kinder?«, erkundigte sich Kristina und warf einen Blick auf ihre Vermerke, die sie sich bereits im Präsidium gemacht hatte.

»Antonia ist vier und Natalie drei Jahre«, erwiderte die Mutter und räusperte sich. Kristina machte einen Haken hinter das bereits notierte Alter der beiden Mädchen.

»Sie sind also in die Norma rein? Und dann?«, fuhr sie fort.

»Dann habe ich eine Packung Milchschnitten geholt, gezahlt und den Laden verlassen.« Sie sprach jetzt monoton. Die Überlegung, einen Arzt anzufordern, hatte offenbar bewirkt, dass sie ruhiger wurde.

»Und dann?«, wiederholte Kristina.

»Dann waren sie weg.« Das Gesicht der Frau schien wie versteinert.

»Waren die Autotüren offen oder zu?«

»Zu.«

»Abgesperrt?«

»Das weiß ich nicht mehr.«

»Können Sie sich erinnern, ob Sie das Fahrzeug abgeschlossen hatten, bevor Sie in die Norma rein sind?«

»Ich sperre immer ab. Das macht man doch ganz automatisch. Allerdings … ich war in Eile. Ich wollte die Kinder eigentlich nicht alleine im Auto lassen. Aber … meine Güte … haben Sie Kinder?«

»Nein.«

»Wenn ich sie mitgenommen hätte, wäre Natalie aufgewacht. Sie hätte ohne Ende gebrüllt und gestrampelt. Ein Kampf, verstehen Sie? Alles wegen ein paar Milchschnitten. Ich hab gesehen, dass im Laden fast nichts los ist. Ich war sicher, es geht ganz schnell. War ja auch so.«

Nicht schnell genug, dachte Kristina.

»Hat Ihr Fahrzeug eine Kindersicherung an den hinteren Türen?«

»Nein.«

»Es könnte also sein, dass Antonia die Tür geöffnet hat und …«

»Nein.« Mareike Sander schüttelte heftig den Kopf. »Beide saßen im Kindersitz und waren angeschnallt. Selbst wenn sie die Tür aufbekommen hätten, sie hätten den Gurt nicht lösen können. Es muss jemand … Es muss …« Sie presste die Fäuste vor den Mund, ihre Augen waren weit aufgerissen.

Kristina ließ den Blick durch das Wohnzimmer wandern. Eine riesige Glasfront nahm eine Seite des Raumes fast komplett ein und gab den Blick in den hinteren Bereich des Gartens frei. Auch hier war der Rasen gemäht, doch Bäume und Sträucher wuchsen, wie es der Natur gefiel. Durch das Gestrüpp schimmerten an manchen Stellen die hellen Steine der Mauer durch, die um das Grundstück gezogen war. Eine schmiedeeiserne Sitzgruppe, bestehend aus einem runden Tisch und zwei Stühlen, stand seitlich der Rasenfläche. Die Sitzgruppe machte einen rostigen Eindruck und diente wohl nur der Optik, nicht der Nutzung. Das Wohnzimmer wurde von einer roten Sitzgarnitur beherrscht und einer deckenhohen Schrankwand aus rostbraunem glänzenden Holz. Kristina konnte nicht einschätzen, ob die Familie vermögend war, sah man davon ab, dass im Bayreuther Stadtteil St. Johannis nicht unbedingt die Ärmsten der Armen wohnten. Möglicherweise waren die Mädchen entführt worden, um die Eltern zu erpressen.

»Warum haben Sie sich so spät gemeldet?«, erkundigte sie sich. Sie wusste, dass der Vorwurf unüberhörbar war. Dennoch musste sie die Frage stellen.

Dr. Sander ließ die Hände in den Schoß sinken und knetete sie.

»Ich dachte … ich … ich hab sie gesucht. Ich dachte, ich finde sie selber.«

Kristina musterte die Frau.

»Eben sagten Sie, die Mädchen wären auf keinen Fall alleine aus dem Fahrzeug gekommen. Weshalb glauben Sie, Sie hätten sie selbst finden können?«

Mareike Sander zuckte mit den Schultern und hörte auf, ihre Finger zu kneten.

»Ich weiß es doch nicht. Ich dachte erst, sie sind weggelaufen. Ich dachte, sie machen sich einen Spaß daraus sich zu verstecken, während ich sie suche. Das machen sie manchmal. Sie sind hier sogar schon bis zum Friedhof gelaufen, der ist ja gleich gegenüber, und haben sich zwischen den Gräbern versteckt. Das ist erst etwa zwei Wochen her. Robert war damals kurz davor, die Polizei zu rufen, als die beiden von einer Nachbarin zurückgebracht wurden. Ich hab das einfach ausgeblendet, dass sie ohne Hilfe nicht aus den Kindersitzen konnten.«

Sie sprach jetzt flüssiger. Ihr Blick war konzentriert auf das aufgeschlagene Malbuch gerichtet.

»Wo haben Sie überall gesucht?«, fragte Kristina.

Verwirrt sah Mareike sie an.

»Wie meinen Sie das?«

»Nun, Sie sagten, die Kinder wären gelegentlich bis zum Friedhof gelaufen. Der ist hier, Ihrem Anwesen gegenüber. Verschwunden sind die beiden aber in Aichig. Wo also haben Sie sie gesucht?«

»Überall. Erst auf dem Parkplatz, zwischen den Autos.«

»Haben Sie nach ihnen gerufen?«, wollte Kristina wissen.

»Ja.«

»Hat Sie jemand gehört? Ich meine Kunden oder das Personal?«

»Das weiß ich doch nicht! Nein, ich glaube nicht. Ich bin dann noch auf die andere Straßenseite, gegenüber der Norma. Dort gibt es einen Bäcker und einen Metzger und ein China-Restaurant. Ich dachte, vielleicht sind sie zum Metzger, weil sie gehofft hatten, jeder ein Würstchen zu bekommen.«

»Haben Sie dort nachgefragt?«, forschte Kristina weiter.

»Nein. Der Metzger hat Urlaub. Ich wollte noch am Bäckereistand nachfragen, aber es war so viel los, und außerdem kannte ich die Verkäuferin nicht, die an der Theke war. Sie muss neu sein. Ich dachte, die kennt meine Kinder sowieso nicht. Ich bin einfach kreuz und quer gerannt. Ich bin auch zurück zum Kindergarten. Aber ich … ich bin dann umgekehrt. Ich war sicher, dorthin sind sie nicht gelaufen.«

»Warum nicht?«

»Weil Antonia sauer auf Sabine war, die Erzieherin. Sie hatte sie zurechtgewiesen, weil sie beim Aufräumen in der Spielecke nicht mithelfen wollte.«

Kristina machte sich einen Vermerk.

»Dann war ich noch bei den Feldern, hinter dem Landgasthof. Der ist ein Stück die Straße runter, Richtung Speichersdorf. Dort waren wir ein paar Tage zuvor spazieren und haben junge Hasen gesehen. Ich dachte, vielleicht ...« Ihre Stimme kippte. Kristina wartete ab.

»Irgendwann war mir klar, dass ich wertvolle Zeit verliere. Inzwischen war der Nachmittag praktisch vorbei. Ich hatte gar nicht gemerkt, wie lange ich schon herumgerannt bin. Und dann hab ich auch eingesehen, dass ich mir was vormache. Es muss jemand die beiden aus dem Auto geholt und mitgenommen haben.«

Sie sah an Kristina vorbei.

»Gibt es irgendwen, den Sie in Verdacht haben?«

»Nein.«

»Ich brauche Fotos Ihrer Töchter, so aktuell wie möglich. Wir geben sie in die Fahndung. Außerdem jeweils ein Kleidungsstück.«

»Doch.«

»Was: doch?«, fragte Kristina.

Mareike Sander räusperte sich.

»Vielleicht hat Tina was gesehen.« Rote Flecken erschienen auf den Wangen der Ärztin. Sie hob den Kopf, und für einen Moment kreuzte sich ihr Blick mit dem der Kommissarin. In ihren Augen flackerte es.

»Wer ist Tina?«

»Tina ist ... die Tochter einer ehemaligen Nachbarin. Sie hat auf dem Norma-Parkplatz gespielt, als ich gekommen bin.«

»Wie kann ich das Mädchen erreichen?« Kristina überlegte, wie alt das Kind sein mochte und ob es überhaupt Sinn machte, mit dem Mädchen zu reden. Andererseits durfte sie nichts außer Acht lassen.

»Die Leute heißen mit Nachnamen Schwede. Sie wohnen jetzt in Aichig. Das heißt, die Mutter wohnt mit Tina in Aichig. Das Mädchen ist geistig behindert. Das hat die Ehe nicht ausgehalten und ...« Sie brach ab und zupfte an ihrem Kleid.

»Gut. Ich werde mit ihr sprechen. Jetzt geben Sie mir bitte die Fotos und je ein Kleidungsstück«, wiederholte Kristina. Sie durften keine Zeit verlieren. Es war schon zu viel geredet worden. Vor etwa einer Stunde erst hatte sich die völlig aufgelöste Mutter gemeldet, die Kinder waren seit heute Mittag verschwunden.

»Ein Kleidungsstück?« Verwirrt sah Mareike Sander sie an und ballte die Fäuste.

»Ja. Wir setzen Suchhunde ein.«

Die Mutter nickte, stand auf und verließ den Raum. Keine zwei Minuten später übergab sie Kristina zwei dünne Strickjacken, eine blaue und eine bunt geblümte, sowie ein Foto, auf dem zwei kleine Mädchen in die Kamera lächelten. Um die runden Gesichter kräuselten sich braune Löckchen. Die Kinder hielten sich an den Händen. Sie trugen geringelte Sommerkleider und rote Sandalen, und ein Mädchen war ein wenig größer als das andere.

»Was macht Ihr Mann beruflich, Frau Dr. Sander?«, fragte sie und stand auf.

»Er ist Apotheker. Er ...«

In dem Moment hörte man, wie die Haustür auf- und wieder zuging. Schritte durchquerten die Eingangshalle, und ein schlanker hochgewachsener Mann erschien unter der Wohnzimmertür. Kristina fiel sofort die Ähnlichkeit zu den beiden Kindern auf dem Foto auf, das sie eben in die Tasche gesteckt hatte.

»Robert.« Mareike Sander blieb reglos neben Kristina stehen.

»Robert Sander, guten Abend.«

Der Mann streckte Kristina die Hand hin.

»Kristina Herbich, Kripo Bayreuth«, stellte sie sich vor.

»Was ist mit den Kindern? Wissen Sie schon etwas?«

Sander strich seiner Frau flüchtig über den Arm und hauchte ihr einen Kuss auf die Wange, während er sprach.

»Nein, wir wissen noch nichts. Wir geben jetzt eine Suchmeldung raus, über sämtliche Medien, und setzen Spürhunde ein. Können Sie sich eine Entführung vorstellen?« Kristinas Blick wechselte zwischen den Eheleuten hin und her.

Sander zuckte mit den Schultern, seine Frau presste die Handflächen aneinander.

»Wenn sie nicht weggelaufen sind, natürlich. Obwohl ich nicht verstehe ... ich meine ... aus dem Auto heraus entführt? Eine Entführung plant man doch, oder nicht? Es konnte doch niemand wissen, dass Mareike einkauft und währenddessen die Kinder im Auto lässt. Es sei denn, es wäre eine spontane Aktion gewesen. Vielleicht ist meine Frau beobachtet worden, und derjenige hat auf einen passenden Moment gewartet. Aber am helllichten Tag vor einem Discounter ... Mein Gott.« Er rang nach Luft. »Wenn wer unsere Kinder mitgenommen haben sollte, muss die Tat doch von irgendeinem beobachtet worden sein! Außerdem sind Natalie und Antonia eher scheu. Wenn sie jemanden nicht kennen ... nun, ich glaube, hätte sie ein Fremder aus dem Auto geholt, es hätte ein fürchterliches Geschrei gegeben.«

Sander zerrte am Kragen seines Poloshirts.

Es sei denn, die Kinder kannten denjenigen, ergänzte Kristina ohne es auszusprechen. Oder sie wurden betäubt.

»Werden Sie bedroht? Könnte es sich um einen Racheakt handeln?«, fragte sie.

»Nein, nein.« Sander machte eine abwehrende Handbewegung.

»Gut. Ich kümmere mich jetzt um alles, was nötig ist. Sie melden sich umgehend, falls es etwas Neues gibt, zum Beispiel eine Lösegeldforderung.«

Kristina ließ sich noch eine Beschreibung der Kleidung geben, die die Kinder getragen hatten, sowie sämtliche Telefonnummern der Eltern und fuhr zurück ins Präsidium. Dort angekommen, beschloss sie, die Telefone der Sanders überwachen zu lassen. Das Risiko, dass eine Lösegeldforderung verheimlicht wurde, um vermeintlich die Kinder zu schützen, erschien ihr zu groß.

5

Betty Krüger schlug die Augen auf, und noch ehe sie sich des neuen Morgens bewusst war, erinnerte sie sich, dass etwas ganz und gar nicht stimmte. Sie rappelte sich vom Sofa hoch, suchte ihr Handy und fand es auf der Fernsehzeitschrift liegend, auf dem Fußboden. Halb sieben und noch immer keine Nachricht von Djadi. Aber vielleicht war er inzwischen nach Hause gekommen. Vielleicht lag er im Bett und hatte sie nur nicht wecken wollen. Er war so ein ruhiger, rücksichtsvoller Mensch. Betty schwang die Beine über die Sofakante und schlich durch den Flur zum Schlafzimmer.

Die Tür stand einen Spalt offen, und augenblicklich war ihr klar, dass sie vergeblich gehofft hatte. Djadi war noch immer nicht zurück. Dennoch betrat sie den Raum und betrachtete das sorgfältig gemachte Bett, als würde dies etwas an der unerträglichen Situation ändern. Wo war er? Ihr Herz und ihr Magen zogen sich zusammen. Er hatte ihr keine Nachricht hinterlassen, und er war noch nie so lange fort gewesen, seit sie zusammenlebten. Ob ihm etwas zugestoßen war? War er vor ein Auto gelaufen? Hatte er einen Unfall mit dem Fahrrad gehabt, das sie ihm vor Kurzem gebraucht gekauft hatte? Das Rad war auch weg, das hatte sie gestern Abend schon überprüft.

Oder brauchte er Zeit für sich? Der letzte Gedanke schnürte ihr die Kehle zu, mehr noch als die Vorstellung, ihm könnte etwas passiert sein. Ihre Handflächen wurden feucht. Sie konnte in der Kleiderkammer ihre Kollegin Rita fragen, ob sie etwas wusste. Rita unterhielt sich auch ab und zu mit Djadi. Allerdings kam die Frage einer Schmach und Niederlage gleich. Rita hatte sie von Anfang an spüren lassen, was sie von der Sache hielt. Oder sollte sie gleich zur Polizei gehen? Nur, was sollte sie dort sagen? Dass ihr Liebhaber verschwunden war? Sie glaubte schon jetzt, in den Gesichtern der Beamten ein vielsagendes Grinsen zu sehen, das ihr schamvolle Hitze durch den Körper trieb. Sie würden sie wegschicken und vorher darauf hinweisen, dass Djadi tun und lassen konnte, was er wollte, solange es keine Straftat war.

Bettys Blick ging quer durch den Raum und blieb am Spiegel des Schlafzimmerschranks hängen. Ihre dünnen braunen Haare hingen zottig in ihr rundes Gesicht, die linke Wange war rot und zeigte Druckstellen von der Nacht auf dem Sofa. Die feinen Fältchen, die sich schon frühzeitig um ihre Augen und Mundwinkel gebildet hatten, waren sogar auf die etwa drei Meter Entfernung im Spiegel zu erkennen. Ihr cremefarbenes Sommerkleid mit dem bunten Streublumen-Muster war völlig zerknittert. Und ihre Waden waren zu dick und die Haut zu hell, und wenn sie genau hinsah, sprossen auf ihren Armen und Beinen hier und da, völlig vereinzelt, braune Haare, die dort nicht hingehörten. Meist hatte sie keine Lust, diese abzurasieren, nur wenn sie sich ihrer bewusst wurde, schämte sie sich doch dafür.

Betty verließ das Schlafzimmer. Ihre Schicht in der Kleiderkammer begann erst um zwei Uhr. Eben war ihr jemand eingefallen, den sie wegen ihres Freundes um Rat fragen konnte. Sie würde sich gleich auf den Weg machen.

6

Pfarrer Johan Kunze köpfte sein Frühstücksei und betrachtete zufrieden das flüssige Eigelb, fest eingebettet ins perfekt durchgegarte Eiweiß. So sollte es sein. Die zwei Scheiben Toast, die er dazu essen wollte, hatte er noch warm mit Butter bestrichen, sodass das Fett auf dem röschen Brot zerlaufen war. Er streute ein wenig Salz auf das Ei und nippte an seinem heißen Kaffee. Arno, sein Rauhaardackel, stupste ihn gegen das Schienbein. Kunze säbelte mit dem Frühstücksmesser eine kleine Ecke vom Toast ab und gab sie ihm. Arno schnappte danach, spuckte das Brot wieder aus, schnupperte daran und leckte die Butter ab, ehe er seinen Anteil verschlang. Augenblicklich drückte er seine feuchte Nase wieder an Kunzes nacktes Bein. Der Dackel gab nie auf, ehe Kunze nicht seine jeweiligen Mahlzeiten beendet hatte.

»Lass das«, murmelte der alte Pfarrer, ohne jegliche Erwartung, dass der Hund auf ihn hörte, und tauchte genüsslich den Löffel in das Eigelb. Er hatte ihn noch nicht zum Mund geführt, als es läutete. Kunze zuckte erschrocken zusammen, Arno fuhr herum und rannte unter wildem Gekläffe in den Flur.

»Herrschaft!« Verärgert sah der Pfarrer auf das verkleckerte Ei, das sowohl an der Schale herunterlief als auch in seinen Kaffee gekleckst war.

»Arno! Schnauze!«, rief er und stand auf.

Der Dackel gab ein unwilliges Knurren von sich, hörte jedoch auf zu bellen.

»Platz!«, befahl er, während er zur Tür ging. Arno setzte sich und stand sofort wieder auf. »Donnerwetter! Platz jetzt«, wiederholte Kunze, nun recht ärgerlich. »Und bleib«, fuhr er fort.

Sichtlich widerborstig ließ sich der Hund auf sein Hinterteil nieder, und der Pfarrer öffnete die Tür.

»Ja, Betty. Grüß dich, so früh am Morgen. Ist was passiert?« Verwundert musterte er seine ehemalige Konfirmandin, die nach der Einsegnung noch viele Jahre in seiner Kirchengemeinde ehrenamtlich in der Kinder- und Jugendgruppe mitgearbeitet hatte.

»Herr Kunze, guten Morgen. Ich brauch Ihren Rat. Hoffentlich stör ich nicht, aber ich wusste nicht … also, ich hab niemanden, den ich sonst fragen kann.« Sie wickelte den dünnen Riemen ihrer Handtasche um den Finger.

Kunze dachte an sein Frühstück, das jetzt kalt wurde.

»Du störst überhaupt nicht. Komm rein. Magst du einen Kaffee?«

»Ja, gern.«

Der Pfarrer schloss die Haustür, nachdem Betty Krüger eingetreten war, und Arno kläffte den Besuch an, ohne seinen Platz zu verlassen.

»Hallo, Arno«, begrüßte Betty den Dackel und streichelte ihn. Der Hund wedelte mit dem Schwanz, schnupperte an ihren Beinen und folgte seinem Herrn und der Besucherin ohne Erlaubnis in die Küche. Kunze nahm es aus dem Augenwinkel wahr. Er war einfach zur Erziehung nicht geeignet.

Er füllte eine Tasse mit Kaffee, stellte Milch und Zucker dazu, und Betty nahm dem Pfarrer gegenüber am Tisch Platz. Auf dem ersehnten Frühstücksei hatte sich bereits eine dünne Haut gebildet. Er würde es trotzdem essen.

»Hast du auch Hunger?«, erkundigte er sich.

Betty sah blass und unglücklich aus. Ihr Kleid war zerknittert, die Haare gleichgültig im Nacken zusammengefasst, und ihre Wimpern waren so farblos und unauffällig, als hätte sie keine. Gleichzeitig hatte sie die schönsten blauen Augen, die er sich vorstellen konnte.

»Nein«, erwiderte sie.

»Also, was ist los?«, fragte er.

Betty schob ihre Tasse beiseite, ohne getrunken zu haben, und stützte die Unterarme auf den Tisch.

»Es tut mir leid, dass ich Sie so überfalle. Aber ich weiß nicht, an wen ich mich sonst wenden könnte.«

Sie legte die Fingerspitzen aneinander, während sie sprach. Kunze wartete ab.

»Es ist wegen Djadi. Meinem Freund«, fuhr sie fort und schlug rasch die Augen nieder. Kunze versuchte, sich seine Überraschung nicht anmerken zu lassen. Dass Betty einen Freund hatte, verblüffte ihn wirklich. Feine Röte stieg in die Wangen der Frau. Eilig sprach sie weiter.

»Er ist gestern Abend nicht nach Hause gekommen.«

Das Ei war tatsächlich kalt und der Kaffee lauwarm. Außerdem erinnerte er sich, dass etwas von dem Eigelb in die Tasse gekleckst war. Sehen konnte er den Klecks nicht, es musste also geronnen irgendwo in der Tiefe schwimmen. Er hatte Hunger, aber der Appetit war ihm vergangen.

»Macht er das öfters?«, fragte er, stand auf, goss den Kaffee in die Spüle und schenkte sich einen neuen ein.

»Nein. Er geht schon manchmal abends weg, aber er kommt immer vor Mitternacht nach Hause.«

»Hm«, machte Kunze. »Er geht alleine weg?«

»Ja.« Sie sah ihn nicht an.

»Und wohin geht er?«

»Keine Ahnung. Also ich meine, er geht spazieren. Er sagt, er mag die Nächte, vor allem wenn der Himmel klar ist und man die Sterne sieht.«

Schwerfällig setzte Kunze sich wieder auf seinen Platz. Bettys Freund ging also nachts allein spazieren und begutachtete die Sterne.

»Habt ihr euch gestritten?«

»Nein, gar nicht. Überhaupt nicht.« Betty hielt die Unterarme auf den Tisch gepresst und betrachtete ihre Hände.

»Hast du dich in seinem Freundeskreis umgehört?«

»Djadi hat keine Freunde, zumindest nicht in Deutschland. Ich hab ihm ein paar Nachrichten geschrieben, übers Handy. Aber er antwortet nicht.«

»Nachrichten? Du meinst SMS?«, fragte Kunze und fand, der Kaffee schmeckte bitter und abgestanden. Das Frühstück war ihm heute nicht vergönnt.

»Ja. Ich hab's erst über WhatsApp probiert, aber sein Internet ist ausgeschaltet.«

»Arbeitet dein Freund?«

Betty zuckte mit den Schultern und lehnte sich jetzt doch im Stuhl zurück.

»Er hilft ehrenamtlich in der Kleiderkammer, Wäsche sortieren und dolmetschen. Da hab ich … da haben wir uns auch kennengelernt.« Sie vermied es, ihn anzusehen. Kunze wurde plötzlich das Gefühl nicht los, dass sie ihm etwas verheimlichte.

»Wie lang seid ihr denn schon zusammen, du und dieser Djadi? Was ist das eigentlich für ein Landsmann?«

»Djadi kommt aus Syrien. Er ist seit knapp zwei Jahren in Deutschland. Wir sind jetzt drei Monate zusammen.« Wieder bekamen ihre Wangen einen Hauch Farbe.

»Aha«, machte Kunze. Unvermittelt beugte sich Betty ein Stück vor.

»Ich weiß, was Sie denken. Aber so ist es nicht. Wir lieben uns.« Jetzt schoss flammende Röte in ihr Gesicht.

»Ich denke gar nichts.« Der alte Pfarrer stellte seine Tasse auf den Tisch und gab Arno, der zu seinen Füßen lag, ein Stück Toast. Der Hund schmatzte vernehmlich.

»Ich weiß aber auch nicht, wie ich dir helfen kann. Vielleicht hat dein Freund Familie in Deutschland, bei der er sein könnte?«

»Nein, nein, nein. Djadi ist damals als Flüchtling hierhergekommen, ganz allein. Er hat bis vor ein paar Monaten in der Unterkunft in der Wilhelm-Busch-Straße gewohnt. Ich …« Sie brach ab.

»Ja?«, fragte Kunze.

»Ich habe ihm angeboten, zu mir zu ziehen. Ich hab ja genug Platz.« Beinahe trotzig sah sie ihn an.

»Hm, hm«, machte der Pfarrer.

»Sein Fahrrad ist auch weg«, ergänzte sie.

»Vielleicht ist er doch bei Freunden. Er wird doch in der Zeit, in der er schon hier ist, ein paar Leute kennengelernt haben«, überlegte Kunze. »Hast du in der Wilhelm-Busch-Straße nachgefragt?«

»Nein«, gab sie zu. »Aber ich glaube auch nicht, dass er dorthin zurück ist. Dafür gibt es keinen Grund. Er hatte bei mir alles, und er hat mir immer wieder gesagt, wie schön meine Wohnung ist. Ich hab ihm sogar …«

»Was?«

»Ab und zu ein bisschen Geld gegeben. Nicht viel, ich hab ja selber nicht viel. Halt, dass er sich was kaufen kann. Schokolade zum Beispiel.«

Kunze nahm bedächtig seinen Toast und biss hinein. Der Rand war hart und trocken, das Innere von der Butter durchweicht. Der Hunger trieb das Brot hinein.

»Meinen Sie, ihm ist etwas zugestoßen?« Ihr Blick wurde ängstlich.

Kunze schüttelte den Kopf. »Das kann ich nicht beurteilen, Betty. Du kannst bei der Polizei nachfragen, ob ein Unfall gemeldet wurde, oder in den umliegenden Krankenhäusern.«

»Können Sie mir nicht suchen helfen?«

»Aber, Betty, jetzt mal im Ernst: Nach wem soll ich denn suchen und vor allem wo?«

Sie hatte offenbar keinerlei Anhaltspunkte, wo der Mann sich aufhalten konnte. Betty mochte noch genauso einsam sein, wie sie es vor fünfundzwanzig Jahren gewesen war. Vermutlich hatte der Mann das erkannt und die Annehmlichkeiten genossen, die eine Affäre mit ihr, oder was auch immer sie verbunden haben mochte, bedeutete, und nun hatte er genug und hatte das Weite gesucht. Sie wiederum hatte in die Liebschaft die Hoffnung auf eine dauerhafte Beziehung hineininterpretiert.

»Herr Pfarrer bitte. Ich kenne Djadi. Er hätte mich niemals … einfach so, verstehen Sie? Ja, ich weiß, Sie denken, von einer wie mir kann ein Mann doch gar nichts wollen. Aber Djadi ist anders. Er mochte mich wirklich. Selbst wenn er hätte gehen wollen, er hätte es nie heimlich getan. Bitte helfen Sie mir.«

Kunze schnaufte durch. Es beschämte ihn, dass Betty genau erkannt hatte, was ihm durch den Kopf gegangen war.

Betty griff in ihre Tasche und zog ihr Handy hervor.

»Ich hab ein Bild von ihm. Das schicke ich Ihnen auf Ihr Handy, ja? Damit Sie wissen, wie er aussieht. Vielleicht können Sie sich umhören? Sie kennen doch viel mehr Leute als ich, und außerdem … die Leute kennen Sie. Sie sind eine Vertrauensperson. Ich dagegen … ich kenne doch nur die Kollegen aus der Kleiderkammer und meine Nachbarn. Bitte. Geben Sie mir Ihre Handynummer?«

»Zeig mal das Bild«, wich Kunze aus.

Bettys Hand zitterte, und der alte Pfarrer runzelte die Stirn, während er den Mann auf dem Display betrachtete.

»Das ist Djadi? Wie alt ist der?«

»Zweiundzwanzig«, erwiderte Betty und räusperte sich.

»Zweiundzwanzig? Bist du sicher?« Der Mann sah aus wie achtzehn Jahre, höchstens. Betty mochte mittlerweile vierzig Jahre sein, oder gar älter.

»Natürlich bin ich sicher! Was spielt denn das Alter für eine Rolle, wenn man sich liebt?«

Plötzlich schwammen ihre schönen blauen Augen in Tränen. Am liebsten wäre Kunze aufgestanden, um sie in den Arm zu nehmen. Er war jetzt sicher, dass diesem Djadi nichts zugestoßen war. Blutjung und durchaus attraktiv hatte der syrische Zuwanderer seine Zukunft sicher nicht an der Seite der liebeshungrigen, wesentlich älteren Frau gesehen.

»Ich will sehen, ob ich was tun kann«, versprach er und dachte bei sich, dass er ein Trottel war.

Er konnte gar nichts tun, außer mit seiner Nichte Kristina reden. Und die hatte wahrhaft anderes zu tun, als flüchtige Liebhaber ausfindig zu machen.

7

Die Franken-Transplant-Klinik lag im Licht der Morgensonne, die sich in den unzähligen Glasscheiben des zweistöckigen Gebäudes brach, das sich am Stadtrand von Bayreuth nahe der kleinen Gemeinde Haag befand, eingebettet in eine sanfte Hügellandschaft. Weitläufige Wiesen umgaben den modernen Bau, dahinter erstreckten sich Wälder und Baumgruppen.

Professor Hagen Meining hatte keinen Blick für die friedliche Landschaft, sondern eilte die breiten Stufen zum Haupteingang der Klinik hoch, ohne nach links oder rechts zu sehen.

»Guten Morgen, Herr Professor«, grüßte die junge Frau am Empfang seitlich der Eingangshalle freundlich. Auf der braunen blank polierten Platte des Tresens, hinter dem sie saß, stand ein Strauß kleinwüchsiger Sonnenblumen.

»Guten Morgen, Sophie«, erwiderte Meining und lächelte flüchtig. Er war in Gedanken bereits bei der anstehenden Operation.

»Es warten schon alle auf Sie«, informierte ihn die Angestellte. Meining hob winkend die Hand. Er war bereits am Tresen vorbei auf dem Weg in sein Büro.

»Wunderbar«, rief er über die Schulter. »Es geht auch sofort los.« Er verhielt in seinem Laufschritt und wandte sich doch noch einmal um.

»Ist Kronauer da? Er muss assistieren.«

»Natürlich ist er da«, bestätigte Sophie.

Meining nickte zufrieden. Kronauer war sein bester Mann. Irgendwann würde er ihn als seinen Nachfolger vorschlagen, doch bis dahin war noch ein wenig Zeit.

»Herr Professor?«

Meining legte den Kopf schief und wandte sich schwungvoll noch einmal zu der Empfangsdame um, wobei die Gummisohlen seiner Sneakers auf dem Linoleumboden quietschten.

»Ja?«

»Haben Sie das gelesen?«

Sie hielt die Tageszeitung, den Nordbayerischen Kurier, in die Höhe. Trotz der Entfernung sah Meining ein Foto von zwei kleinen Mädchen auf der Titelseite. Er erschrak, und für einen Augenblick vergaß er, dass er eigentlich zügig in den OP wollte.

»Nein. Was ist passiert?« Er trat wieder an die Theke und nahm Sophie die Zeitung ab.

»Um Himmels willen«, flüsterte er, kaum dass er den Artikel überflogen hatte. Er würde Mareike sofort nach der Operation anrufen.

Eine Viertelstunde später stand er neben seinem Chefarzt, Ralph Kronauer. Beide waren mit der chirurgischen Händedesinfektion beschäftigt.

»Haben Sie heute schon Zeitung gelesen?«, erkundigte Meining sich.

Kronauer nickte. »Schreckliche Sache«, antwortete er knapp.

»Ich rufe Mareike nach der Operation an, auch wenn ich nicht glaube, dass ich irgendetwas für sie tun kann«, sagte Meining.

»Nur zu«, erwiderte Kronauer, die Augen konzentriert auf seine Hände gerichtet.

Meining warf ihm einen scharfen Blick zu. Die Miene des Kollegen war undurchdringlich. Offenbar hatte er es immer noch nicht verwunden, dass Mareike Sander vor über zehn Jahren dem aufstrebenden Apotheker Robert Sander den Vorzug gegeben hatte. Er beschloss, das Thema zu wechseln.

»Wie geht's dem Patienten?«, erkundigte er sich stattdessen und bearbeitete mit Seife und Bürste seine Fingernägel.

»Verhältnismäßig gut«, erwiderte Kronauer, der bereits dabei war, Hände und Unterarme mit Desinfektionsmittel einzureiben. »Nur seine Mutter ist völlig mit den Nerven am Ende.«

»Ja, kann ich aus ihrer Sicht verstehen«, antwortete Meining.

Kronauer gab keine Antwort.

»Sagen Sie ruhig, was Sie denken, Kronauer«, forderte Meining ihn auf.

»Ich denke im Moment nur an die Operation«, antwortete der Chefarzt und pumpte mit dem Ellbogen Desinfektionsmittel in die hohle Hand.

»Sie denken, dass ich die Gefühle eines Elternteils in dieser Situation nicht nachvollziehen kann. Das mag vielleicht sein, Vater zu werden war mir ja leider nicht vergönnt. Aber ich bilde mir ein, um die Verzweiflung zu wissen, wenn ein nahestehender Mensch so schwer erkrankt, dass man um sein Leben bangen muss.«

Es schob sich das Bild seines Vaters vor Augen, für den vor über dreißig Jahren die rettende Organspende zu spät kam. Hermann Meining war an virusbedingtem Leberversagen gestorben.

»Sicher«, antwortete Kronauer und rieb sorgfältig die Flüssigkeit zwischen die Finger.

»Ich bin dankbar für jeden, dem wir helfen können«, fuhr Meining fort.

»Erschütternderweise muss nur in den meisten Fällen jemand aus dem Leben gerissen werden, damit wir unsere Arbeit tun können«, ergänzte Kronauer.

»Ich weiß. Ich versuche das von mir fernzuhalten, so entsetzlich es sich anhören mag. Ansonsten könnte ich meinen Beruf nicht ausüben«, gestand Meining. »Es liegt schließlich nicht in unserer Hand. Wir bemühen uns lediglich, aus einer Katastrophe für den einen noch etwas Gutes für den anderen zu machen.«

Kronauer gab keine Antwort, stattdessen meldete sich der Zeitmesser. Die fünf Minuten Desinfektionszeit waren um.

»Ich geh schon mal vor«, ließ ihn der Chefarzt wissen und wandte sich zum OP-Saal.

Meining sah ihm nach und überlegte, ob er ihn mal wieder zum Essen einladen sollte. Für seine Begriffe war Kronauer zu viel allein. Er war ein ansehnlicher Mann von Anfang vierzig und füllte sein Leben ausschließlich mit Arbeit. Zumindest seit Mareike ihn damals hatte abblitzen lassen. Meining würde mit Beate, seiner Frau, darüber reden, sowie es ihm gelang, sie zwischen ihren Aktivitäten zu erwischen. Im Augenblick war sie intensiv mit den Vorbereitungen eines Integrationsfestes für Flüchtlinge beschäftigt, das am Röhrensee stattfinden sollte.

Meining betrat seinerseits den OP. Schwester Tanja hielt ihm den OP-Kittel auf. Der Patient lag bereits in Narkose.

8

Pfarrer Johan Kunze hob seinen Dackel hoch, klemmte ihn sich unter den Arm und betrat das Polizeipräsidium in der Werner-Siemens-Straße im Stadtzentrum. Gleich hinter der Eingangstür auf der linken Seite saß, hinter einer gläsernen Wand, ein junger Polizist in Uniform.

»Morgen, Rudi«, grüßte Kunze ihn freundlich durch die ovale Luke in der Scheibe, die halb offen stand.

»Morgen, Herr Pfarrer. Sie sollen doch den Hund nicht mit reinnehmen«, erwiderte der junge Mann vorwurfsvoll.

»Ich halt ihn auf dem Arm. Oder gehst du ein paar Schritte mit ihm spazieren? Ich muss kurz mit meiner Nichte sprechen.«

Rudi grinste schwach.

»Sie wissen genau, dass ich das während der Dienstzeit nicht darf. Gehen Sie schon, ich hab es nicht gesehen.«

Kunze schmunzelte.

»Es dauert auch nicht lange«, versprach er und betrat den langen Flur hinter dem Eingangsbereich. An der dritten Tür links klopfte er. Arno, der bislang schwer in seinem Arm gehangen hatte, begann zu zappeln. Er ließ ihn auf den Boden, hielt ihn jedoch an der Leine.

»Ja?«, hörte Kunze die Stimme seiner Nichte und betrat den Raum.

Kristina hatte den Telefonhörer zwischen Schulter und Ohr geklemmt, tippte auf der Tastatur ihres Computers und machte ihrem Onkel ein Zeichen, sich zu setzen. Ungehalten legte sie den Hörer auf die Gabel.

»Onkel Johan, grüß dich.« Arno schnüffelte an ihrem Schreibtisch. »Geht keiner ran«, erklärte sie ihm mit einem Blick zum Telefon. »Warum bist du hier? Ist was passiert?«

Schwerfällig ließ sich Kunze auf dem Stuhl neben ihrem Arbeitsplatz nieder.

»Ich glaub nicht, dass was passiert ist. Aber ich hab versprochen, mit dir zu reden, also bin ich hier.«

Kristina zog die Augenbrauen hoch.

»Ich versteh nix. Worum geht es denn?«

»Erinnerst du dich an Betty Krüger?«

»Ich glaube schon. Was ist mit ihr?«

Kunze kratzte sich im Nacken. Arno untersuchte mittlerweile den Papierkorb, kam aber mit der Schnauze nicht über den Rand. Mehrfach versuchte er vergeblich, sich mit den Vorderpfoten an dem Abfallbehälter abzustützen, der stets ein Stück von ihm wegrutschte.

»Arno, runter!«, befahl der Pfarrer. Der Dackel warf ihm einen vorwurfsvollen Blick zu, ehe er gemächlich von dem Papierkorb abließ.

»Die Betty war heute Morgen bei mir.«

So knapp wie möglich fasste er zusammen, was seiner ehemaligen Konfirmandin auf der Seele lag.

»Hm«, machte Kristina, nachdem er fertig war und sie das Bild des vermissten jungen Mannes gesehen hatte.

»Er heißt Djadi Hemedi«, ergänzte Kunze. »Und wenn du mich fragst ... ich meine, du kennst ja Betty. Die ist nicht viel jünger als du und sicher keine Frau, nach der sich die Männer verzehren. Dieser Djadi ist Anfang zwanzig, wenn überhaupt. Aber ich habe versprochen, was zu unternehmen. Deswegen bin ich hier.«

»Was ist er für ein Landsmann?«, erkundigte sich Kristina.

»Ein Syrer. Er soll seit etwa zwei Jahren in Deutschland sein. Bis vor ein paar Monaten hat er in der Unterkunft in der Wilhelm-Busch-Straße gewohnt, dann ist er zu Betty gezogen.«

»Ein Flüchtling also. Schon wieder.«

»Wie meinst du das?« Kunze runzelte die Stirn.

Kristina lehnte sich im Stuhl zurück und begann mit einem Kugelschreiber zu spielen, der auf dem Schreibtisch lag.

»Vor Kurzem ist schon ein Flüchtling aus der Wilhelm-Busch-Straße verschwunden. Auch ein junger Mann. In dem Fall war die Mutter hier. Wir können aber eigentlich nichts unternehmen. Der Mann ist volljährig und hat sich, soweit bekannt, nichts zuschulden kommen lassen, zumindest strafrechtlich gesehen.«

»Aha. Und was heißt das?«, wollte Kunze wissen.

»Er ist nicht registriert«, informierte sie ihn.

»Das heißt, es sind in kurzer Zeit zwei Flüchtlinge aus der Unterkunft in der Wilhelm-Busch-Straße verschwunden«, fasste der Pfarrer zusammen.

»Richtig. Und in beiden Fällen kann ich quasi nichts tun, außer es zu erfassen.«

»Seltsam«, brummte der Pfarrer. Arno ließ sich neben seinen Füßen zu Boden fallen und schnaufte schwer. »Und nun?«

Kristina hob die Schultern und ließ sie wieder fallen.

»Nichts. Du kannst Betty sagen, dass du mich in Kenntnis gesetzt hast. Sie kann sich gern bei mir melden, falls ihr noch etwas einfällt. Und nun sei mir nicht böse, mir sitzt die Zeit im Nacken.«

»Ein neuer Fall?«, fragte Kunze und erhob sich ächzend von seinem Stuhl. Arno schielte nach oben zu seinem Herrn.

»Du hast offenbar die Zeitung noch nicht gelesen. Ja, ein neuer Fall. Zwei kleine Mädchen sind verschwunden.«

»Schrecklich«, brummte der Pfarrer. »Dann will ich dich nicht aufhalten. Komm mal wieder zum Essen vorbei. Sag Bescheid, wann du Zeit hast. Ich koche, was du magst. Komm, Arno.«

Kunze hob seinen Dackel hoch, nickte seiner Nichte noch einmal zu und trottete aus dem Raum.

9

Robert Sander stand am übergroßen Fenster des Wohnzimmers, die Hände hinter dem Rücken verschränkt, und starrte in den Garten. Mareike Sander hockte mit angezogenen Beinen auf dem Sofa. Ihre Haare waren wirr, die Augen verquollen, das Kleid zerknittert. Sie fror und schwitzte gleichzeitig. Permanent starrte sie auf den Telefonhörer des schnurlosen Apparates, der vor ihr auf dem Couchtisch lag. Seit gestern hatte sie ihren Platz auf dem Sofa kaum verlassen. Sie konnte weder essen noch schlafen, selbst etwas zu trinken fiel ihr schwer. Sie hatte die Kleidung nicht gewechselt und ihre Zähne nicht geputzt. Am frühen Morgen hatte die Kommissarin angerufen und ihr mitgeteilt, dass die kleine Tina

Schwede nicht hatte befragt werden können. Das behinderte Mädchen hatte sich einen Virus eingefangen und lag nun mit Fieber im Bett.

Robert Sander wandte sich zu seiner Frau um.

»Es hat keinen Sinn, ständig das Telefon zu fixieren. Geh wenigstens für eine Stunde ins Bett, Mareike«, bat er.

»Ich kann nicht.« Sie war kaum zu verstehen.

Sander hob hilflos die Hände.

»Mareike, du siehst fürchterlich aus. Ich muss jetzt Fabian abholen, und wir müssen ihm sagen, was passiert ist. Das allein ist schon schlimm genug. Wir müssen für den Jungen da sein. In deiner Verfassung ...«

Mareike zwang sich, ihren Mann anzusehen. Er war bleich und unrasiert, unter seinen Augen lagen Schatten.

»Was ist, wenn sie nicht wiederkommen?«, krächzte sie. Sander schüttelte heftig den Kopf.

»Das darfst du nicht mal denken. Irgendwer muss doch etwas gesehen haben. Die Meldung kommt heute noch mehrfach im Radio und im Fernsehen. Der Artikel in der Zeitung ist richtig groß, und die Herbich ist eine gute Kommissarin. Ich habe mit Willbrandt gesprochen. Er sagt, bei ihr ist der Fall in besten Händen.«

»Willbrandt?«, wiederholte Mareike heiser und sah ihren Mann aus brennenden Augen an.

»Der Leiter des Kommissariats und Herbichs Vorgesetzter. Mein Vater ist mit ihm befreundet. Ich hab ihn angerufen.«

Mareike nickte schwerfällig.

»Ich bin sicher, die Entführer melden sich bald«, fuhr Sander fort.

»Sie hätten sich doch längst melden müssen!« Mareikes Stimme klang schrill. Sander zerrte am Kragen seines Poloshirts.

»Vielleicht wollen sie kein Geld«, stieß er hervor.

»Was sollten sie sonst wollen?« Nun sprach sie monoton und sank noch ein wenig mehr in sich zusammen.

»Keine Ahnung. Medikamente, Drogen? Oder ...«

»Oder was?« Mit weit aufgerissenen Augen sah sie ihren Mann an.

»Nichts.«

»Was?« Mareike stand auf und ging auf ihn zu.

»Wir sollten uns nicht mit den schlimmsten Vorstellungen quälen«, wehrte er ab.

»Du meinst ... ein Perverser hat ... sie ...« Der Boden unter ihr schwankte. Roberts Hände schlossen sich um ihre Unterarme.

»Mareike.« Er sprach eindringlich. »Ich bin sicher, es wird alles gut.«

Er beugte sich vor, um ihr einen Kuss auf die Stirn zu geben. Rasch trat sie einen Schritt zurück. Ungehalten ließ er sie los.

»Ich hole den Jungen.«

Mareike wartete, bis sie hörte, wie er die Haustür hinter sich schloss. Sie fuhr sich mit der Zunge über die rissigen Lippen. Länger als eine halbe Stunde würde Robert nicht brauchen, bis er wieder hier war. Sie eilte zum Couchtisch und griff nach ihrem Handy, das neben dem Festnetztelefon lag, und tippte mit fahrigen Fingern auf dem Display herum. Schneller als gedacht fand sie die Telefonnummer, die sie gesucht hatte. Von einer Sekunde zur anderen begann sie so heftig am ganzen Körper zu zittern, dass ihr das Mobiltelefon entglitt. Sie biss sich auf die Wange und spannte sämtliche Muskeln an. Sie musste das Zittern unter Kontrolle bekommen. Es gelang nur mühsam. Endlich schaffte sie es, die Zahlenfolge unter »Teilnehmer anrufen« einzugeben. Ihre Kehle schnürte sich zusammen, als würde jemand eine eiserne Schnur um ihren Hals legen.

»Ja?«, meldete sich eine männliche Stimme.

»Jörg?« Ein hysterisches Beben durchlief sie.

»Mareike? Was soll das? Du sollst mich nicht anrufen!«

»Jörg, bitte. Du musst ...«

»Ich muss Schluss machen. Ich melde mich bei dir.«

Er legte auf, ehe sie noch etwas sagen konnte. Mareike ließ das Handy zu Boden fallen, griff sich mit beiden Händen in die Haare und riss daran, während sie gleichzeitig einen Schrei tiefster Seelenqual ausstieß.

10

»Du hast was?« Fassungslos sah Hannah Kopinski zu ihrem Freund Stefan, der mit knallrotem Gesicht hinter dem Steuer saß und das Lenkrad umklammert hielt. Er fuhr zu schnell. Der blaue Astra schoss die schmale Landstraße entlang, zur rechten Seite erstreckte sich der Wald, die Bäume standen gefährlich nahe am Straßenrand.

»Ich war besoffen, Hannah. Tut mir leid.« Sie sah einen Schweißtropfen an seiner Schläfe.

»Fahr nicht so schnell!«, fuhr sie ihn an.

Hart trat Stefan auf die Bremse, und Hannah wurde nach vorn geschleudert. Der Sicherheitsgurt zog sich straff um ihren Oberkörper und verhinderte, dass ihr Kopf gegen die Scheibe prallte.

»Du bist echt nicht ganz dicht.« Tränen schossen ihr in die Augen und verschleierten ihr den Blick.

»Ich sag doch, ich hatte zu viel getrunken. Außerdem war es nur Spaß. Ich hab doch nicht gedacht, dass Tim ernsthaft mit dir ins Bett will, weil ich das Spiel verloren hab.«

Die Enttäuschung darüber, dass ihr Freund sie als Wettpfand beim Skat eingesetzt hatte, war so groß, dass sie am liebsten auf der Stelle hätte sterben wollen.

»Du bist so ein Arschloch.«

»Komm, Süße, beruhig dich. Wir fahren nach Hause, und ich ruf ihn an und klär das, okay?«

Hannah rang nach Luft. Wenn sie die Kraft gehabt hätte, hätte sie auf Stefan eingeschlagen, bis er zusammensackte, doch sie schaffte es nicht einmal, sich zu bewegen. Aus den Augenwinkeln sah sie, wie er den ersten Gang einlegte.

»Idiot!«, stieß sie hervor. Endlich löste sich ihre Erstarrung.

Sie öffnete den Sicherheitsgurt, riss die Autotür auf und sprang nach draußen.

»Hannah! Wohin willst du? Nun bleib doch hier. Ist doch gar nix passiert. Scheiße!«

Sie hatte die Wagentür offen stehen lassen und rannte in den Wald, blindlings, ohne nachzudenken und ohne auf einen Weg zu achten. Sie hörte Stefan noch einige Male hinter ihr herrufen, schlug sich seitwärts durch ein paar Sträucher, um ihm zu entkommen, falls er versuchen wollte, ihr nachzulaufen. Sie keuchte, ein Zweig schlug ihr ins Gesicht, und sie stolperte über eine Wurzel. Auf allen vieren landete Hannah auf dem Waldboden. Ihre Knie, Handflächen und Handgelenke schmerzten von dem Sturz. Schluchzend verharrte sie in der unbequemen Stellung, bis sie allmählich wieder zu Atem kam.

Im Wald war es still. Offenbar war Stefan ihr nicht nachgelaufen. Rufen hörte sie ihn auch nicht mehr. Sie trocknete sich das Gesicht mit einem Zipfel ihres übergroßen T-Shirts und hockte sich auf die Fersen. Sie fühlte sich grenzenlos verloren und war sicher, über diesen Tiefschlag niemals hinwegzukommen. Mühsam rappelte sie sich auf. Es war schon recht düster im Wald, und sie hatte keine Ahnung, wo sie sich befand. Mit Stefan war Schluss, das war schon mal klar, auch wenn es unendlich wehtat. Nach Hause konnte sie demnach heute auch nicht mehr, aber das war das geringste Problem. Sie musste wieder aus dem Wald raus und zwar schnell, ehe es ganz dunkel war. War sie erst an der Straße, konnte sie den Rest der Strecke bis zu ihren Eltern laufen, die in Bad Berneck wohnten.

Hannah drehte sich langsam im Kreis und versuchte, durch das Dickicht aus Bäumen und Sträuchern zu sehen. Sie musste ziemlich weit gerannt sein, und sie hatte komplett die Orientierung verloren. Aufs Geratewohl marschierte sie los. Nach ein paar Minuten lichtete sich das Gehölz. Statt der ersehnten Straße glaubte sie die Außenfassade eines Gebäudes durch die Stämme der Bäume zu sehen. Doch wo ein Haus stand, mochte es auch einen Weg geben, der aus dem Wald hinausführte.

Zielstrebig marschierte sie darauf zu.

Nach etwa fünfzig Metern stand sie vor der Rückseite eines zweistöckigen Gebäudes, von dessen ehemals weißem Putz etliche Stücke weggebrochen waren. Hinter den großen Fenstern war es dunkel, die Scheiben waren blind, eine hatte einen diagonalen Sprung. Das Anwesen war eindeutig verlassen. Hannah überlief ein Frösteln. Das Haus war ihr unheimlich, und doch faszinierte es sie. Unter anderen Umständen hätte sie ein paar Bilder gemacht und vielleicht auch versucht, ins Innere des Gebäudes zu kommen, um dort zu fotografieren. Die Fotos hätte sie auf ihren Instagram-Account »Lost places and more« stellen können.

Hannah rieb sich die brennenden Augen und versuchte, die Gedanken an ihren missratenen Freund zu verdrängen. Noch reichte das Licht für ein paar Aufnahmen. Sie schaltete die Fotofunktion ihres Handys ein und knipste das Gebäude so gut es möglich war. Die Bilder waren zu dunkel, aber gerade dies gab ihrer Meinung nach perfekt die gedrückte Stimmung wieder, die das Haus ausstrahlte. Vielleicht war es einmal ein Hotel gewesen. Ein Waldhotel. Sie umrundete das Gebäude und fand den Eingang, eine zweiflügelige Holztür, auf halber Höhe mit Glaseinsätzen. Drei breite Stufen führten zur Tür. Sie drückte und zog an dem rostigen Knauf des Eingangs, doch der war verschlossen. Hannah sah über die Schulter in den Wald. Irgendetwas machte ihr Angst.

Vielleicht war es die Stille, die Einsamkeit und das langsam verlöschende Tageslicht. Sie sollte hier weg. Tatsächlich gab es vor dem Portal des Gebäudes eine breite Zufahrt, die in eine schmale Straße mündete, die sich zwischen den Bäumen verlor. Hier und da war die Teerdecke der Auffahrt gebrochen. Zwischen den Rissen wucherten Wildpflanzen. Zwei größere waren umgeknickt, als wäre jemand mutwillig daraufgetreten. Hannah wandte sich wieder dem verlassenen Haus zu. Neben der Tür war ein angerostetes Messingschild angebracht, nicht größer als ein normaler Briefumschlag. Sie schaltete die Lampenfunktion ihres Handys ein und versuchte, die Inschrift zu lesen. »Psychiatrische Klinik Bad Berneck« entzifferte sie.

Erneut überlief sie ein Schauer. Sie überlegte, ihren Vater anzurufen. Ihr Vater war in Bad Berneck geboren, er wusste sicher, wo sich die stillgelegte Psychiatrie befand, und konnte sie abholen. Hannah wählte seine Nummer und hörte das Besetztzeichen. Sie beschloss, es in einigen Minuten noch einmal zu versuchen, und setzte ihren Rundgang um das Gebäude fort.

Hinter der nächsten Hausecke entdeckte sie die Einfahrt zu einer unter dem Anwesen liegenden Garage. Das Tor war verschlossen, doch daneben befand sich eine schmale Holztür, deren Bretter einen morschen Eindruck machten. Auch diese Tür war zugesperrt. Hannah rüttelte an der Klinke. Die Klinke wackelte, gab aber nicht nach. Ungehalten warf sie sich gegen den marode erscheinenden Einlass. Es knackte, und ein Brett nahe dem Schloss lockerte sich. Hannah drückte das Holz nach innen und fasste vorsichtig durch den Spalt. Ein Spreißel schabte an ihrem Arm entlang. Sie bekam einen offenbar rostigen Schlüssel zu fassen, der innen steckte. Sekunden später war die Tür offen. Ein Schauer der Erregung überlief sie.

Rasch schlüpfte sie in das Gebäude, drückte die Tür hinter sich zu und richtete das gelockerte Brett. Sie stand im Stockfinsteren. Hannah schaltete die Lampe ihres Handys ein. Sie befand sich in einer leeren Tiefgarage, die etwa vier Autos Platz bot. Links in der Wand war eine offen stehende Tür eingelassen, hinter der eine Treppe nach oben führte. Sie überprüfte den Akku ihres Mobiltelefons. Er war noch halb voll. Das hieß, ihr blieb ein wenig Zeit, das Innere des alten Hauses zu erkunden.

Hannah stieg die Treppe hoch. Oben angekommen gelangte sie zu einem bogenförmigen Durchgang, hinter dem sich eine große Eingangshalle befand. Letztes trübes Tageslicht fiel durch hohe Fenster. Der marmorne Boden lag voll Schutt, teilweise aus den Wänden und der stuckverzierten Decke herausgebrochen. Ihr ging durch den Kopf, dass sie ihr Leben riskierte. Das Haus war eindeutig extrem baufällig. Was, wenn sich Teile der Decke lösten, gerade jetzt? Sie verdrängte den Gedanken. Schmucke Säulen, mit noch immer farbenprächtigen Mosaiken verziert, stützten das Gebälk, von dem ein stattlicher Kronleuchter hing. An einer Wand stand ein altmodisches rotes Sofa, durch die Sitzfläche hatte sich eine Sprungfeder gebohrt. In der Mitte der Halle befand sich eine breite Treppe mit kunstvoll geschmiedetem Geländer, die in den oberen Stock führte. Die Luft im Gebäude roch muffig und wie mit Schmutz durchsetzt. Ihr Mund und ihre Kehle wurden trocken. Sie hatte das Gefühl, feine Staubpartikel auf der Zunge zu spüren.

Hannah atmete flach und zog ihr T-Shirt vor den Mund. Behutsam nahm sie die Treppe nach oben. Diese war mit einem wohl ehemals grünen Teppich belegt, dessen Farbe durch Unrat und schwindendes Licht kaum noch zu erahnen war. Im oberen Stockwerk erstreckte sich ein langer Gang, von dem viele Türen abgingen. Einige standen offen. Hannah sah alte Krankenbetten, einen Raum, der seinerzeit als Sprechzimmer gedient haben mochte, eine kleine Küche und eine Kammer, in der sorgsam geplättete Bettwäsche in Eisenregalen lag. Auch einen Medizinschrank entdeckte sie, in dem noch Medikamente und vorsintflutliche, mehrfach verwendbare Spritzen gelagert waren. Hannah machte etliche Bilder. Allmählich verlor sich das unheimliche Gefühl, das sie erst beim Anblick und später beim Betreten der Psychiatrie befallen hatte.

Sie entschied sich, noch das restliche Erdgeschoss sowie eventuell vorhandene Kellerräume zu erkunden und dann das Haus auf dem gleichen Weg zu verlassen, auf dem sie hereingekommen war. Dann würde sie ihren Vater noch einmal anrufen.

Hannah ging wieder hinunter ins Erdgeschoss.

Hier befanden sich mehrere große Räume hinter Türen, die von der Eingangshalle abgingen. Es mochte sich um einen Speisesaal handeln, wie unzählige Tische, Stühle und eine alte Theke vermuten ließen. Dahinter gab es eine Küche mit einer Durchreiche, einem großen altmodischen Herd und vielen Schränken mit Kochgeschirr. Des Weiteren fand sie eine Art Aufenthaltsraum mit ein paar Sesseln und niedrigen Tischen, auf denen dicke Staubschichten lagen, sowie einen Gymnastikraum.

Hinter der breiten Treppe im Foyer des Hauses führte eine schmale Stiege in die Tiefe. Hannah machte sich auf den Weg nach unten.

Ihr Handy-Akku hatte noch dreißig Prozent. Inzwischen hatte sie reichlich Bilder. Bei aller Faszination für das alte Gebäude gewannen doch wieder andere Gefühle die Oberhand. Die unglaubliche Enttäuschung wegen Stefans schändlichem Verhalten, ihr Wissen darum, dass sie ihn nun verlassen musste, um nicht jede Selbstachtung zu verlieren, sowie sämtliche zerstörten Träume hinsichtlich einer gemeinsamen Zukunft. Es schnürte ihr die Kehle zu, und ihr wurde übel. Sie war so mit ihren Gedanken beschäftigt, dass sie nicht merkte, wie sich die Luft im Keller veränderte.

Das Licht ihres Handys flackerte. Erschrocken blieb sie auf der untersten Stufe stehen. Gab der Akku vorzeitig auf? Oder lag es an der winzigen LED-Lampe? Rasch schaltete sie die Lampenfunktion aus. Sie brauchte unbedingt noch genug Strom, um ihren Vater anzurufen. Hannah tastete über die Mauer neben der Stiege und fand einen altertümlichen Kippschalter. Ohne jede Hoffnung, damit etwas zu bewirken, betätigte sie ihn. Grelles Neonlicht flammte auf. Vor ihr erstreckte sich ein langer Gang, der Boden war mit grünem Linoleum belegt, und zu beiden Seiten sah sie etliche Stahltüren, cremefarben lackiert.

Als hätte das plötzliche kalte Licht ihre Sinne geweckt, stieg ihr der Geruch von Desinfektionsmitteln in die Nase, ähnlich wie in einem Krankenhaus. Doch ihre Nase nahm noch etwas anderes wahr. Etwas Süßliches. Ein totes Tier vielleicht? Eine Ratte? Oder eine verendete Katze, die sich auf irgendeinem Weg in diesen Keller verirrt hatte, ohne wieder hinauszufinden? Hannah stand reglos auf der untersten Stufe. Ihr war beklommen zumute, das unheimliche Gefühl von vorhin war wieder da. Es gab noch etwas, was sie irritierte, doch bislang konnte sie es nicht greifen. Etwas mahnte sie, umzukehren.

Gleich, versicherte sie sich. Vorsichtig setzte sie sich in Bewegung. Sie würde hinter sämtliche Türen sehen und dann so schnell es ging verschwinden. Behutsam näherte sie sich dem ersten Einlass. Er war nicht versperrt. Sie entdeckte ein kleines, sehr sauber wirkendes Zimmer dahinter. Auf einem schlichten Tisch mit weißer Kunststoffplatte stand ein Computer mit Flachbildschirm. Davor befand sich ein moderner schwarzer Bürostuhl. Gegenüber dem Schreibtisch stand eine Art Besucherstuhl mit roter gepolsterter Sitzfläche. In dem Moment wusste sie, was sie verstörte. Hier unten schien alles steril, und zumindest in diesem Raum war auch alles neu, nicht wie oben, wo die Zeit stehen geblieben war. Das Gebäude war gar nicht so verlassen, wie man auf den ersten Blick meinen mochte.

Mit einem Frösteln im Nacken machte sie sich auf den Weg zur nächsten Tür. Dahinter befand sich ein kleiner Operationssaal. Ein länglicher Metalltisch stand in der Mitte des Raumes, darüber hing eine runde OP-Lampe mit etlichen Lichtern. Sie sah Beistellwagen mit grünen Tüchern abgedeckt, darunter zeichneten sich Geräte ab, bei denen es sich um Operationsbestecke handeln mochte.

Reglos stand sie unter dem Türrahmen. Bei aller Stille, die in der alten Psychiatrie herrschte, rechnete sie mittlerweile damit, hier unten auf Krankenzimmer zu stoßen, in denen frisch operierte Patienten lagen, vielleicht in tiefem Schlaf. Was fehlte, war das Personal. Es drückte ihr die Luft ab, und sie wollte fliehen, doch irgendetwas zwang sie, sich weiter umzusehen. Als sie die dritte Tür nunmehr am Ende des Flures öffnete, wurde der süßliche Geruch, den sie zunächst einem verstorbenen Tier zugeordnet hatte, stärker.

In Hannah stieg eine entsetzliche Ahnung auf. Links waren in die Wand etliche Kammern eingelassen, die meisten auf Augenhöhe und allesamt mit einer Klappe verschlossen. In diesem Raum befand sie sich wieder in der Vergangenheit. Rost und abgeblätterte Farbe herrschten vor, die Kammern waren mit altmodisch geschwungenen Zahlen durchnummeriert. Sie tastete nach dem Kippschalter neben der Tür, und tatsächlich flammte auch hier Licht auf. Rechts von ihr stand ein geschlossener Zinksarg. Links von ihr, am Boden unterhalb einer der Kammern, schimmerte ein großer bräunlicher Fleck. Ein feines Rinnsal einer Flüssigkeit gleicher Farbe sickerte unter der Klappe mit der Nummer fünf hervor. Hannah stand da wie gelähmt.

Sie zwang sich näher zu gehen. Ihr Arm fühlte sich bleischwer an, doch sie schaffte es, nach dem Hebel zu greifen, mit dem die Kammer zu öffnen war. Geschmeidig glitt die Klappe auf. Der unerträgliche Geruch von Blut und verwesendem Fleisch schlug ihr entgegen. Sie erkannte einen menschlichen Kopf mit dichten dunklen Haaren, und im gleichen Augenblick vernahm sie rasche Schritte. Gummisohlen quietschten über den Linoleumboden des Flures. Die Wände schienen auf Hannah zuzukommen, und nun konnte sie sich endgültig nicht mehr rühren. Eine Gestalt erschien in der Tür, eilte auf sie zu, und sie spürte einen Schlag auf den Kopf, dann wurde alles schwarz um sie.

11

Mareike Sanders Schultern staksten knochig unter der schmuddeligen weißen Strickjacke hervor, die sie über einem blauen Sommerkleid trug. Sie hatte die Arme um den Oberkörper geschlungen, saß auf der Kante des Sofas und wippte monoton vor und zurück. Robert Sander stand mitten im Raum, offenbar unfähig sich zu setzen.

»Wir müssen in Erwägung ziehen, dass es sich bei dem Verschwinden Ihrer Töchter nicht unbedingt um eine klassische Entführung handelt«, sagte Kristina vorsichtig.

»Was heißt das?« Robert Sander straffte die Schultern, und Kristina, die auf einem Sessel Platz genommen hatte, war gezwungen, zu ihm aufzusehen.

»Nun, Ihre Töchter sind mittlerweile seit ziemlich genau achtundvierzig Stunden verschwunden. Bisher gibt es keine

Lösegeldforderung.« Und auch sonst keine Spur, die uns weiterbringt, ergänzte sie in Gedanken. Auf die Aufrufe in den Medien hin hatte es zwar schon unzählige Meldungen gegeben, die von drei Kollegen unter Hochdruck ausgewertet wurden, doch bislang war kein Anhaltspunkt dabei gewesen, der hoffen ließ.

»Was heißt das?«, wiederholte Sander.

»Herr Sander, bitte setzen Sie sich.« Sie hatte weder Lust, selbst aufzustehen, noch, länger zu ihm aufzusehen. Der Apotheker zögerte, dann setzte er sich mit einer Armlänge Abstand neben seine Frau.

»Es könnte sein, dass andere Gründe vorliegen, derentwegen die Kinder abgängig sind.« Verdammtes Amtsdeutsch.

»Sie meinen … ein Sexualdelikt?« Sanders Züge versteinerten.

»Ich meine gar nichts. Dennoch müssen wir alles in Betracht ziehen«, erwiderte Kristina.

Mareike Sander gab einen schrillen Ton von sich und klappte mit dem Oberkörper nach vorn, bis ihre Stirn beinahe den Couchtisch berührte. Sander warf einen Blick zu seiner Frau hinüber und wandte sich gleich darauf wieder Kristina zu.

»Aber kann es denn nicht sein, dass die Lösegeldforderung noch kommt?«, beharrte er.

»Die Erfahrung zeigt, dass die meisten Forderungen innerhalb von vierundzwanzig Stunden nach der Entführung bei den Angehörigen eingehen. Natürlich ist nichts in Stein gemeißelt. Sie haben in den letzten beiden Tagen mehrere Anrufe bekommen.« Kristina zog eine Liste aus ihrer Handtasche.

»Viermal von einem Anschluss, der auf den Namen Georg Sander lautet. Ich nehme an, es handelt sich um Ihren Vater beziehungsweise Schwiegervater?«

Sie sah das Ehepaar, das ihr gegenübersaß, fragend an.

»Sie lassen unser Telefon überwachen?« Ungläubig zog der Apotheker die Stirn in Falten.

»Ja. Im Falle, dass die oder der Entführer sich meldet, müssen wir so rasch wie möglich reagieren können.«

»Dürfen Sie das? Ohne unser Wissen und unser Einverständnis?« Empörung zeichnete sich auf Sanders Miene ab.

»Wir haben selbstverständlich eine richterliche Anordnung eingeholt«, erwiderte Kristina.

Sander stützte die Hände auf die Knie, als wollte er aufstehen, blieb aber sitzen.

»Ich finde es dennoch ungeheuerlich. Sie hätten uns zumindest in Kenntnis setzen müssen.«

»Das ist richtig. Ich bitte Sie, dieses Versäumnis zu entschuldigen. Ich bin davon ausgegangen, dass Ihnen jedes zur Verfügung stehende Mittel recht ist, um die Mädchen zu finden.«

Sander schnaufte geräuschvoll.

»Das ist natürlich so.«

»Gut. Dann ist Georg Sander Ihr Vater?«, fragte sie noch einmal.

»Ja«, bestätigte der Apotheker.

»Ebenso haben Sie einen Anruf von einem Professor Hagen Meining erhalten«, fuhr Kristina fort und sah wieder die Eheleute an.

Sanders Blick ging zu seiner Frau. Diese richtete sich aus ihrer noch immer nach vorn gebeugten Haltung auf. Ihre Augen waren rot gerändert, die Haut ihres Gesichts fleckig.

»Meining hat angerufen?«, fragte er. »Davon hast du mir nichts erzählt.«

Mareike Sander ignorierte die Fragen ihres Mannes.

»Das ist ein Kollege von mir. Er hat in der Zeitung von … der Sache gelesen und wollte mir, beziehungsweise uns, seinen Beistand versichern.«

»Warum hast du mir von dem Anruf nichts erzählt?«, beharrte Sander, ohne seine Frau aus den Augen zu lassen.

»Meine Güte! Es schien mir nicht wichtig. Ich kann nur noch an die Kinder denken. Ich wollte nicht mit ihm telefonieren. Ich wollte, dass die Leitung frei bleibt, für den Fall dass …« Sie presste die Handflächen gegen die Wangen.

»Wo ist eigentlich Ihr Sohn Fabian?«, erkundigte sich Kristina.

»Bei meinen Eltern«, gab Sander Auskunft. »Ich wollte ihn eigentlich abholen, aber Sie sehen ja, in welcher Verfassung meine Frau ist. Der Junge weiß Bescheid, doch wir möchten ihn so weit wie möglich heraushalten.«

Kristina nickte und machte sich einen Vermerk.

»Und wer ist Hilde Guntram?«, fuhr sie nach einem Blick auf ihre Liste fort.

»Unser Kindermädchen«, informierte sie Sander. »Sie passt gelegentlich auf unsere drei auf und springt immer dann ein, wenn Mareike nachmittags in die Praxis muss oder eins der Kinder krank ist. Ansonsten sind die Kinder ja vormittags aus dem Haus. Fabian ist dann in der Schule, und die beiden Kleinen sind im Kindergarten.« Er sprach gefasst und sachlich.

Kristina machte einen Haken hinter den Namen Hilde Guntram.

»Noch mehr Namen?«, wollte Sander wissen.

Kristina schüttelte den Kopf. Auf der Liste war auch ihre eigene Nummer verzeichnet, außerdem war einmal ein Pizzaservice angerufen worden. Die Gespräche, die von den Handys der Eltern aus geführt worden waren, waren noch in der Überprüfung. Sander spreizte die Beine und legte die Ellbogen auf die Knie.

»Wie geht es jetzt weiter?«, fragte er.

Kristina steckte ihre Liste zurück in die Tasche. Sie betrachtete Mareike Sander. Die Frau stand kurz vor einem Zusammenbruch. Dass sie bereits dabei waren, sämtliche Sexualstraftäter zu überprüfen, die sich an kleinen Kindern vergriffen hatten, wagte sie in ihrer Gegenwart nicht laut auszusprechen.

»Wir überprüfen sämtliche Hinweise, die aufgrund der Aufrufe in den Medien eingegangen sind«, wich sie aus und stand auf. Sander tat es ihr gleich.

»Ich bringe Sie hinaus. Sie melden sich?«

»Selbstverständlich«, erwiderte Kristina.

12

Gisela Schnitzer trat aus dem kleinen Gebäude, von dessen Wänden der gelbliche Putz abblätterte, und schloss sorgsam die rot lackierte Haustür hinter sich, deren Anstrich dringend hätte erneuert werden müssen. Über dem Eingang ihres Heims hing ein dunkles Metallschild mit der Aufschrift »Zur Waldhütte«. Sie wandte sich um und stieg die drei Steinstufen zum früheren Biergartenbereich herunter. Etliche alte Tische und Stühle standen noch hier, sogar ein paar Schirmhalter für Sonnenschirme fristeten ihr Dasein zwischen den Sitzgelegenheiten. Es war dreißig Jahre her, dass ihre Eltern die Wirtschaft betrieben hatten, hier im Wald von Frankenberg, einem Erholungsgebiet zwischen Bayreuth und Bad Berneck.

Margarete und Heinz Schnitzer hatten bis ins hohe Alter die Ausflügler bewirtet, die auf einem Spaziergang eine Erfrischung gesucht hatten. Margarete hatte Kuchen gebacken, Kaffee gebrüht, Wiener Würstchen heiß gemacht und in einer Gefriertruhe Eis für die Kinder bereitgehalten. Heinz hatte bei schönem Wetter Steaks und Bratwürste gegrillt und bei weniger schönem Wetter kräftige Gulaschsuppe gekocht. Von der blieb oft was übrig, weil bei weniger schönem Wetter auch weniger Gäste kamen. Da aßen Schnitzers dann ein paar Tage daran. Gisela war ihren Eltern im Lokal zur Hand gegangen, doch als beide kurz nacheinander starben, hatte sie den Betrieb aufgegeben. Einen Ausbildungsberuf hatte sie nie erlernt, aber die Familie hatte bescheiden gelebt und der einzigen Tochter eine stattliche Summe Bargeld hinterlassen. Gisela, die von Kind an zur Genügsamkeit erzogen worden war, hatte ihr Auskommen. Aber sie war einsam.

An diesem Sommerabend wollte sie Zweige sammeln und in die Hütte hinter dem Haus legen, wie so häufig. Mit dieser Tätigkeit war sie seit Jahr und Tag jeden Sommer beschäftigt, damit im Winter der Ofen in der Küche gut angeschürt werden konnte. Mit ihrem Korb über dem Arm machte sich Gisela auf den Weg. Sie war spät dran heute. Der Tag war so warm gewesen, dass sie ihren abendlichen Spaziergang hinausgeschoben hatte, und nun würde es nicht mehr lange hell sein.

Sie war noch nicht allzu weit gelaufen, als sie durch die Geräusche des Waldes, wie das Rascheln der Blätter, das Knacken der Zweige, auf die sie trat, und das abendliche Zwitschern der Vögel, ein Schluchzen vernahm, wohl verursacht von einem Kind. Verwundert blieb Gisela stehen und lauschte. Doch, da war es wieder, sie war ganz sicher. Sie ging in die Richtung, aus der sie das Weinen gehört hatte, und sah zwischen den Baumstämmen ein kleines Mädchen. Das Kind trug einen bunten Rock und ein rosa T-Shirt, die Haare waren zerzaust und das Gesicht verquollen. Die Kleine war offenbar allein. Gisela ging zu ihr.

»Hallo, kleines Mädchen. Was ist denn los? Hast du dich verlaufen?« Das Kind sah sie erschrocken an und gab keine Antwort. Stattdessen hob es die Arme und verbarg das Gesicht darinnen. Die zarten Schultern zuckten. Vorsichtig berührte Gisela den Arm des Mädchens.

»Sagst du mir, wie du heißt? Wo sind deine Eltern?«

Wieder gab das Kind keine Antwort, stattdessen schluchzte es weiter. Ratlos ließ Gisela den Blick durch den Wald schweifen. Vielleicht hatte sich die Kleine verlaufen. Inzwischen war es dämmrig geworden.

»Pass auf, kleines Mädchen«, fuhr Gisela fort. »Du kannst nicht hier draußen alleine bleiben. Es wird bald dunkel. Ich nehme dich mit zu mir, und du sagst mir, wer du bist. Dann rufe ich deine Eltern an, damit sie dich abholen. Einverstanden?«

Das Kind schwieg. Wenn sie ehrlich war, hatte sie auch gar keine Reaktion erwartet. Das Mädchen war völlig verschreckt. Sie streichelte ihr die Schulter. Die Kleine ließ die Arme sinken und sah zu Boden. Gisela hielt ihr die Hand hin. Zögernd ließ sich das Mädchen an der Hand fassen.

»Komm mit. Es wird alles gut«, versprach sie.

Das Kind tappte neben ihr her und hielt den Kopf gesenkt. Es weinte nicht mehr, sagte aber auch kein Wort. Gisela beschloss, der Kleinen erst einmal einen Kakao zu kochen und ihr ein paar Kekse anzubieten. Reden musste sie schon, sonst konnte sie ja die Eltern nicht verständigen. Die machten sich bestimmt die größten Sorgen.

»Schau, da vorne wohne ich«, erzählte sie dem Mädchen und zeigte zur Waldwirtschaft. Endlich hob das Kind den Blick und folgte ihrem ausgestreckten Arm.

Gisela bugsierte die Kleine die Treppe hinauf.

Eine Stunde später hatte das Mädchen noch immer nichts gesagt. Inzwischen fragte sie sich, ob die Kleine stumm war. Dann musste sie auf jeden Fall die Polizei anrufen. Immerhin hatte das Kind den Kakao getrunken und zwei Kekse gegessen.

»Pass auf, kleines Mädchen«, sagte Gisela, die mit ihr am Küchentisch Platz genommen hatte. »Ich glaube, du hast Angst und du bist traurig. Vielleicht bist du ja weggelaufen und denkst jetzt, deine Eltern sind böse auf dich, und deswegen sagst du mir nicht, wer du bist. Ich bin aber ganz sicher, sie machen sich große Sorgen und wären froh, wenn du wieder zu Hause wärst. Weißt du was?«

Das Kind sah Gisela an.

»Es ist spät, und ich bin müde und du bestimmt auch. Wir schlafen jetzt ein bisschen. Und wenn morgen früh die Sonne wieder scheint, bringe ich dich nach Hause. Du kannst mir auch den Weg zeigen.«

Sie verstummte. Das war Unsinn. Den Weg kannte die Kleine wohl nicht. Sie strich ihr über den Kopf. Das Kind zuckte zurück, und Gisela seufzte.

»Du darfst in meinem Bett schlafen, und ich lege mich aufs Sofa. Komm mit.«

Sie stand auf. Das Mädchen rutschte vom Stuhl und folgte ihr. Sie stiegen die Treppe in den ersten Stock hinauf, wo sich die Wohnräume der Wirtschaft befanden. Unter der Tür zum Schlafzimmer musterte sie das Kind.

»Erst Hände waschen und Gesicht«, sagte sie und schob die Kleine ins Bad. Wenige Minuten später deckte sie das Mädchen zu.

»Schlaf gut. Wenn du Angst hast oder was brauchst, ich

schlafe im Wohnzimmer. Das ist gleich nebenan. Du kannst jederzeit kommen und mich wecken. Ich lass die Tür ein Stückchen offen.«

13

Das kleine Mädchen lag unter der Bettdecke der fremden Frau und lauschte auf die unbekannten Geräusche im Haus. Ab und zu knackte es irgendwo, und draußen vor dem Fenster raschelte es. Das Kissen und die Decke waren zu groß und schwer und rochen komisch. Die Frau war gut zu ihr gewesen. Sie hatte schrecklichen Hunger gehabt und noch viel mehr Angst. Aber jetzt wollte sie zurück nach Hause. Vorsichtig schob die Kleine die Beine über die Bettkante und schlüpfte in die Schuhe.

Ein bisschen Mondlicht fiel ins Zimmer. Sie konnte die Umrisse der Möbel sehen und die Tür. Unten in der Küche hatte eine dicke Kerze auf dem Tisch gestanden, und Streichhölzer lagen daneben. Sie würde die Kerze mitnehmen, damit sie im dunklen Wald den Weg fand. Leise bewegte sie sich die Treppe hinunter und zur Küche. Eine Kerze anzünden konnte sie, das hatte die Mama schon oft mit ihr geübt. Von der fremden Frau hörte sie nichts, sie schien zu schlafen.

Sekunden später schlich das Mädchen mit der brennenden Kerze zur Haustür. Mit beiden Händen hielt es das Licht. Die Flamme flackerte. Jetzt kam das größte Problem. Es musste die Tür aufkriegen. Die Kleine blieb im Flur stehen und dachte nach. Sie hatte keine Hand frei, die Kerze war zu dick, um sie mit nur einer Hand zu umfassen. Direkt neben der Tür stand eine Kommode, und über ihr hingen viele Jacken. Behutsam stellte sie die Kerze auf das Möbel. Die Flamme berührte den Ärmel einer Fleecejacke, und ab diesem Moment ging alles ganz schnell. In Windeseile fraß sich das Feuer an dem Kleidungsstück hoch. Mit offenem Mund starrte die Kleine in die flackernde Hitze. Ihre Erstarrung löste sich, und sie zerrte am

Griff der Haustür. Krachend stürzte ein brennendes Holzpaneel, das über den Garderobenhaken befestigt gewesen war, herunter. Die Tür ging nicht auf, und die Kleine fing an zu schreien. Sie sah die Frau, die sie mitgenommen hatte, oben an der Treppe erscheinen. Sie trug ein bodenlanges Nachthemd. Die Frau eilte die Stufen hinunter, stolperte und stürzte die Treppe hinunter. Sie schlug mit dem Kopf auf dem steinernen Fußboden im Flur auf und rührte sich nicht mehr. Die Kleine schrie und schrie, während sich Flammen und Hitze in rasender Geschwindigkeit ausbreiteten.

14

»Das ist ja grauenhaft«, murmelte Kristina und zog ihre dünne Strickjacke fester um sich. Es war jetzt zwei Uhr morgens. Vor etwa zwanzig Minuten hatte sie den Anruf bekommen, dass die »Waldhütte« in Frankenberg in Flammen stand. Zwei Minuten hatte sie gebraucht, um sich anzuziehen, zehn Minuten, um unter Einsatz des Blaulichtes von Bayreuth hierherzufahren, und die restliche Zeit, um sich einen ersten Überblick zu verschaffen. Das Gebäude war nicht mehr zu retten, die Feuerwehr hatte nur noch verhindern können, dass es zu einem massiven Waldbrand kam. Zwischen den Bäumen rund um die alte Waldwirtschaft standen drei Feuerwehrautos, ein Krankenwagen war hier, zwei Polizeifahrzeuge, ein Arzt, einige Sanitäter und jede Menge Leute von der Feuerwehr. Von dem ehemaligen Ausflugslokal waren nur noch verkohlte Mauerreste übrig. Der Dachstuhl war eingestürzt, die nächtliche Luft war geschwängert von Rauch, den Ausdünstungen von sengendem Gebälk, unzähligen Hektolitern dampfenden Wassers, durchdrungen von der Hitze des Feuers, das die alten Mauern erfasst hatte.

»Was ist mit Gisela?«, erkundigte sich Kristina, und ein Frösteln überlief sie. Als Kind war sie sonntags ab und an mit ihren Eltern in der »Waldhütte« gewesen, die den mittlerweile längst verstorbenen Eheleuten Schnitzer gehört hatte. Sie konnte sich noch gut an deren Tochter erinnern, die mit bedient hatte.

»Wir haben zwei Tote«, umging Feuerwehrhauptmann Kramer eine klare Antwort. »Eine erwachsene Person und ein Kind.«

»Gisela hatte weder Kinder noch Enkelkinder. Wenn sie die Tote ist, wer ist dann das Kind?«, fragte Kristina und musste an Mareike Sanders vermisste Töchter denken.

»Gute Frage.« Kramer kratzte sich an der Nase.

»Wer hat Sie verständigt?«, wollte sie wissen.

»Ein Spaziergänger, der spät mit seinem Hund rausmusste. Name und Adresse haben wir«, teilte der Feuerwehrhauptmann mit.

»Können Sie irgendwas zur Brandursache sagen?«, fragte Kristina weiter. Kramer schüttelte den Kopf und schob seinen Helm aus der Stirn.

»Lassen Sie mal Ihre Leute ran. Die wissen das besser«, brummte er und empfahl sich mit einem Nicken.

Kristina gab dem Rechtsmediziner Ulf Keller, der in sicherem Abstand auf seinen Einsatz wartete, ein Zeichen. Keller kam zu ihr.

»Ich muss so schnell wie möglich wissen, wer die Leute sind, besonders das Kind«, wies sie ihn an.

»Meinen Sie, die Sache hat was mit den Sander-Kindern zu tun?« Unbehaglich sah der Arzt seine Kollegin an.

»Ich kann es nicht ausschließen. Auch wenn es mir unvorstellbar scheint, aber wenn Gisela … nun, wenn sie … wie auch immer. Dann frag ich mich: Wo ist das zweite Mädchen?«

Von hinten näherte sich Alexander Forsch, Leiter der Spurensicherung.

»Sowie es uns möglich ist, durchsuchen wir jede Ecke und jeden Winkel des Gebäudes. Wir müssen auch in den Keller, aber der Eingang ist noch verschüttet«, sagte er. »Vielleicht sind ja noch mehr Personen im Haus.«

»Ja«, sagte Kristina leise.

Ihre Schleimhäute brannten vom Rauch. Was war hier passiert? Ein junger Polizeibeamter wies zwei Kollegen den Weg zu der Stelle, wo die beiden Leichen lagen. Die Männer hatten einen Zinksarg dabei, ein zweiter Sarg stand im geöffneten Kofferraum eines Polizeifahrzeuges bereit. Der Beamte kam zu Kristina.

»Schrecklich.« Im grellen Licht der Lampen, die die Brandruine und den umliegenden Platz ausleuchteten, wirkte seine Miene wächsern, und seine Nase stach spitz aus dem Gesicht hervor. »Wenn das die Angehörigen erfahren ...«

»Wenn es sich bei der erwachsenen Person um Gisela Schnitzer handelt, gibt es keine Angehörigen, soweit ich weiß«, erwiderte Kristina.

»Aber das Kind ...«, wandte der Beamte ein.

Sie nickte. Sie mochte es sich nicht vorstellen. Handelte es sich wirklich um eines der Sander-Kinder, würde zumindest die Mutter wohl einen Zusammenbruch erleiden.

15

Robert Sander öffnete die Haustür. Es war früh am Morgen. Sein Blick ging zum Friedhof St. Johannis, der etwa hundert Meter entfernt gegenüber von seinem Anwesen lag. Eben krochen die ersten Strahlen der Sonne über die dichten Kronen der Laubbäume, die über die Friedhofsmauer ragten, und blendeten ihn. Der Wetterbericht hatte wieder einen heißen Tag angekündigt, am frühen Abend sollte es heftige Gewitter geben.

Mareike hatte sich vergangene Nacht zum ersten Mal, seit die Kinder verschwunden waren, ins Bett gelegt. Komplett bekleidet und ohne etwas zu Abend zu essen. Er selbst war im Wohnzimmer neben dem Telefon sitzen geblieben, hatte zwei Kognak getrunken und war irgendwann tief und fest auf dem Sofa eingeschlafen. Letzteres wunderte ihn, denn eigentlich konnte er nicht mehr schlafen, seit die Katastrophe über seine

Familie hereingebrochen war. Mittlerweile drei Tage waren Antonia und Natalie nun verschwunden.

Seit drei endlosen Tagen, unerträglich qualvoll, anfangs noch geprägt von der Hoffnung, etwas tun zu können, später nur noch von Verzweiflung und Entsetzen gefüllt. Er fand keine Ruhe mehr und konnte auch nicht zur Arbeit gehen. Fabian war noch immer bei den Großeltern, und Sander plagte das schlechte Gewissen, den Jungen quasi abgeschoben zu haben. Mareike verfiel von Tag zu Tag mehr. Sie sprachen nicht mehr miteinander, jeder litt auf seine Weise. Ihr Anblick mit den struppigen Haaren, der zerknitterten Kleidung und der von Gram zerfressenen Miene widerte ihn an, und er hasste sich dafür, so zu empfinden.

Zudem war die Stille im Haus kaum zu ertragen, Geräusche jedoch noch viel weniger. Längst konnte er sich nicht mehr vorstellen, dass diese grauenhafte Geschichte gut ausging. Dass die Kleinen wohlbehalten wiederkamen. Dass sich ein Entführer meldete.

Die Herbich mochte es nicht laut aussprechen, aber inzwischen war er überzeugt, dass entweder ein Sexualstraftäter am Werk war oder ein Kinderhändlerring. Letzteres schien ihm am wahrscheinlichsten.

Sander sah durch eine Lücke zwischen den Sträuchern Olaf Berger die Straße entlangkommen, in einer großen Tasche über der Schulter einen Packen Tageszeitungen, die der Rentner seit Jahren austrug. Sander ging ihm entgegen und öffnete das Gartentor. Der alte Mann erblickte ihn und hob grüßend die Hand.

»Morgen, Robert«, nuschelte Olaf und wich seinem Blick aus.

»Morgen, Olaf.« Der Rentner zog eine der Zeitungen aus der Tasche, hielt sie Sander zusammengeklappt entgegen und räusperte sich.

»Wie geht's Mareike?«, fragte er.

»Beschissen«, gab Sander zurück und griff nach der Zeitung. Olaf Berger nickte und schulterte umständlich seine Tasche.

»Ich frag nur wegen der Praxis. Ich meine, die ist ja jetzt schon die ganze Zeit zu, und man weiß nicht, wer Vertretung macht.«

»Ich spreche mit Mareike«, versicherte Sander.

»Es ist ja nur wegen dem Rezept für Renate, wegen dem Bluthochdruck, weißt du.«

»Ja, ja. Ich weiß.«

»Tut mir übrigens leid, die Sache«, brummte er und zupfte an einem Fädchen, das sich aus einem Knopfloch seines Hemds löste.

»Danke«, erwiderte Sander.

»Also dann. Man sieht sich.« Berger tippte sich an die Stirn, als wollte er salutieren, und schlurfte die Straße entlang zum nächsten Abonnenten des Nordbayerischen Kuriers. Sander schloss das Gartentor.

Berger hatte nicht gefragt, ob es etwas Neues gab. Robert war es egal. Nichts zählte noch, nur dass die Mädchen wohlbehalten wieder auftauchten. Er konnte nicht mehr daran glauben, und doch wollte er die Hoffnung festhalten, die immer kleiner wurde.

Er ging zurück ins Haus und von dort in die Küche und warf die Zeitung, die im Flug aufklappte, auf den Tisch. Er sah nicht hin, stattdessen füllte er Wasser in die Kaffeemaschine. Während er Pulver in den Filter gab, schwankte Mareike zur Tür herein. Sie hatte einen Morgenmantel über ihre Tageskleidung gezogen. Ihr Gesicht hatte einen gelblichen Farbton, ihre Lippen schimmerten blau, und unter ihren Augen lagen tiefe Schatten. Sie brauchte einen Arzt oder, noch besser, er fuhr sie in die Klinik. Für seine Begriffe sah Mareike aus wie der Tod. Sie stützte sich mit einer Hand auf den Küchentisch, mit der anderen hielt sie den Morgenmantel über der Brust zusammen. Den Blick hielt sie auf die aufgeschlagene Zeitung gerichtet. Sie gab einen dumpfen Ton von sich, dann knickten ihr die Beine weg.

Sander war mit einem Satz bei seiner Frau. Er fing sie auf, ehe sie zu Boden stürzte. Schwer hing sie in seinen Armen. Ihre

Augen waren geschlossen. Sie war bewusstlos. Vorsichtig ließ er sie zu Boden gleiten und tastete nach seinem Handy, das in der Hosentasche steckte. Er würde den Notarzt für sie rufen. In dem Moment fiel sein Blick auf die Tageszeitung. Das Bild eines durch einen Brand komplett zerstörten Hauses prangte auf der Titelseite. Darüber fett gedruckt eine Schlagzeile: »Ehemalige Waldhütte komplett abgebrannt – Zwei Tote, darunter ein Kind – Identität des Kindes noch nicht festgestellt«. In der nächsten Zeile, etwas kleiner gedruckt, stand: »Gibt es einen Zusammenhang mit den vermissten Sander-Kindern?«

Sander ließ das Handy sinken. Es schnürte ihm die Luft ab. Dass Mareike sich zu seinen Füßen bewegte, nahm er nur unterschwellig wahr. Wut und Entsetzen gleichermaßen packten ihn. Es war unfassbar. Warum hatte sie die Herbich nicht informiert? Wie kamen die Schmierfinken von der Zeitung dazu, solche Mutmaßungen zu veröffentlichen? Und was, wenn das tote Kind wahrhaftig eines von seinen war? Übelkeit schwappte vom Magen in seine Kehle. Mareike hatte sich aufgesetzt.

»Robert …«, krächzte sie.

»Ich ruf die Herbich an. Das kann doch nicht sein. Was denken die sich denn? Die können doch nicht einfach …«

Das Läuten seines Mobiltelefons, das er noch immer in der Hand hielt, unterbrach ihn. Er sah aufs Display. Die Nummer des Anrufers war unterdrückt.

Er nahm das Gespräch an.

»Ja?«, schnaubte er. Seine Miene erstarrte, während er zu erfassen versuchte, was der Mann am Ende der Leitung sagte, und sein Arm begann unkontrolliert zu zittern. Beinahe hätte er das Handy fallen lassen.

»Haben Sie mich verstanden?«, drang die Stimme des Unbekannten an sein Ohr.

»Ja. Ja, natürlich. Aber ich will ein Lebenszeichen! Warum melden Sie sich jetzt erst?«

»Achthunderttausend Euro. Kein Lebenszeichen. Keine Polizei. Wenn Sie nicht zahlen, sehen Sie die Mädchen nicht wieder. Ich melde mich.«

Robert entglitt das Mobiltelefon. Es fiel auf die Zeitung, die auf dem Küchentisch lag.

»Der Entführer hat angerufen«, presste er keuchend hervor. »Er will achthunderttausend Euro. Woher hat der Kerl meine Handynummer? Die weiß doch kaum jemand.«

Mareike rappelte sich auf und ließ sich auf einen Küchenstuhl fallen. Sie blickte ihn an wie paralysiert.

»Ich weiß es nicht«, sagte sie schließlich. Ihre Stimme wackelte.

»Ich hab keine verdammten achthunderttausend Euro!« Robert schluchzte auf und hielt erschrocken den Atem an.

»Deine Eltern. Vielleicht können die uns helfen.« Ihre Augen waren gerötet, und sie wirkte seltsam abwesend.

»Sicher.«

»Wir können auch das Haus belasten«, fuhr sie monoton fort. »Und die Apotheke.«

Robert presste die Handballen gegen die Schläfen. Er fürchtete, den Verstand zu verlieren.

»Mareike, wer war das? Wer hat unsere Kinder? Es muss jemand sein, den wir kennen. Vielleicht hat dich derjenige schon eine Zeit lang beobachtet und hat den Moment genützt, als du die Kinder im Auto gelassen hast. Denk nach! Ist dir irgendwas aufgefallen?«

»Nein. Mir ist nichts aufgefallen.«

In Roberts Körper vibrierte jeder Nerv. Ihre stoische Haltung machte ihn wahnsinnig.

»Ich rufe die Herbich an«, entschied er.

»Auf keinen Fall.« Mareike richtete sich im Stuhl auf und beugte sich ein Stück über den Tisch. »Wenn er gesagt hat, keine Polizei, müssen wir uns daran halten.«

»Aber das ist doch … das ist doch … Und warum meldet sich der jetzt erst? Die Sache stinkt doch! Und hier!« Er bohrte den Zeigefinger auf die Titelseite des Nordbayerischen Kuriers. »Was soll das? Ich wollte die Herbich sowieso anrufen. Vielleicht ist der Kerl ein Trittbrettfahrer. Dann zahlen wir und … die Kinder …« Ihm versagte die Stimme. Im gleichen

Augenblick schellte das Festnetztelefon, dessen Station im Flur stand.

»Ich geh ran«, murmelte Robert. Er fand den mobilen Hörer im Wohnzimmer, erkannte die Nummer von Professor Dr. Hagen Meining und nahm das Gespräch an.

»Hagen, guten Morgen«, sagte er. Sein Puls raste. Er zwang sich zur Ruhe.

»Robert. Guten Morgen. Wobei man von *gut* wohl nicht sprechen kann. Ich hab die Zeitung gelesen. Kann man schon irgendwas dazu sagen?«

»Nein. Ich wusste bis vor ein paar Minuten gar nichts von dem Brand. Ich wollte gerade die Kommissarin anrufen deswegen. Du bist mir quasi dazwischengekommen.«

»Tut mir leid. Ich wollte eigentlich auch Mareike fragen, wie es ihr geht, aber sie ist nicht ans Handy.«

»Es geht ihr miserabel. Wenn du mich fragst, gehört sie in die Klinik. Ich rechne beständig mit einem kompletten Zusammenbruch. Sie isst nicht, sie schläft nicht, und ihre Wäsche hat sie seit dem Tag X wohl nicht gewechselt.«

»Klingt übel. Ich kann hier nicht weg, ich hab gleich eine OP. Aber ich bitte Kronauer vorbeizukommen. Den kann ich heute Morgen entbehren.«

»Kronauer?« Robert runzelte die Stirn. Er mochte den Mann nicht, und er war überzeugt, das beruhte auf Gegenseitigkeit.

»Es war nur ein Vorschlag. Du kannst auch jeden anderen Kollegen rufen. Ich sehe am späten Nachmittag bei euch vorbei.«

»Ich glaube nicht, dass Mareike irgendeine Hilfe annimmt, egal von wem. Du kannst gern zu uns kommen, wenn du Zeit hast. Ich muss jetzt Schluss machen, Hagen, ich will die Herbich anrufen.«

»Ja. Grüß Mareike bitte.«

»Mach ich.«

16

»Das kann doch wohl nicht wahr sein!« Aufgebracht wedelte Torsten Willbrandt mit der Tageszeitung. Kristina hatte den Wunsch, in sich zusammenzuschrumpfen, bis sie unter der Platte ihres Schreibtisches verschwunden war, um dem berechtigten Zorn ihres Vorgesetzten zu entgehen.

»Wie konnte denn das passieren? Sind Sie überfordert, Frau Herbich? Dann melden Sie sich bei mir, damit ich für Entlastung sorgen kann!«

»Es tut mir leid, Herr Willbrandt. Es war so viel los letzte Nacht, dass auch noch ein Reporter vor Ort war, ist mir durchgegangen.«

»Durchgegangen?« Willbrandt klatschte mit der Zeitung auf den Schreibtisch, als wollte er damit Ungeziefer erschlagen. »Ihnen hat nichts durchzugehen! Ich sehe zwei Möglichkeiten. Entweder ich entziehe Ihnen den Sander-Fall, die Brand-Sache bekommt Herr Reinig und Sie kümmern sich nur noch um den übrigen Kram, wie diese beiden verschwundenen Flüchtlinge. Oder Sie arbeiten weiter wie bisher, und ich stelle Ihnen jemanden zur Seite. Ich denke da an Herrn Breuer. Er ist sehr kompetent.«

Der Stuhl unter ihr schien plötzlich mit Juckpulver kontaminiert. Kristina hatte Mühe, ruhig sitzen zu bleiben. Dem Kollegen ging sie aus dem Weg, seit er vor zwei Jahren im Kommissariat angefangen hatte.

»Also?«

Willbrandt legte die Zeitung mit dem Foto der Brandruine nach oben auf die Tastatur ihres Computers und stützte beide Hände auf die Kante des Schreibtischs. Drohend stand ihr Chef über ihr. Die buschige graue Tolle seiner dichten Haare zitterte über seiner in Falten gelegten Stirn, die üppigen schwarzen Augenbrauen waren zusammengezogen.

»Sicher«, krächzte Kristina und räusperte sich.

»Was?«, forschte Willbrandt.

»Ich ähm … arbeite natürlich gerne mit Herrn Breuer zusammen.« Heiß durchlief es sie. Es würde fürchterlich werden. Sie glühte schon jetzt vor Scham, wenn sie nur daran dachte.

»Gut.« Willbrandt richtete sich auf. »Das möchte ich Ihnen auch empfohlen haben.« Er wandte sich halb um und zeigte hinter sich. »Wir lassen einen zweiten Schreibtisch hier reinstellen. Dazu Telefon, Computer, alles, was eben nötig ist. Ab sofort ist Breuer Ihr Partner. Sollte es Probleme geben, möchte ich augenblicklich davon erfahren. Haben Sie schon Informationen aus der Rechtsmedizin, wegen der beiden Toten in der Waldhütte?«

Dass Breuer auch noch mit in ihr Büro einziehen sollte, gab Kristina den Rest.

»Frau Herbich? Sie scheinen mir nicht bei der Sache. Möchten Sie ein paar Überstunden abfeiern? Breuer kann auch eine Weile alleine …«

»Nein. Bei der erwachsenen Toten handelt es sich zweifelsfrei um Gisela Schnitzer. Keller hat sie anhand ihres Zahnstatus einwandfrei identifiziert. Wer das Kind ist, wissen wir noch nicht. Weitere Tote wurden im Gebäude nicht gefunden«, leierte sie herunter, was Keller ihr vor wenigen Minuten am Telefon mitgeteilt hatte. »Todesursache ist in beiden Fällen vermutlich eine Rauchvergiftung«, ergänzte sie.

»Dann bleibt also eine Restmöglichkeit, dass es sich um eines der Sander-Kinder handelt«, resümierte Willbrandt. »Ich mag mir gar nicht vorstellen, wie die Eltern reagieren, wenn sie diese Mutmaßung in der Zeitung lesen. Das kann üble Folgen haben, Frau Herbich, das ist Ihnen doch klar? Sander kann Beschwerde einreichen, und dann bin ich gezwungen, Position zu beziehen.«

Für einen Moment hatte sie den Drang, augenblicklich zu kündigen und allen Ärger hinter sich zu lassen. Stattdessen richtete sie sich im Stuhl auf.

»Wie gesagt, Herr Willbrandt, es tut mir aufrichtig leid. Ich war und bin erschüttert wegen der Brand-Sache, und natürlich beschäftigt mich auch der Fall Sander. Bisher gibt es keine Spur zu den Mädchen, und eine Lösegeldforderung liegt auch nicht vor. Ich kannte Gisela Schnitzer von klein auf. Selbstverständlich haben Sie recht, ich darf mich nicht von persönlichen Empfindungen beeinträchtigen lassen. Es kommt nicht wieder vor. Ich fahre zu Sanders und werde mich auch dort entschuldigen.«

Damit war sie zumindest aus dem Büro, wenn Breuer einzog. Ihr war, als würde ihr jemand die Luft abdrücken. Vielleicht sollte sie eine Kündigung doch ernsthaft in Erwägung ziehen. Willbrandt warf ihr einen unfreundlichen Blick zu.

»Tun Sie das«, sagte er und verließ ohne weiteren Gruß den Raum.

17

Professor Dr. Hagen Meining betrachtete die schmale junge Frau, die seinem Schreibtisch gegenübersaß. Sie tat ihm unendlich leid.

»Sie stehen auf der Warteliste ganz oben, Frau Kramp«, versicherte er ihr. Höchste Dringlichkeitsstufe, ergänzte er in Gedanken.

Elisabeth Kramp gab keine Antwort.

»Machen Sie weiter wie bisher. Schonen Sie sich, aber bewegen Sie sich. Kleine Spaziergänge in den frühen Morgenstunden oder abends, wenn es nicht mehr so warm ist, werden Ihnen guttun. Bestenfalls nicht alleine. Gesunde Ernährung, kein Alkohol, aber das wissen Sie ja alles. Wir sehen uns nächste Woche zur Kontrolle.«

»Wenn ich das noch erlebe«, flüsterte sie. Ihre dunklen Augen füllten sich mit Tränen.

Meining schüttelte den Kopf.

»Denken Sie positiv, Frau Kramp. Die Psyche hat mehr Einfluss auf unser körperliches Wohlbefinden, als man meinen möchte.«

»Ich kann nicht positiv denken, Herr Professor. Wie auch?

Ein anderer Mensch muss sterben, damit ich eine Chance habe weiterzuleben. Das ist … unfassbar. Ich möchte leben, aber … nicht … so.« Tränen liefen ihre Wangen hinunter, ihre Lippen zitterten, und sie hielt die Hände ineinander verkrampft im Schoß.

»Ich weiß, Frau Kramp. Es liegt nicht in unserer Macht, was geschieht. Aber wir können versuchen, aus einer Tragödie für den einen noch etwas Gutes für einen anderen Menschen zu machen. Wir entscheiden ja auch nicht willkürlich. Viele Organspender haben sich zu Lebzeiten für diese Hilfeleistung entschieden. In anderen Fällen stimmen die Angehörigen zu, von denen die meisten wissen, zu welchem Entschluss der potenzielle Spender gekommen wäre.«

Meining zog seine Schreibtischschublade auf und reichte seiner Patientin ein Papiertaschentuch. Elisabeth Kramp trocknete sich die Augen und das Gesicht.

»Danke, Herr Professor«, murmelte sie. Er war nicht sicher, ob sie seine Worte meinte oder die Geste mit dem Taschentuch.

»Wir sehen uns nächste Woche«, wiederholte er.

Die junge Frau nickte, erhob sich und verließ nach einem Händedruck den Raum. Meining lehnte sich im Stuhl zurück. Das Fürchterliche war, Elisabeth Kramp hatte recht. Es war höchste Zeit für die Herztransplantation. Er musste etwas tun. Er griff nach dem Hörer des Telefons und wählte eine Nummer.

18

Kristina saß in ihrem Peugeot und beobachtete das Anwesen der Sanders. Es war niemand zu Hause. Seit einer Viertelstunde stand sie jetzt am Straßenrand und hoffte, dass das Ehepaar, oder zumindest einer der beiden, auftauchte. Sie hätte auch versuchen können, Robert oder Mareike Sander auf dem Handy zu erreichen, doch die Variante schob sie noch vor sich her.

Zurück ins Präsidium wollte sie nicht. Bestimmt war Breuer

eben dabei, in ihr Büro einzuziehen. Kristina stemmte die Hände gegen das Lenkrad. Sie hatte Berge von Arbeit zu bewältigen und harrte hier aus, ohne etwas zu tun. Das Wissen um die zukünftige Zusammenarbeit mit dem Kollegen lähmte sie, ebenso wie ihr Ärger auf sich selbst. Sie würde sich den Reporter noch vornehmen, der für die Schlagzeile mit den Sander-Kindern verantwortlich war. Die digitale Uhr im Wagen zeigte kurz vor zwölf. Eine Mittagspause stand ihr zu, und wenn es noch so viel Arbeit gab. Sie konnte ihren Onkel in Bad Berneck besuchen. Er hatte ein gemeinsames Essen vorgeschlagen, auch wenn er dabei sicherlich nicht an einen Spontan-Besuch gedacht hatte. Vielleicht sollte sie ihn anrufen, ehe sie vorbeikam.

Kristina kramte in ihrer Tasche auf dem Beifahrersitz nach ihrem Mobiltelefon. Bevor sie Kunzes Nummer aufrief, scrollte sie durch die gespeicherten Anschlüsse der Kollegen. Sie würde rasch noch mit Keller sprechen, ob es zu dem Kind aus der Waldhütte schon Neuigkeiten gab. Der Rechtsmediziner hob sofort ab.

»Frau Herbich, welch ein Zufall. Eben wollte ich Sie auch anrufen.«

»Schön. Was haben Sie für mich?« Kristina sah aus dem Fenster. Zum ersten Mal seit Tagen schien nicht die Sonne. Es war warm, aber am Himmel hingen graue Wolken.

»Wir wissen zwar immer noch nicht, wer die Kleine aus der Waldhütte ist, aber ich habe ihren Mageninhalt untersucht. Das Letzte, was das Kind gegessen hat, waren Kekse, dazu hat sie einen Kakao getrunken.«

»Hm«, machte Kristina. Allzu aufschlussreich erschien ihr das nicht.

»Ich habe aber noch etwas. Nämlich Reste eines Kichererbsenauflaufs. Das ist eine typisch syrische Speise. Das muss natürlich noch nichts heißen, aber wir haben ja doch eine Menge Zuwanderer. Vielleicht … nun ja. Ich will nicht spekulieren. Ach ja, noch was. Das Kind muss sich vor einiger Zeit den Arm gebrochen haben. Die Bruchstelle ist gut ausgeheilt, aber noch erkennbar.«

»Danke, Herr Keller. Was wollten Sie nicht spekulieren?« Immer noch besser, den Rechtsmediziner zu seinen Gedankengängen zu befragen, als mit Breuer darüber zu diskutieren.

»Es gibt in Frankenberg eine Notunterkunft für Flüchtlinge. Vielleicht ist das Kind von dort weggelaufen, und vielleicht hat die Schnitzer es mit zu sich nach Hause genommen, aus welchem Grund auch immer«, antwortete Keller.

»Ja, das wäre eine Möglichkeit. Ich fahre dort vorbei und erkundige mich«, sagte Kristina und beendete das Gespräch. Sie brauchte einen Dolmetscher, aber vielleicht gab es ja auch vor Ort einen Betreuer, der aushelfen konnte.

Aus den Augenwinkeln sah sie Robert Sander die Straße entlangkommen. Er war allein und hielt den Blick gesenkt. Sie öffnete die Autotür, stieg aus und stellte sich ihm in den Weg.

»Herr Sander, grüß Gott.«

»Frau Herbich.« Sander blieb stehen und betrachtete sie, als wüsste er nicht, woher sie sich kannten. »Gibt es Neuigkeiten?«, erkundigte er sich dennoch.

»Für den Augenblick nicht. Haben Sie schon die Zeitung gelesen?«

Sander nickte.

»Ja. Ich wollte Sie deswegen auch anrufen.«

Spontan überlegte sie, warum Sander sie nicht sofort angerufen und sich aufgeregt hatte. Der Mann befand sich in einem Ausnahmezustand. Vielleicht hatte er zu viel Angst vor einer Bestätigung des Verdachtes gehabt.

»Die Sache tut mir fürchterlich leid«, fuhr sie fort. »Natürlich hätte ich den Bericht bezüglich des Brandes nicht verhindern können, aber doch zumindest der Hinweis auf Ihre Kinder hätte nicht erscheinen dürfen. Ich kann mich nur entschuldigen. Ich werde den verantwortlichen Reporter zur Rechenschaft ziehen. Eventuell kann man eine Gegendarstellung drucken.«

Sander nickte.

»Es war natürlich ein Schock heute Morgen«, erwiderte er. Seine Miene war ausdruckslos.

»Es gibt bislang keine Hinweise, dass es sich bei dem Kind um Natalie oder Antonia handelt«, informierte ihn Kristina.

»Das ... konnte ich mir auch nicht vorstellen«, antwortete Sander. »Zumal es in dem Artikel um *ein* Kind ging. Wir vermissen schließlich beide Töchter.«

Kristina ging auf seinen Einwand nicht ein.

»Eine Frage hätte ich dennoch. Hat sich eine Ihrer Töchter schon einmal einen Arm gebrochen?« Noch während sie sprach, fiel ihr ein, dass sie Keller nicht gefragt hatte, um welchen Arm und was für einen Bruch genau es ging. Schon wieder eine Nachlässigkeit.

»Nein«, entgegnete der Vater. Kristina hakte den Punkt ab.

»Gut. Ich melde mich bei Ihnen, sowie es Neues gibt. Eines noch. Wie geht es Ihrer Frau? Darf ich fragen, wo sie ist? Ich habe bei Ihnen geläutet, und es hat niemand geöffnet.«

»Mareike ist bei Fabian und meinen Eltern. Da komme ich auch eben her. Wir wollten nach dem Jungen sehen. Mareike bleibt jetzt zum Essen dort. Ich muss in die Apotheke. Irgendwie ... muss es doch weitergehen.«

Kristina verabschiedete sich.

Sander betrat sein Grundstück und schloss das mannshohe Gartentor hinter sich. Von den Rosen, die über die Mauer wuchsen, waren rote und gelbe Blütenblätter abgefallen und bedeckten den Gehweg.

Kristina setzte sich wieder in ihren Wagen. Sie googelte über ihr Handy die Notunterkunft für Flüchtlinge in Frankenberg. Die Ortschaft selbst lag in Richtung Bad Berneck, etwa acht Kilometer von Bayreuth entfernt. Das Flüchtlingsheim befand sich gleich am Ortseingang. Sie würde nicht lange bis dahin brauchen. Ihre Mittagspause fiel dann eben aus, aber dafür würde sie eher Feierabend machen. Ehe sie losfuhr, rief sie ihren Onkel an. Einige Minuten später hatte sie sich mit ihm für sechs Uhr zum Abendessen bei ihm zu Hause verabredet.

19

Hannah blinzelte. Ihre Augen tränten und brannten, ihr Kopf dröhnte, und irgendetwas drückte schmerzhaft in ihren Rücken. Sie hätte im Nachhinein nicht sagen können, wie lange sie brauchte, um sich zu erinnern, was vorgefallen war. Aber plötzlich wusste sie es wieder. Sie war niedergeschlagen worden. Hier, im Keller dieser verlassenen Psychiatrie im Wald von Bad Berneck.

Sie hatte das alte Gebäude erkunden wollen und dabei einen grauenhaften Fund gemacht. Eisige Kälte rieselte durch ihren Körper, und ganz unerwartet wurde ihr klar, dass sie gefesselt war. Sie saß auf hartem, kaltem Boden, ihre Hände waren hinter ihrem Rücken zusammengebunden, und vermutlich war sie an ein Heizungsrohr geschnürt. Um sie herum war es dunkel, nur unter der Tür, der sie offenbar gegenübersaß, schimmerte ein Lichtstreifen durch. Eine Panikattacke ließ sie erzittern.

Sie war in größter Gefahr. In Lebensgefahr. Sie hatte in den Tiefen des stillgelegten Anwesens einen OP-Saal entdeckt, und in mindestens einem der uralten Leichenfächer hatte ein Toter gelegen. Dann war sie niedergeschlagen worden. Das Entsetzen drückte ihr die Luft ab, wobei ihr auffiel, dass man ihr den Mund nicht verschlossen hatte. Theoretisch hätte sie schreien können. Nur würde sie bestimmt niemand hören, der ihr zu Hilfe kommen konnte.

Sie versuchte, die Hände und Arme zu bewegen, doch ihr Spielraum ging gen null. Ein Versuch, ihre Knie anzuziehen, um die Füße aufzustellen, sagte ihr, dass etwas um ihre Knöchel gebunden war. Sie keuchte und stemmte sich mit aller Kraft gegen die Fesseln und gegen das Rohr in ihrem Rücken. In dem Augenblick öffnete sich die Tür der Kammer.

Ein Lichtstrahl fiel in den kleinen Raum. Die Silhouette eines großen, schlanken Mannes zeichnete sich im Türrahmen ab, dahinter erschien eine zweite, etwas kleinere Gestalt. Eine Taschenlampe leuchtete ihr erst ins Gesicht, dann glitt das Licht über ihren Körper und wieder zurück. Der große Mann näherte sich ihr, ging in die Hocke und musterte sie eingehend. Sie atmete flach und wagte nichts zu sagen. Stattdessen versuchte sie sein Gesicht zu erkennen, doch außer seiner Nase, die völlig unauffällig war, und seinem kantigen Kinn sah sie nichts. Schließlich erhob er sich wieder.

»Ich denke schon, dass ich etwas mit ihr anfangen kann. Trotzdem darf so was nicht passieren. Das ist jetzt dein zweiter Fehler innerhalb kurzer Zeit. Ich muss mich auf meine Leute verlassen können.« Er sprach ruhig und hatte eine angenehme Stimme.

»Ich kann doch nichts dafür, wenn die hier rumschnüffelt. Es ist alles verschlossen. Weiß der Teufel, wie die …«

Nun war Hannah sicher, dass auch die zweite Person männlich war.

»Halt die Klappe.«

Der Große sprach nach wie vor ganz ruhig. Der andere verstummte.

»Gib mir das Zeug«, verlangte der große Mann und streckte den Arm aus. Hannah sah, dass der andere ihm eine Spritze reichte. Das löste ihre Erstarrung.

»Nein! Nein, bitte nicht. Ich …«

Der erste Mann ging wieder in die Hocke.

»Ruhig. Du schläfst gleich.«

Hannah spürte einen Einstich am Oberarm, in ihrem Kopf begann es zu prickeln, und gleich darauf schwanden ihre Sinne.

20

»Ich will nicht, dass Meining vorbeikommt!« Mareike Sander schlang die Arme um ihren mittlerweile völlig abgemagerten Oberkörper und klapperte mit den Zähnen. Schlank war sie schon immer gewesen. Nun sah sie aus, als litte sie an Magersucht.

»Ich kann es nicht ändern. Er wollte über den Tag schon

Kronauer vorbeischicken. Geh duschen, wasch dir die Haare und iss was. Du siehst aus wie der Tod. Wenn er den begründeten Verdacht hat, dass du dich vernachlässigst bis zum Zusammenbruch, kann er dich in eine Klinik einweisen, das solltest du wissen. Du bist schließlich selber Ärztin. Das ist Selbstmord auf Raten, was du tust, Mareike.«

»Ich kann nicht, Robert. Ich kann nicht.«

»Was kannst du nicht?« Vielleicht hätte er sie in den Arm nehmen sollen. Aber das konnte er nicht, und er wusste nicht, warum. Seit Natalie und Antonia verschwunden waren, stand eine dicke gläserne Wand zwischen ihnen. Vielleicht, weil sie nicht sofort reagiert hatte. Weil sie die Kinder selbst gesucht hatte, statt augenblicklich die Polizei einzuschalten. Weil sie planlos durch die Gegend gestolpert war, ohne die Fakten zu akzeptieren. Niemals hätten die Mädchen die Kindersitze und den Wagen ohne Hilfe eines wesentlich älteren Kindes oder eines Erwachsenen verlassen können. Und weil sie ihn erst abends angerufen hatte, obgleich es mittags passiert war.

»Ich kann nicht so tun, als wäre nichts passiert.«

»Das hab ich doch auch gar nicht verlangt.«

Er ging zum Wohnzimmerschrank, nahm eine Flasche Kognak heraus und ein Glas und schenkte zwei Fingerbreit ein. In einem Zug trank er aus.

»Wir kriegen das Geld nicht zusammen«, wechselte er unvermittelt das Thema.

»Was?« Mareike, die mit angezogenen Beinen auf einem Sessel kauerte, sah zu ihm auf.

Sander schenkte sich noch einmal ein. Seiner Frau bot er nichts an.

»Wenn wir das Haus beleihen, die Apotheke und deine Praxis, könnten wir auf etwa fünfhunderttausend Euro kommen. Dazu die Ersparnisse, die wir haben, und das, was meine Eltern uns geben können. Kommt ungefähr auf siebenhundertfünfzigtausend Euro. Fehlen noch fünfzigtausend Euro. Ich kann mir nicht vorstellen, dass der Kerl mit sich handeln lässt.«

»Versuch es trotzdem.« Wieder ließ sie den Blick sinken.

»Verdammt, Mareike! Was ist los mit dir? Einerseits hab ich den Eindruck, du gehst vor die Hunde, andererseits reagierst du völlig emotionslos! Ich sagte, es fehlen fünfzigtausend Euro!«

»Ja!« Mit einem Satz sprang sie von ihrem Sessel hoch. Mit geballten Fäusten und wirren Haaren stand sie im Raum. »Ja! Ich hab's gehört und verstanden! Was soll ich denn tun? Ich bin schuld, ich weiß es! Ich ganz allein. Das ist nie wiedergutzumachen. Wenn Fabian nicht wäre, würde ich … ich würde …« Sie rang nach Luft.

»Mareike! Es geht mir nicht anders als dir. Aber wir müssen durchhalten. Noch besteht Hoffnung. Vielleicht wird bald alles gut. Wenn der Kerl wieder anruft, sage ich ihm, dass wir nicht mehr als siebenhundertfünfzigtausend Euro zahlen können. Das ist unheimlich viel Geld. Ich kann mir nicht vorstellen, dass er das ausschlägt.«

»Gerade hast du noch das Gegenteil gesagt!«

»Ja, das stimmt. Aber wenn ich darüber nachdenke … Er wird den Deal doch nicht platzen lassen, wegen diesem Bruchteil.«

»Ich halte das alles nicht mehr aus!« Sie schrie jetzt.

»Mareike.« Mit zwei großen Schritten war er bei ihr, und sie begann auf ihn einzuschlagen. Sander bekam ihre Handgelenke zu fassen.

»Komm zu dir. Oder willst du, dass Meining dich auf der Stelle einweisen lässt? Ich bin sicher, er ist jeden Moment hier.«

Sie keuchte und entwand sich seinem Griff. Mit staksigen Schritten verließ sie das Wohnzimmer.

Sander trank seinen zweiten Kognak. Weglaufen würde sie sicher nicht. Wahrscheinlich legte sie sich wieder bekleidet ins Bett. Er konnte ihr nicht helfen. Meining würde einschreiten, und wenn er ehrlich war, allein die Vorstellung hatte etwas Erleichterndes.

Sekunden später hörte er die Dusche rauschen. Er setzte sich in einen der Sessel und legte den Kopf zurück. Im ersten Stock wurde das Wasser wieder abgestellt. Lange hatte sie nicht geduscht. Kurz darauf wurde der Föhn eingeschaltet. Er überlegte, ob er einen dritten Kognak trinken konnte, aber er merkte schon die ersten beiden gründlich. Schließlich hatte er über den Tag auch kaum etwas gegessen. Er würde warten, bis Meining wieder weg war. Er hatte den Gedanken eben zu Ende gebracht, als es läutete.

Meining begrüßte Sander mit einer kurzen Umarmung und klopfte ihm kumpelhaft auf die Schulter.

»Komm rein«, forderte Sander ihn auf und ging voran durch den engen Windfang in die geräumige Eingangshalle. Mareike kam eben die Treppe herunter. Sander schluckte. Ihre Haare waren noch feucht, aber immerhin ein wenig in Form gebracht. Sie hatte einen Hauch rosa Lippenstift aufgetragen und trug eine Jeans und ein helles T-Shirt. Die Kleidung schlotterte um ihren Körper, sie mochte in den letzten Tagen etliche Kilo abgenommen haben. Sie wirkte ausgezehrt, die Wangen waren eingefallen, und unter ihren Augen lagen tiefe Ringe. Aber sie hatte sich bemüht, ein wenig gepflegter zu erscheinen.

»Hagen, hallo«, sagte sie, und der Anflug eines Lächelns zeigte sich um ihren Mund.

»Mareike.« Meining nahm sie in den Arm und hielt sie wesentlich länger an sich gedrückt, als Sander es für erforderlich hielt. Trotzdem spürte er keinen Ärger.

»Setzen wir uns«, sagte Meining schließlich, löste sich von Mareike und griff sie stattdessen am Arm. Er schob sie ins Wohnzimmer und sah dabei über die Schulter, als wollte er sich vergewissern, ob Sander auch mitkam.

»Wie geht's dir?«, wandte Meining sich direkt an Mareike, noch ehe sie Platz genommen hatten.

»Gut«, erwiderte Mareike und ließ ein kurzes hysterisches Lachen folgen.

Meining streichelte ihren Arm.

»Was kann ich für euch tun?«, fragte er weiter.

Du kannst uns fünfzigtausend Euro überlassen. Schenken, nicht leihen, denn ich kann dir das Geld nie wiedergeben, fuhr es Sander durch den Kopf. Für Sekunden spielte er mit dem Gedanken, Meining ins Vertrauen zu ziehen. Jetzt sofort und ohne es vorher mit seiner Frau abzusprechen.

»Nichts, Hagen, gar nichts. Aber es ist lieb, dass du gekommen bist«, sagte Mareike. »Kann ich dir was anbieten?«, fuhr sie fort.

»Nein, danke. Aber ich habe einen Vorschlag. Wir lassen uns etwas zu essen kommen, auf meine Kosten. Indisch, chinesisch, italienisch, was ihr wollt. Ich glaube, ihr braucht eine ordentliche Mahlzeit.« Er sah zu Sander. »Das betrifft nicht nur Mareike, Robert. Du siehst auch fix und fertig aus.«

Von einer Sekunde zur anderen war ihm danach loszuheulen. Mühsam beherrschte er sich.

»Also?« Meining zog sein Handy aus der Tasche. »Was bestellen wir uns?«

21

Kristina drückte auf die Klingel des alten Pfarrhauses. Die Haustür war rotbraun lackiert, auf halber Höhe gab es eine Glasscheibe, um Licht in den Flur des Hauses zu lassen. Rechts neben dem Eingang stand eine uralte Bank aus Stein und darauf ein Körbchen mit Geranien. Kristina hörte Arno kläffen und die Stimme ihres Onkels.

»Klappe, Arno! Sitz!«, befahl er, ehe er öffnete. Der Hund gab noch ein vorwurfsvolles Grummeln von sich, dann verstummte er.

Die Tür ging auf. Über Onkel Johans Bauch spannte ein braunes Hemd. Ein freudiges Lächeln erhellte sein gutmütiges Gesicht.

»Tinchen, komm rein«, sagte er, ließ seine Nichte ins Haus treten und umarmte sie. Schwanzwedelnd gesellte sich Arno dazu, ungeachtet dessen, dass er eigentlich hätte Platz behalten müssen. Kristina begrüßte und streichelte den Hund.

»Ich freu mich, dass du so schnell auf meine Einladung reagiert hast. Ist was passiert? Du lässt dich doch sonst länger bitten«, erkundigte sich Kunze und ging voraus in die Küche.

Auf dem Herd stand eine große Pfanne Käsespätzle, mit Röstzwiebeln und Schnittlauch. Dazu hatte er einen Salat vorbereitet, mit Tomaten, Gurken und Kopfsalat.

»Magst du ein Bier?«, fuhr er fort, noch ehe Kristina seine erste Frage beantwortet hatte.

»Gern.«

»Aber du musst doch noch Auto fahren«, fiel ihm ein.

»Stimmt. Aber ich trinke nur eins, und eine Weile wirst du mich schon ertragen müssen.«

»Ertragen! Ich hab dich doch gern bei mir. Kannst ruhig öfter kommen.« Kunze nahm zwei Flaschen Bier aus dem Kühlschrank und stellte sie auf den Tisch.

»Nimm dir schon mal vom Salat, und dann erzählst du mir, was du auf dem Herzen hast«, sagte der Pfarrer und begann, die Spätzle auf zwei Tellern zu verteilen.

Kristina setzte sich und sah ihrem Onkel zu. Er hatte recht. Sie war viel zu selten bei ihm. Außerdem hatte sie ihm nicht einmal etwas mitgebracht. Sie schämte sich plötzlich. Früher hatte sie manchmal ein Glas selbst gekochte Marmelade für ihn dabeigehabt. Erdbeermarmelade mochte Onkel Johan am liebsten. Nur hatte sie schon lange keine Lust mehr, sich in der Küche zu beschäftigen.

»Guten Appetit«, wünschte ihr Onkel, nachdem er eine Portion vor Kristina auf den Tisch gestellt hatte, und setzte sich.

»Danke.«

Eine Weile aßen sie schweigend.

»Schmeckt prima, Onkel Johan. Wie früher«, sagte Kristina schließlich. Er grinste.

»Gehört zu meinen Lieblingsgerichten. Gibt's fast jede Woche«, erzählte er. »Also, sprich. Was ist los?«

Kristina legte ihr Besteck beiseite.

»Ich hatte einen Scheiß-Tag.«

»Das hab ich mir schon gedacht.« Kunze nahm etwas vom Salat.

»Du hast bestimmt von der abgebrannten Waldhütte gelesen? Und den zwei Toten?«

»Ja. Ist es eines der Sander-Mädchen?« Er stopfte ein großes Salatblatt in den Mund.

»Nein. Vermutlich ist es ein kleines Flüchtlingsmädchen. Sicher ist es noch nicht. Ich war vorhin in der Notunterkunft in Frankenberg. Dort ist gestern tatsächlich ein Kind verschwunden. Das Mädchen heißt Aylin. Sie war mit ihren Brüdern auf dem Spielplatz am Waldrand. Die Jungs haben sie möglicherweise geärgert, und sie ist weggelaufen. Seither wird sie vermisst. Die Eltern und ein paar Mitbewohner aus der Unterkunft haben sie gestern noch lange gesucht. Zur Polizei wollten sie nicht, weil sie dachten, man schenkt ihnen sowieso kein Gehör. Ich lasse jetzt einen DNA-Abgleich in der Rechtsmedizin machen. Ich habe mir die Zahnbürste der Kleinen geben lassen. Ich fürchte, sie ist es. Keller hat Reste von Kichererbsenauflauf im Magen gefunden, ein typisch syrisches Gericht. Die Eltern sind Syrer.«

Kunze legte seinerseits das Besteck weg, als wäre ihm der Appetit vergangen.

»Entschuldige, Onkel Johan. Eigentlich dürfte ich dir gar nicht so viel erzählen.«

»Beichtgeheimnis«, erwiderte Kunze und nahm einen Schluck Bier. »Erzähl weiter.«

»Jedenfalls gab es gestern Mittag genau das bei der Familie zu essen. Warum die Kleine bei Gisela war, werden wir wohl nicht erfahren. Ich vermute, das Kind hat sich im Wald verlaufen, und sie hat sie zu sich genommen.«

Kunze stocherte in seinem Essen.

»Schrecklich. Weiß man schon was über die Brandursache?«

»Eventuell eine Kerze. Aber auch hier können wir nur vermuten. Das Kind wurde in der Nähe der Haustür gefunden, Gisela am Fuß der Treppe. Entweder hat die Kleine die Kerze angezündet und fallen lassen, vielleicht wollte sie ja heimlich das Haus wieder verlassen. Oder Gisela ist mit der Kerze in der Hand gestolpert. Wobei ich mich frage, wozu sollten die beiden eine Kerze gebraucht haben? Stromausfall? Die Untersuchungen laufen noch. Ein Fremdverschulden scheint bisher ausgeschlossen.«

»Tragisch, sehr tragisch.«

»Ja«, bestätigte Kristina.

»Und wie läuft es im Sander-Fall?«

Kristina machte eine wegwerfende Handbewegung. »Na, gar nicht! Das ist ja das Problem. Es gibt bislang keinerlei Hinweise, was genau passiert ist. Auch keine Lösegeldforderung. Möglicherweise liegt ein Sexualverbrechen vor. Die Kollegen gehen gerade sämtliche in Frage kommenden Personen durch, die in der Hinsicht in den letzten zehn Jahren auffällig geworden sind.«

»Habt ihr schon über einen Kinderhändlerring nachgedacht?«

»Sicher. Das würde auch dazu passen, dass die Kinder scheinbar spontan aus dem Auto heraus entführt wurden«, antwortete Kristina.

»Gelegenheit macht Diebe, meinst du?«

»So ungefähr, ja.«

»Hm, hm.« Kunze nahm seine Gabel, spießte ein kreisrund geformtes, besonders dickes Stück Spätzle auf und steckte es in den Mund.

»Ich hatte gewaltig Ärger mit Willbrandt, wegen dem Artikel in der Zeitung«, gestand Kristina, was ihr augenblicklich am meisten zu schaffen machte.

»Tatsächlich? Wegen dem Hinweis auf die vermissten Kinder?« Kunze beugte sich über seinen Teller und begann nun wieder eifrig zu essen.

»Ja. Er meint, ich sei überfordert«, gab sie zu. »Er sagt, ich hätte aufmerksamer sein müssen und dafür sorgen, dass der Reporter solche Mutmaßungen nicht in den Raum stellt.«

»Das ist doch lächerlich. Du kannst doch nicht im Vorfeld wissen, was der schreibt.«

Für einen Moment fühlte Kristina sich getröstet.

»Stimmt. Nur ist im Augenblick wirklich viel zu tun. Deswegen will er mir jetzt einen Kollegen zur Seite stellen.«

»Ist doch super.« Der Pfarrer schob sorgfältig die letzten Reste auf seinem Teller zusammen.

»Nein, ist es nicht.« Kristina stieg die Hitze ins Gesicht. Aufmerksam betrachtete ihr Onkel sie.

»Warum nicht?«

»Weil ich dem Kollegen, den er mir zugeteilt hat, aus dem Weg gehe, wo ich nur kann.«

»Und wieso das?«

»Weil … ich hab mich dem Mann gegenüber einmal komplett danebenbenommen. Damals wusste ich noch nicht, dass er am nächsten Tag bei uns im Präsidium anfangen wird.« Sie fühlte ihre Wangen brennen, und das machte sie wütend.

»Ich verstehe nicht ganz. Magst du mir das erklären?« Kunze machte sich über seinen Salat her, von dem noch mehr als die Hälfte übrig war.

»Ich war mit Bernadette im Enchilada verabredet und hab mich an die Bar gesetzt, um auf sie zu warten. Neben mir saß ein Mann, den ich noch nie im Enchi gesehen hatte und der mir richtig gut gefallen hat. Ich hab ihn angelächelt, und wir sind ins Gespräch gekommen.«

Kristina zupfte an der roten Papierserviette, auf der ihr Onkel das Besteck bereitgelegt hatte, noch ehe sie gekommen war.

»Ich nehme an, du sprichst von dem bewussten Kollegen«, ermunterte der Pfarrer seine Nichte weiterzuerzählen.

»Richtig. Jedenfalls hat Bernadette mir eine SMS geschrieben, dass sie sich verspätet. Nach dem zweiten Cocktail hab ich dem Mann die Hand aufs Knie gelegt und dachte, der könnte mich doch jetzt küssen. Stattdessen hat er meine Hand weggeschoben, und im gleichen Moment kommt ein Kerl auf uns zu und nimmt den Breuer in den Arm und knutscht ihn ab, wie … na, du weißt schon.«

»Ach so. Du meinst der Breuer, der wiederum dein Kollege ist, von dem wir reden, ist homosexuell, und du fühlst dich blamiert, weil du mit ihm geflirtet hast?«, resümierte ihr Onkel.

»Wenn es das nur wäre. Klar hab ich mich bescheuert gefühlt. Die zwei Männer sind dann abgezogen, kurz darauf kam Bernadette, und ich hab mich so bloßgestellt gefühlt, und wütend war ich auch, dass ich ihr davon erzählt habe und den Breuer als verdammte Schwuchtel bezeichnet hab. Dass er wieder hinter mir stand, weil er seinen Schlüssel am Tresen vergessen hatte, hab ich zu spät gemerkt. Und am nächsten Tag präsentiert ihn der Willbrandt als neuen Kollegen für die Abteilung Raub, Einbruch, Diebstahl und so weiter.«

»Auweia«, kommentierte Johan Kunze und trank sein Bier aus. »Ich versteh dein Problem. Ich nehme an, du hast dich nie entschuldigt?«

»Nein. Ich wäre am liebsten in sämtlichen Tiefen versunken, als der Chef ihn vorgestellt hat«, gestand sie. Langsam wich die Hitze aus ihrem Gesicht.

»Und wie verhält er sich dir gegenüber?«

Kristina zuckte mit den Schultern.

»Neutral, würde ich sagen.«

»Hm«, machte Kunze. »Und jetzt?«

»Ja, eben! Ich weiß echt nicht, wie ich mit dem zusammenarbeiten soll. Ich glaube, fast das ganze Präsidium weiß, dass ich den nicht leiden kann und ihm aus dem Weg gehe. Wenn er nix gesagt hat, weiß aber keiner warum.«

»Hm«, wiederholte Kunze. Kristina, die bisher im Stuhl zurückgelehnt gesessen hatte, beugte sich vor.

»Dabei hab ich ja gar nix gegen Schwule. Soll jeder leben, wie er möchte. Es war halt nur … die Situation damals, weißt du?«

»Schon klar. Du bist zu viel allein. Und dann gefällt dir einer, du traust dich mal aus deinem Schneckenhaus und dann so was. Du solltest mehr Zeit für dein Privatleben haben, Tinchen.«

»Ach was. Sag mir lieber, wie ich mit Breuer klarkommen soll«, murrte sie und lehnte sich wieder zurück.

»Wenn du willst, hole ich uns noch ein Bier, und du kannst heute Nacht hier schlafen. Und was du mit Breuer machen solltest, ist dir doch schon seit dem Tag X klar.«

»Ich will mich aber nicht entschuldigen! Ich fühl mich wie der Depp!«

Johan Kunze grinste und stand auf.

»So fühlen wir uns doch alle ab und zu. Vielleicht ist der

Mann viel verträglicher, als du denkst. Was ist jetzt mit dem Bier?«

»Ja. Gib schon her.«

Sie konnte auch tatsächlich kündigen. Oder so tun, als wäre nie was gewesen, und in aller möglichen Distanz mit Breuer zusammenarbeiten. Oder sich entschuldigen. Alle drei Varianten waren keine Option. Was für ein Dilemma!

22

Frederik Kullmann saß in seinem Postfahrzeug am Straßenrand und drehte unschlüssig den Brief hin und her. Er war adressiert an Manuel Böttcher, Hohe Leite 13 in Seulbitz. Eigentlich war dies die Adresse von Böttchers verstorbener Großmutter, Gretel Böttcher. Die Gretel hatte dem Jungen das Haus vermacht, das wusste Kullmann.

Manuel wohnte aber nicht in dem Anwesen, das einsam oben am Waldrand in der Nähe der Golfplätze stand. Manuel wohnte in Aichig, schräg gegenüber dem Kindergarten. Dort quoll der Briefkasten inzwischen über, das beschäftigte Kullmann schon eine Weile. Tageszeitungen von mindestens drei Tagen steckten darinnen, ebenso wie die Post. Manuels Nachbarin, Nora Kießling, wusste nicht, wo sich der Krankenpfleger aufhielt. Urlaub hatte er wohl, das hatte sie ihm erzählt. Normalerweise bat er die Kießling dann, seine Blumen zu gießen und eben den Briefkasten zu leeren. Diesmal hatte er das nicht getan.

Kullmann verlagerte sein Gewicht von einer Pobacke zur anderen. Nicht einmal ein Absender stand auf dem Kuvert. Er hatte keine Lust, zur Hohen Leite hochzufahren. Der Weg war unbefestigt und schmal, und es war ein Problem, oben zu wenden, wenn man denn erst angekommen war. Es gab dort nur zwei Häuser. Eben das der alten Gretel und ein weiteres, etwa hundert Meter entfernt, das langsam verfiel. Wem das gehörte, wusste er nicht. Vielleicht war der Manuel jetzt doch oben eingezogen. Als er sich das letzte Mal mit ihm unterhalten hatte, hatte er gesagt, er wolle das Haus verkaufen. Aber das war Wochen her.

Kullmann legte den Brief auf den Beifahrersitz. Seulbitz war nicht sein Zuständigkeitsbereich. Er konnte das Schreiben zurückbringen, damit sich die Kollegen vom Verteilzentrum kümmerten. Er fragte sich sowieso, wie es in seinen Stapel geraten war. Da hatte bestimmt einer nicht aufgepasst. Andererseits, er hatte jetzt gleich Feierabend. Für Seulbitz war im Moment eine Vertretung zuständig, die eh ständig alles durcheinanderbrachte. Ihm fiel kein Zacken aus der Krone, wenn er an der Hohen Leite vorbeisah. Vielleicht hatte sich Manuel für ein paar Tage dorthin zurückgezogen. War ja an sich eine schöne Gegend, nur halt etwas abgeschieden. Kullmann seufzte, als läge alle Last der Woche auf seinen Schultern, und ließ den Motor an. Er würde die letzten Adressen anfahren und sich dann auf den Weg nach Seulbitz machen.

Eine knappe Stunde später holperte das Postauto die schmale Straße den Hügel hoch. Kullmann hatte die Seitenscheibe heruntergelassen. Das Wetter wechselte zwischen gewittrigen Niederschlägen und stechend heißer Sonne. Im Moment schien die Sonne. Schon auf etliche hundert Meter Entfernung sah er das ockerfarbene Häuschen, das sich an die dicht stehenden Tannen am Waldrand drängte. Wie hatte die alte Frau nur in dieser Abgeschiedenheit leben können?

Kullmann erschauerte. Wie unheimlich mochte es bei hereinbrechender Dunkelheit hier sein? Oder gar nachts? Ein großer schwarzer Vogel flatterte aus einem Busch hoch, und beinahe hätte Kullmann vor Schreck den Wagen Richtung Abhang gelenkt. Gerade noch rechtzeitig fasste er sich und behielt die Kontrolle über das Fahrzeug. Sein Puls ging zu schnell. Das war knapp gewesen. Etwa zwanzig Meter vor dem Ziel brachte er den Wagen zum Stehen. Es gab neben der Zufahrt keine Einbuchtung, an der er hätte halten können, nur vor dem Schuppen neben dem Haus konnte er das Auto abstellen. Der Platz lag in der prallen Sonne. Selbst wenn er sich beeilte, würde sich der Wagen noch mehr aufheizen. Egal wo er anhielt, er stand mitten in der Sonne. Stören würde er bestimmt niemanden. Wer kam schon hierher? Kullmann fuhr vor den Schuppen, parkte und stieg aus. Den Brief hielt er in der Hand.

Wie zu Gretel Böttchers Lebzeiten pochte er energisch mit den Knöcheln gegen die grün lackierte Haustür. Innen regte sich nichts. Der Briefeinwurfschlitz in der Tür war mit Paketklebeband verschlossen. Stellenweise löste es sich bereits. Kullmann kratzte sich im Nacken. Er konnte das Klebeband abziehen und den ollen Brief reinwerfen. Oder er nahm die Post wieder mit. Sollten sich die Kollegen von der Briefermittlung darum kümmern.

Einen Moment dachte er noch nach, dann zupfte er an dem Klebeband. Mit einem ratschenden Geräusch löste es sich von der Metallklappe und hinterließ Reste von Kleber darauf. Kullmann bückte sich, hob die längliche Abdeckung, um endlich das leidige Schreiben einzuwerfen, und prallte zurück. Der Gestank, der ihm entgegenquoll, süßlich und faulig, war unerträglich. Trotz der Hitze des Mittags wurde ihm plötzlich eiskalt. Dieser Geruch … Tod und Verwesung … faulendes Fleisch …

Nie zuvor hatte er so etwas Unerträgliches gerochen, und doch war er sicher, den Gestank zuordnen zu können. Gretel Böttcher lag seit einem Jahr unter der Erde. Sie konnte es nicht sein, die im Haus vor sich hin moderte. Und Manuel war offenbar seit Tagen verschwunden. Ein hysterisches Zittern überfiel Kullmann. Mit schweißnasser Hand zog er sein Handy aus der Hosentasche. Er hatte hier oben nur zwei kleine Balken Empfang. Für einen Anruf bei der Polizei reichte es.

Eine Minute später hockte er sich schlotternd auf einen großen Stein, der in der Nähe des Schuppens stand. Den abartigen Geruch des Todes bekam er nicht mehr aus der Nase. Bald würde die Polizei hier sein. Immer wieder musste er zu dem Haus sehen. Wer lag da drin und verfaulte? Ein Mensch? Vielleicht hätte er einfach versuchen sollen, ins Gebäude zu kommen. Vielleicht war ja auch ein Tier eingedrungen, irgendwie, und verendet. Dann hatte er sich vor der Staatsgewalt lächerlich gemacht.

Schweiß sammelte sich auf Kullmanns Stirn. Nein, ein Tier war es bestimmt nicht. Wie sollte es ins Haus gekommen sein? Alles war verschlossen. Oder höchstens ein ganz kleines, eine Maus, eine Ratte oder ein Eichhörnchen. Doch dafür war der Gestank aus dem Briefschlitz zu gewaltig. Somit konnte es nur ein Mensch sein. War es Manuel? Oder ein Einbrecher, der es sich in dem verlassenen Häuschen gemütlich hatte machen wollen? War derjenige, der darinnen sein Leben beendet hatte, durch einen Unfall umgekommen, lag ein Verbrechen vor, oder war es Suizid gewesen? Die Schweißtropfen rannen ihm in den Kragen und in die Augen und brannten.

Zwei Fahrzeuge kamen die Zufahrt hoch. Kullmann rappelte sich auf und winkte. Die Autos hielten hintereinander auf der Straße. Aus dem ersten, einem zweisitzigen schwarzen Peugeot, stieg eine füllige Frau aus, mit kinnlangen hellbraunen Haaren und einem runden Gesicht. Sie mochte Anfang vierzig sein. Die Beifahrertür des Autos öffnete sich. Ein Mann, mittelgroß und schlank und etwa im Alter der Frau, kletterte ein wenig ungeschickt aus dem Fahrzeug. Kullmann fiel ein, dass die Sitze im Peugeot recht tief lagen, und das war nicht jedermanns Sache. Er hatte selbst mal einen gefahren und den Wagen unter anderem aus diesem Grund bald weiterverkauft. Die füllige Frau kam auf ihn zu und reichte ihm die Hand.

»Herr Kullmann?« Eifrig nickte der Postangestellte und bemerkte, wie rasch die Frau seine Hand wieder losließ.

»Frederik Kullmann, ja. Ich habe angerufen. Ich wollte einen Brief zustellen. Der Postschlitz war zugeklebt. Ich hab den Klebestreifen entfernt, weil … nun ja … anders hätte ich den Brief ja nicht einwerfen können, verstehen Sie?«

Verlegen rieb er sich die Handflächen an der Hose trocken.

»Kristina Herbich, Kripo Bayreuth«, antwortete die Frau, ohne auf seinen Wortschwall einzugehen. »Das ist mein Kollege, Konrad Breuer.«

»Angenehm«, versicherte Kullmann und gab auch Breuer die Hand.

»Also, es ist wegen dem Gestank, wissen Sie? Der aus der Öffnung gekommen ist. Mich hat der Geruch beinahe erschlagen.«

»Verstehe. Meine Kollegen gehen jetzt ins Haus und sehen nach. Sie bleiben bitte noch hier. Wir brauchen Ihre Personalien.«

»Sicher. Wissen Sie, eigentlich gehört die Hohe Leite gar nicht zu meinem Bezirk, also, ich meine, hier verteile ich eigentlich gar keine Post.«

»Nicht? Wieso dann heute? Machen Sie Urlaubsvertretung?«, schaltete sich Breuer ein.

»Nein, auch nicht. Das ist nämlich so ...« Kullmann gab sich alle Mühe, kurz und verständlich darzulegen, was der Grund seiner Anwesenheit hier oben war. Nebenher beobachtete er das Geschehen vor dem Haus.

Drei Personen, zwei Männer und eine Frau, hatten sich zu den beiden Kriminalbeamten gesellt. Die Kommissarin gab die Anweisung, die Tür zu öffnen, und ging mit ihren Kollegen zur Haustür. Kullmann konnte nicht verstehen, was sie ihren Leuten noch alles sagte. Aber er versuchte, so viel wie möglich vom Handlungsablauf mitzubekommen.

23

Dieser Postmensch hatte recht. Der Geruch war unerträglich, und Kristina kannte ihn nur zu gut. Irgendwo im Haus lag ein Toter und das nicht erst seit Kurzem. Die Hitze der letzten Zeit mochte den Verwesungsprozess zudem beschleunigt haben. Sie musste sich auf einen üblen Anblick einstellen.

Ins Haus zu kommen hatte keine Schwierigkeiten bereitet, denn die Tür war nicht abgesperrt gewesen. Das mochte dem Briefträger entgangen sein. So wie sie ihn einschätzte, hätte ihn die Neugier ins Haus getrieben, Leichengeruch hin oder her.

»Ich gehe vor«, sagte Kristina zu den Kollegen.

Breuer stand noch bei Kullmann. Heute Morgen hatte sie vorgehabt, sich bei Breuer zu entschuldigen, so schwer es ihr auch fiel. Doch als sie mit einer halben Stunde Verspätung ins Präsidium geeilt war, weil sie noch rasch in ihre Wohnung gefahren war, um sich umzuziehen, hatte Willbrandt bereits mit einer Teambesprechung begonnen und war schon wieder verärgert, diesmal, weil sie zu spät kam. Die Besprechung hatte sich über den ganzen Vormittag hingezogen, dann war Breuer in die Mittagspause verschwunden, und kaum war diese zu Ende, hatte die Zentrale den Anruf des Postboten bekommen.

Während der Fahrt zur Hohen Leite hatte sie dem Kollegen mitgeteilt, was der Grund ihres Einsatzes war, und dabei jeden Blickkontakt vermieden. Die angedachte Abbitte war ihr nicht über die Lippen gekommen, zumal Breuer sich verhielt, als wäre nie etwas vorgefallen.

Jetzt versuchte sie, so wenig wie möglich zu atmen, und hielt dabei die Hand vor Mund und Nase, was im Grunde überhaupt nichts nutzte. Der Hausflur war eng und dunkel. Ein abgetretener gemusterter Läufer lag auf verzogenen Dielenbrettern.

Die Tür am Ende des Flures stand halb offen und führte offenbar in ein Schlafzimmer. Man konnte einen altmodischen dreitürigen Schrank aus glänzendem dunklem Holz sehen. Die mittlere Tür zierte ein ovaler Spiegel, der bereits etliche schwarze Schlieren und blinde Stellen aufwies. Vorsichtig betrat Kristina den Raum, und umgehend gesellte sich zu ihrer Atemnot ein Brechreiz. Zwischen dem Schrank und einem antiquierten Himmelbett lag ein Mann auf dem Boden. Er trug ein helles T-Shirt und eine kurze Hose, deren Reißverschluss und Knopf offen standen. Seine Glieder waren seltsam verrenkt und die aufgequollene Haut von Armen, Beinen und Gesicht bläulich verfärbt. An seinem Hals hatten sich Blasen gebildet, aus der Nase des Toten sickerte eine Flüssigkeit. Seine Finger krampften sich in einen der Bettvorleger, die als dreiteilige Einfassung um die Schlafstatt lagen. Die Augen des Mannes waren halb geöffnet, die Lippen zogen sich Richtung Nase und Kinn, als wollte er die Zähne zeigen.

»Meine Güte!«, hörte Kristina Breuers Stimme hinter sich. »Der liegt da aber schon paar Tage.«

»Allerdings.« Ihr war schlecht. Der Geruch von Verwesung und Fäulnis drang ihr in sämtliche Poren, saugte sich in ihre Kleidung und ihre Haare und setzte sich in ihrer Nase fest. Breuer schien völlig unbeteiligt.

»Sieht aus, als wäre er beim An- oder Ausziehen gewesen, und dabei hat ihn der Schlag getroffen«, spekulierte ihr neuer Mitarbeiter weiter. »Vielleicht wurde er aber auch niedergeschlagen. Schwer einzuschätzen, bei dem Zustand der Leiche.«

»Herr Keller wird es herausfinden«, antwortete Kristina, nur um irgendetwas zum Gespräch beizutragen.

»Ich lass die Rechtsmedizin kommen und die Spurensicherung«, teilte Breuer ihr mit und zog sein Handy aus der Tasche. Wäre ihr nicht so übel gewesen, hätte sie ihn zurechtgewiesen. Diese Maßnahmen gehörten zu ihren Aufgaben. Was fiel ihm ein, sich vorzudrängen? Sie verzichtete auf jeglichen Protest, um so wenig wie möglich die kontaminierte Luft einzuatmen, und sah sich im Zimmer um. Das Bett war zwar gemacht und das Kissen sorgsam gefaltet, dennoch sah es aus, als hätte sich jemand quer über die Bettdecke gelegt, ohne sie anschließend wieder zu richten. Ein Teil der Decke hing Richtung Boden. Auf dem Nachtkasten lag ein geöffnetes Päckchen Kondome.

»Vielleicht wollte er sich hier mit jemandem vergnügen«, stellte Breuer fest und ließ sein Handy wieder in der Hosentasche verschwinden.

»Möglich«, gab Kristina zurück.

»Die Frage ist jetzt, mit wem. Und natürlich auch, wer er ist«, fuhr er fort und zeigte auf den Toten.

Kristina wies mit einer Kopfbewegung auf eine ärmellose leichte Weste mit etlichen aufgenähten Taschen, die auf einem karierten Ohrensessel lag. Der Sessel war an der Sitzkante und den Armlehnen abgewetzt.

»Sehen Sie die Jacke durch. Vielleicht finden Sie einen Hinweis.«

Breuer zog ein paar Schutzhandschuhe aus seiner Hosentasche und kam der Aufforderung nach.

»Tatsächlich, hier haben wir etwas«, sagte er gleich darauf. Er hielt einen dünnen Geldbeutel in der Hand, dem er einen Ausweis entnommen hatte. »Der Mann heißt Manuel Böttcher. Gemeldet ist er allerdings unter einer Adresse in Bayreuth, in der Frankenstraße, nicht hier.«

»Hm«, machte Kristina. Das deckte sich mit den Auskünften des Postboten.

»Kein Handy?«, fragte sie.

»Nein, hier jedenfalls nicht.« Breuer ging in die Knie, um den Fußboden unter dem Sessel in Augenschein zu nehmen.

»Nichts«, brummte er. Mit raschen Bewegungen tastete er die vorderen Hosentaschen des Mannes ab.

»Kein Handy«, bestätigte er. »Auch kein Schlüsselbund. Die hinteren Taschen kann ich nicht durchsehen, ohne ihn umzudrehen. Das wird Keller nicht passen.«

Kristina nickte stumm.

Breuer sah unters Bett und stutzte. »Aber immerhin ein einzelner Schlüssel«, fuhr er fort, streckte sich lang und fasste darunter.

»Hier«, sagte er und hielt seinen Fund in die Höhe, an dem ein wenig Staub hing.

»Hm«, machte Kristina erneut. Seltsam. Wer besaß heutzutage kein Mobiltelefon? Außer ein paar Senioren, die sich dieser technischen Errungenschaft verweigerten.

»Sehen Sie mal, ob der Schlüssel zur Haustür passt«, wies sie ihren Mitarbeiter an.

»Kann sein, er hat sich bei seinen letzten Aktivitäten übernommen und hat es nicht überlebt«, rätselte Breuer, stemmte sich in die Höhe und wischte unsichtbaren Staub von seinen Knien. Zufrieden stellte Kristina fest, dass sein Gesicht ob der geringen körperlichen Anstrengung eine leichte rötliche Färbung aufwies.

»Wir wissen ja noch gar nicht, ob es irgendwelche Aktivitäten gab«, antwortete sie mit unbewegter Miene.

»Seine Hose steht offen, auf dem Bett lag wer, hier ist eine Packung Kondome«, beharrte Breuer. »Es könnte zumindest sein, dass ...«

»Vielleicht hat er auch was eingeworfen, was ihm zum Verhängnis geworden ist«, unterbrach sie ihn.

»Oder es war Mord.« Breuer straffte die Schultern. »Vielleicht hat er sich mit einer Nutte getroffen, wollte irgendwas, was ihr nicht gepasst hat, und sie hat kurzen Prozess gemacht.«

»Das geht mir jetzt zu weit, Herr Breuer. Wir sollten die Ergebnisse der Rechtsmedizin abwarten«, bremste ihn Kristina.

»Völlig richtig.« Keller betrat den Raum. »Ich werde mit aller Sorgfalt arbeiten, wie üblich. Deswegen wird es auch ein Weilchen dauern, ehe erste Ergebnisse vorliegen. Ich darf dann?« Der Mediziner wies mit einer Handbewegung zu dem Toten.

Kristina und Breuer traten beiseite.

»Ich geh nach draußen. Wir hören voneinander«, sagte Kristina und nickte Keller zu, der bereits seinen Koffer öffnete.

»Wie üblich«, wiederholte der Rechtsmediziner, ohne noch einmal aufzublicken.

Kristina trat vors Haus, dicht gefolgt von ihrem neuen Mitarbeiter. Während dieser den Schlüssel ins Schloss der Haustür schob, näherte Kristina sich Kullmann, der noch immer auf dem Stein in der Nähe des Schuppens hockte. Der Schweiß rann ihm über die Stirn. Als er sie kommen sah, erhob er sich.

»Frau Kommissarin, wenn ich jetzt gehen dürfte? Ich hab längst Feierabend, und meine Personalien hat Ihr Kollege aufgenommen.«

»Gleich, Herr Kullmann. Wissen Sie, ob Herr Böttcher Angehörige hat? Und wenn ja, wo wir die erreichen können?«

»Soweit ich weiß, hat er einen Bruder. Halbbruder. Oder Stiefbruder oder wie man sagt. Aber ich weiß keinen Namen. Die Eltern leben nicht mehr. Die letzte Verwandte war Gretel

Böttcher, seine Großmutter. Also wenn er keine Freundin hat, und davon weiß ich auch nix, dann müsste man eigentlich nur seinen Arbeitgeber verständigen, falls es Ihnen darum geht.«

»Wo hat Herr Böttcher gearbeitet?«, erkundigte sie sich.

»Er ist Krankenpfleger. Kann sein, am Klinikum, ich bin nicht sicher.«

Lauter vage Angaben, aber besser als gar keine. Sie würde Breuer ins Klinikum schicken.

»Gut, Herr Kullmann. Dann machen Sie jetzt Feierabend.«

»Nein, Moment«, ertönte die Stimme ihres Kollegen hinter ihr.

Verärgert drehte sie sich zu ihm.

»Was ist denn noch?«, fragte sie.

»Vielleicht kann Herr Kullmann gleich den Toten identifizieren?«, schlug Breuer vor.

Sein helles Hemd sah aus wie frisch aus der Reinigung. Dem Mann machte die Hitze offenbar ebenso wenig aus wie der fatale Geruch im Haus.

»Nein, nein!« Schockiert hob der Postbote beide Hände. »So gut kannte ich ihn jetzt auch wieder nicht. Und bestimmt sieht er gar nicht mehr so aus wie … ähm, früher.«

»Ja, das lassen wir mal, Herr Breuer. Keller kann die DNA abgleichen oder den Zahnstatus. Dazu brauchen wir Vergleichsmaterial. Es muss nicht sein, dass Herr Kullmann die Identifizierung übernimmt. Fahren Sie nach Hause«, sagte sie und wandte sich bei dem letzten Satz an den Postboten.

»Gerne, Frau Kommissarin, vielen Dank. Wahrscheinlich bin ich durchgebraten, bis ich alleine die Anhöhe runter bin. Im Wagen mag es eine Temperatur haben wie in der Sauna. Aber es gibt ja nirgends ein schattiges Plätzchen, zumindest wenn man mit dem Auto raufkommt.«

Kristina nickte und wünschte, er würde nicht so viel reden.

»Der Schlüssel passt übrigens zur Haustür«, informierte Breuer sie.

Er schien nicht beleidigt, weil sie seinen Vorschlag zur Identifizierung des Toten zurückgewiesen hatte. Alexander Forsch von der Spurensicherung betrat das Grundstück, hinter sich noch einen Kollegen.

»Hallo, Frau Herbich«, grüßte er sie. »Können wir schon anfangen?«

»Keine Ahnung. Keller ist noch mit dem Toten beschäftigt.«

»Super. Hoffentlich hat er nicht mehr Spuren ruiniert als unumgänglich«, brummte Forsch.

Kristina nickte kurz. Das stete Hickhack zwischen Rechtsmedizin und Spurensicherung, wer zuerst seine Arbeit machen durfte, war nichts Neues.

»Kommen Sie, Herr Breuer. Wir fahren zurück ins Präsidium. Hier können wir im Augenblick nichts mehr tun. Außerdem …« Sie brach ab. Ihr war absolut nicht danach, mehr als notwendig mit dem Kollegen zu besprechen.

»Ja?«, hakte er nach.

Sie öffnete ihren Peugeot mit der Fernbedienung. Breuer glitt elegant auf den Beifahrersitz. In den Wagen einzusteigen fiel ihm ganz klar leichter, als sich aus dem Sitz wieder herauszuhieven. Es half nichts, sie musste ihn in die Arbeit mit einbeziehen, ehe sie richtig Ärger mit Willbrandt bekam. Abgesehen davon, dass ihr die Aufgaben allmählich wirklich über den Kopf wuchsen.

»Sie könnten mir einen Gefallen tun«, sagte sie und setzte sich hinters Steuer. »Es hat was mit der Sander-Sache zu tun, und es geht um ein kleines geistig behindertes Mädchen. Es heißt Tina Schwede. Die Kleine soll am Tag und zur Uhrzeit des Verschwindens von Natalie und Antonia Sander auf dem Norma-Parkplatz gespielt haben. Ich war schon einmal bei der Mutter, aber ich konnte Tina nicht befragen, weil sie krank war und hohes Fieber hatte. Vielleicht könnten Sie es noch einmal versuchen? Ich gebe Ihnen im Präsidium die Adresse.«

»Sicher.« Breuer legte den Gurt an.

»Vielleicht können Sie auch die Angestellten der Norma befragen, wer am bewussten Tag Dienst hatte. Eventuell hat einer vom Personal etwas auf dem Parkplatz beobachtet.«

»Natürlich.«

In Kristina regte sich ein Funken schlechtes Gewissen. Sie war dabei, mehr Arbeit auf Breuer abzuwälzen, als sie vorgehabt hatte. Doch nach diesem neuen Todesfall drohte ihr die Arbeit tatsächlich über den Kopf zu wachsen.

»Außerdem wollte ich Sie bitten, ins Klinikum zu fahren. Kullmann vermutet, dass Böttcher dort als Pfleger gearbeitet hat. Überprüfen Sie, ob das tatsächlich so ist, und falls ja, ob man Ihnen etwas über den Mann erzählen kann. Familie, Freunde, Hobbys und so weiter. Sie wissen schon.«

»Mach ich«, erwiderte Breuer. »Ich denke, wir sollten auch versuchen, diesen Bruder zu finden.«

»Richtig. Das wollte ich als Nächstes sagen«, behauptete Kristina und konzentrierte sich darauf, den Zündschlüssel ins Schloss zu schieben.

»Ich übernehme das«, schlug Breuer vor.

»Einverstanden. Ich fahre in der Frankenstraße vorbei und versuche, in die Wohnung zu kommen. Vielleicht haben Nachbarn einen Schlüssel. Wenn nicht, muss ich öffnen lassen. Außerdem will ich, dass die Spurensicherung das Haus hier komplett auf den Kopf stellt. Der muss doch wenigstens einen Schlüsselbund bei sich gehabt haben, schon um in seine Wohnung zurückzukönnen. Ich sehe mich in seinen vier Wänden um und nehme für die Rechtsmedizin Kamm, Bürste oder sonst was mit, wegen der DNA«, fuhr sie fort.

»Soll ich der Spurensicherung noch mal Bescheid geben?«, erkundigte sich Breuer.

»Nein, das mach ich selber. Ach, und noch was.« Die Hitze schoss ihr in die Wangen, und das hatte nichts mit den Temperaturen des Tages zu tun. »Es steht da etwas zwischen uns, wofür ich mich entschuldigen möchte. Sie wissen, was ich meine. Das, was ich damals gesagt habe, das war nicht so gemeint.« Sie glühte und zerrte an ihrem Gurt.

»Schon in Ordnung.«

Breuer zog sein Handy aus der Tasche und tippte darauf herum. Endlich hatte sie den Gurt sichern können. Sie sah zu dem Kollegen, der sie keines Blickes würdigte. Zu der Scham gesellte sich das Gefühl, abserviert worden zu sein. Offenbar wollte er das Thema nicht weiter vertiefen. Eigentlich war das auch in ihrem Interesse. Trotzdem ärgerte sie seine Reglosigkeit. Ungehalten ließ sie den Motor an.

24

Robert Sander trank den dritten Kognak. Er hatte es geschafft, siebenhundertfünfzigtausend Euro in bar zusammenzubekommen, was ein ungeheurer Kraft- und Überzeugungsakt gewesen war.

Nun gehörten im Grunde sämtliche Sander-Immobilien der Bank. Das Privathaus in St. Johannis, die Gold-Apotheke in der Innenstadt und die Praxis von Mareike am Grünen Hügel. Wofür er das Geld brauchte, hatte er mit keiner Silbe erwähnt, gleichwohl er sicher war, dass die Direktoren und Angestellten der Banken ahnten, was dahintersteckte. Er konnte nur darauf bauen, dass sich alle Beteiligten an das Bankgeheimnis hielten und sich niemand verpflichtet fühlte, der Polizei einen Hinweis zu geben. Einzig seine Eltern hatte er eingeweiht, die ihm mit weiteren fünfzigtausend Euro geholfen hatten.

Jetzt lag die stattliche Summe im Tresor im Keller des Hauses in St. Johannis, und Sander wartete auf den Anruf des Erpressers. Er wartete schon seit anderthalb Tagen. Noch immer grübelte er, wie der Mann an seine Handynummer gekommen war, und des Weiteren fragte er sich, ob er die Stimme des Anrufers schon einmal gehört hatte. Er war sich nicht sicher. Mareike hatte sich ins Schlafzimmer verzogen. Er war froh, sie nicht sehen zu müssen, obgleich er sich für dieses Gefühl schämte. Ihr war das Schlimmste passiert, was einer Mutter passieren konnte. Und je mehr Zeit verging, umso unwahrscheinlicher schien es, die Kinder gesund und wohlbehalten wiederzusehen. Die Vorwürfe, die sie sich machte, mochten unermesslich sein.

An ihrer Stelle hätte er sich vermutlich das Leben genommen. Oder auch nicht, noch bestand ja ein Funken Hoffnung, und da war ja auch noch Fabian. Ihn besuchte sie jeden Tag für ein oder zwei Stunden. Doch zwischen ihm selbst und Mareike herrschte Sprachlosigkeit. Da hatte auch Meining nicht helfen können. Er hatte Mareike Tabletten dagelassen, damit sie ein wenig zur Ruhe kam, und darauf hingewiesen, dass auch Robert im Bedarfsfall keine Scheu haben musste, davon etwas einzunehmen, um seine Nerven zu beruhigen und wenigstens ab und an ein paar Stunden Schlaf zu finden.

Sein Glas war leer, und das Handy lag stumm auf dem Wohnzimmertisch. Es war durchaus eine Option, sich zu betrinken. Es war früher Nachmittag. In der Apotheke lief alles, er hatte ein gutes Team an Angestellten. Mareike hatte sich immer noch nicht um eine Vertretung für ihre Praxis gekümmert und wollte auch offenbar keine Information für ihre Patienten auf dem Anrufbeantworter hinterlassen, aber das war nicht sein Problem.

Sander verließ seinen Platz am Wohnzimmerfenster, das Kognakglas nahm er mit. Der Länge nach streckte er sich auf dem Sofa aus. Wenn er noch mehr trank, zudem auf nüchternen Magen, war er völlig neben der Spur, falls der Erpresser anrief. Am Ende konnte er sich dann die Anweisungen für die Übergabe nicht merken. Zudem musste er versuchen, den Mann zu überzeugen, sich mit fünfzigtausend Euro weniger zufriedenzugeben als verlangt. Er hatte einfach nicht mehr. Sander schloss die Augen. Er war müde, und er spürte jeden Knochen im Leib.

Das Läuten des Mobiltelefons riss ihn förmlich in die Höhe. Er schlug die Augen auf, wollte sich ruckartig setzen und schlug mit dem Handgelenk gegen die Platte des Couchtisches. Der Schmerz fuhr bis in den Ellbogen. Er biss die Zähne zusammen, ignorierte die Pein und hangelte mühsam nach dem Handy. Die Nummer des Anrufers war unterdrückt, und sein Herz sackte augenblicklich in die Magengrube.

»Ja, hallo?«, krächzte er, nachdem er es geschafft hatte, das Gespräch mit fahrigen Fingern anzunehmen.

»Sander? Bist du es?«

Er war völlig benommen vom Alkohol, gleichzeitig raste sein Herz so schnell, dass es ihm den Atem nahm. Wieso duzte der Kerl ihn jetzt?

»Ja, ich bin es«, antwortete er und setzte sich aufrecht auf die Sofakante.

»Gut. Hast du das Geld?«

»Fast. Ich hab siebenhundertfünfzigtausend Euro. Mehr geht nicht. Das ist alles, was wir haben.« Er zitterte so, dass er es kaum schaffte, den Hörer zu halten.

»Spinnst du? Wir verhandeln hier nicht.«

»Es tut mir leid. Ich hab alles flüssiggemacht, was geht. Die Summe ist Wahnsinn.«

»Vierhunderttausend Euro für jedes Kind. Wie stellst du dir das vor? Soll ich von einem Kind ein Stück wegschneiden, weil du nicht zahlen kannst?«

»Nein! Nein, bitte nicht. Ich ... ich kann noch Freunde anpumpen. Aber dann brauch ich noch Zeit ...« Eine unsichtbare Hand würgte ihn.

»Schon gut. Also siebenhundertfünfzigtausend Euro. Übergabe heute Abend im Fichtelgebirgshof in Himmelkron. Du weißt, wo das ist?«

»Ja, sicher.« Ihm war schwindelig.

»Pack das Geld in eine Reisetasche. Ab neunzehn Uhr dreißig findet ein Tanz-Workshop in dem Lokal statt. Bei dem Wetter heute vermutlich im Außenbereich. Da ist jede Menge los. Da sind nicht nur Workshop-Teilnehmer, sondern auch andere Gäste. Deine Frau soll sich einen Tisch in der Nähe des Eingangs suchen. Sie muss alleine kommen. Wehe, ich merke, dass sich irgendwo noch jemand herumtreibt, egal wer es ist. Dann ist der Deal geplatzt, und du siehst deine Kinder nie wieder. Auch keine Polizei, vergiss das bloß nicht.«

Der Anrufer legte auf, ehe Sander noch etwas sagen konnte. Seine Hände waren schweißnass. Er ließ das Mobiltelefon aufs Sofa fallen und rieb sich die Handflächen an der Hose trocken. Mit wackligen Beinen erhob er sich und stakste in den Flur.

»Mareike?« Er musste zweimal rufen, dann hörte er im oberen Stockwerk die Zimmertür gehen.

»Ja?« Sie klang schwach wie die ganze letzte Zeit, und das machte ihn wütend. Ständig diese Demonstration ihres Leids. Sie war schließlich nicht die Einzige, die sich quälte.

»Komm runter. Der Kerl hat angerufen.«

Abwartend blieb er am Fuß der Treppe stehen. Mareike hielt sich am Geländer fest und kam mit unsicheren Schritten herunter.

»Und?«, fragte sie, noch ehe sie unten war. Ihre Miene schien wie in Stein gemeißelt.

Robert dirigierte sie ins Wohnzimmer. In wenigen Sätzen teilte er ihr mit, was der Entführer gesagt hatte.

»Ich?« Sie starrte ihn an, als wäre er nicht normal. »Ich soll die Übergabe machen?«

»Ja. Du schaffst das, Mareike. Denk an Antonia und Natalie. Denk dran, dass sie bestimmt verzweifelt nach Hause wollen und schreckliche Angst haben. Sie sind doch noch so klein! Sie verstehen das alles nicht. Es ist unsere einzige Chance, die beiden wiederzubekommen. Der Kerl lässt nicht mit sich reden. Ich wollte ihn noch fragen, wann und wo er die Kinder freilässt, aber er hat aufgelegt, nachdem er seine Anweisungen gegeben hatte.«

Heftig schüttelte Mareike den Kopf.

»Ich kann das nicht! Robert! Ich schaffe kaum ein paar Schritte durchs Haus. Wie soll ich denn alleine nach Himmelkron fahren? Mit dem Geld? Und dann dort … zwischen all den Leuten … Ich schaffe das nicht!«

»Du musst!« Wütend schlug er mit der Faust auf den gläsernen Couchtisch. »Was bist du für eine Mutter? Unsere Kinder werden gefangen gehalten, und du bildest dir ein, die Geldübergabe nicht zu schaffen! Ich ruf Meining an. Er soll dir irgendwelche Tabletten geben, damit das klappt.«

»Nein. Dann musst du ihm sagen warum. Das geht nicht. Das ist zu gefährlich.«

Sie schlang die Arme um den mageren Oberkörper.

»Dann reiß dich zusammen, verdammt noch mal!«

»*Du* musst es ja nicht machen.« Ihre Stimme wurde schrill, und sie krallte die Finger in die Oberarme. In ihren Augen flackerte es, und für einige Sekunden dachte Sander, sie hätte längst den Verstand verloren. Es hätte ihn nicht gewundert. Er glaubte selbst nicht mehr bei sich zu sein.

»Pass auf. Wir fahren zusammen nach Himmelkron, das heißt, ich fahre. An der Tankstelle bei der Autobahnabfahrt halten wir. Ich steige aus, du fährst weiter bis zum Fichtelgebirgshof. Das sind höchstens noch zwei Minuten bis dahin, das schaffst du. Nach der Übergabe holst du mich wieder ab.«

Er versuchte ruhig und überzeugend zu klingen.

»Und wenn er uns nachfährt? Dann merkt er, dass wir uns nicht an die Anweisungen gehalten haben.«

»Ich glaube nicht, dass er uns verfolgt. Weder von hier aus noch später von dem Lokal aus. Ich denke, dass er alleine arbeitet und sich darauf verlässt, dass wir tun, was er verlangt. Spätestens nach der Übergabe wird er das Weite suchen.«

»Woher willst du das wissen?« Ihre Fingerknöchel traten weiß hervor, so fest bohrte sie die Finger in die Arme. Sander holte tief Luft.

»Weil er nicht auffallen will. Und weil er, sowie er das Geld hat, sicher verschwinden möchte. Der Fichtelgebirgshof hat beste Autobahnanbindung.«

»Das bastelst du dir so zusammen. Das kann auch alles anders sein.« Noch immer hielt sie die Arme um sich geschlungen, als fürchtete sie auseinanderzubrechen. Ihre Haltung machte ihn wütend.

»Gut. Wie du willst. Dann übernehme ich das.«

»Das ist gegen die Anweisung.«

»Mareike!« Er brüllte plötzlich, dass man es durch sämtliche Mauern hätte hören können. »Jetzt reicht es! Wir diskutieren hier nicht länger. Es geht um unsere Kinder. Du oder ich. Am besten du!«

»Schon gut.« Im Gegensatz zu ihm sprach sie jetzt völlig ruhig. »Ich mache es.«

»Wunderbar, dass wir uns doch noch einig werden.« Es drängte ihn, noch mehr zynische Bemerkungen zu machen, doch er beherrschte sich. Ihr unerwartetes Einlenken irritierte ihn, und gleichzeitig fürchtete er, sie könnte es sich wieder anders überlegen. »Ich hole das Geld und eine Reisetasche.«

»Nimm die braune. Sie liegt auf den Koffern.«

Er nickte nur. Sein Herz drosch gegen die Rippen. Vielleicht waren die Mädchen bald wieder hier. Heftiges Zittern erfasste ihn bei der Vorstellung, und ein trockenes Schluchzen stieg in seine Kehle. Hastig presste er die Hand vor den Mund und eilte in den Keller.

25

Mareike trug ein lockeres weißes T-Shirt, eine Jeans, weiße Mokassins und eine große Sonnenbrille. Feine Rinnsale aus Schweiß rannen ihr über den Nacken unter den Haaren entlang sowie über die Schläfen. Die Reisetasche war schwer und auffällig. Aber der Fichtelgebirgshof war nicht ausschließlich ein Restaurant, sondern bot auch Fremdenzimmer an. Von daher war es nicht allzu verwunderlich, wenn ein Gast Gepäck bei sich trug. Sie betrat die Anlage durch die zweiflügelige Glastür, durchquerte den Eingangsbereich und verließ das Gebäude durch eine weitere Glastür, die zu dem Außenbereich hinter der Gaststätte führte, von dem der Erpresser gesprochen hatte.

Der künstlich angelegte kleine See im Gartenteil des Lokals glitzerte im Licht der Abendsonne. Eine Wasserfontäne in der Mitte des Gewässers sprühte schillernde Tropfen in die Luft, die sacht zurück ins Nass fielen und unzählige auseinanderlaufende Ringe auf der Oberfläche des Wassers hinterließen. Die meisten Tische der Außenanlage waren besetzt.

Mareike rückte die Brille zurecht. Nahe der Tür war noch ein Tisch für zwei Personen frei. Sie stellte die Tasche ab und setzte sich. Sie war noch mit dem Zurechtrücken ihres Stuhls beschäftigt, als sich ihr ein Mann gegenübersetzte. Er hatte lange graue Haare, die im Nacken zum Zopf zusammengefasst waren. In seinem schlammfarbenen Parka mochte es ihm viel zu warm sein. Eine große Sonnenbrille verdeckte gut ein Drittel seines Gesichts, zudem trug er einen von grauen Strähnen durchzogenen kurzen Bart. Ihr Mund war so trocken, dass es schmerzte. Der Mann stützte die Ellbogen auf den Tisch und presste die Fingerspitzen aneinander.

»Leg dein Handy auf den Tisch«, verlangte er mit leiser Stimme.

»Mein Handy?« Sie fröstelte, trotz der Wärme des Sommerabends.

»Ja.«

Sie öffnete den Reißverschluss ihrer Handtasche, die sie an einem Riemen über der Schulter trug, und nestelte das Mobiltelefon hervor. Wortlos legte sie es auf den Tisch.

»Gut.« Der Mann nickte. »Jetzt gehst du aufs Klo. Dort wartest du drei Minuten. Dann kannst du gehen. Du bist nicht alleine. Du wirst beobachtet. Ein Fehlverhalten, und du wirst es bitter bereuen.«

»Wie soll ich denn … wissen, wann drei Minuten um sind? Ohne mein Handy?«, würgte sie hervor. Ihre Kehle schmerzte.

»Deine Sache. Jetzt geh.«

Das Zittern in sämtlichen Gliedern erfasste sie so heftig und so plötzlich, dass sie nicht wusste, wie sie aufstehen sollte. Ein Schatten fiel über sie.

»Darf ich Ihnen schon etwas bringen?«, fragte eine Frau.

Mareike sah mühsam nach oben. Ihr Nacken fühlte sich an, als fixiere eine Eisenstange den Kopf auf dem Rumpf. Die Kellnerin war jung und lächelte freundlich.

»Ein Glas Wasser bitte«, krächzte sie.

»Gern. Mit oder ohne?«

»Was?« Vor ihren Augen flimmerte es.

»Mit oder ohne Kohlensäure«, ergänzte die Servicekraft.

»Ohne.«

Die junge Frau nickte und tippte in einen kleinen Computer. »Und der Herr?«

Der Mann hob abwehrend die Hand, ohne ein Wort zu sagen.

»Gut. Dann erst mal nur ein Wasser.«

Sie drehte sich um und ging zum nächsten Tisch.

»Hau endlich ab.«

Er sprach ganz leise. Dennoch hörte sie die unerbittliche Härte in seiner Stimme. Mit wackligen Knien verschwand sie Richtung Gebäude. Im Innenbereich hing eine große Uhr in der Nähe des Eingangs. Sie versuchte, sich die Zeit zu merken, doch das Einzige, was sie wahrnehmen konnte, war, dass der große Zeiger des rustikalen Zeitmessers auf zehn Minuten nach halb stand. Halb was? Sie schaffte es nicht, ihre Gedanken beisammenzuhalten, und sie schaffte es nicht, die Zeit abzulesen.

Sie stakste zu den Toilettenräumen, sperrte sich in einer der Kabinen ein und setzte sich auf die Kante des WCs. Drei Minuten. Wie lang waren drei Minuten, wenn man keine Uhr hatte? Und kein Zeitgefühl? Sie konnte dreimal bis sechzig zählen. Eine Minute hatte doch sechzig Sekunden? Oder nicht? Hatte eine Minute vielleicht hundert Sekunden?

Himmel, sie wusste es nicht mehr. Ihre Augen brannten, in ihrer Kehle stach es, und wechselweise überfielen sie Schweißausbrüche und Kälteschauer. Wahrscheinlich bekam sie Fieber. Eigentlich wollte sie nur noch eins: sterben.

26

Robert lief vor der Tankstelle auf und ab, obgleich er mit Mareike vereinbart hatte, im Innenraum zu warten. Doch dort war es laut und stickig, es roch nach abgestandenem Kaffee und altem Frittierfett, und er ertrug weder die Gerüche noch die vielen fremden Menschen. Immer wieder sah er auf sein Handy. Keine Nachricht seiner Frau. Er hätte das Mobiltelefon zwischen den Fingern zerquetschen mögen. Für halb acht war die Übergabe vereinbart gewesen. Jetzt war es gleich Viertel nach acht. Das konnte doch niemals so lange dauern! Was war los? Es drängte ihn, Mareike eine SMS zu schreiben, doch er beherrschte sich.

»Robert? Bist du es?«

Er ließ die Hand sinken, in der er sein Handy hielt. In geschätzten zwei Metern Entfernung stand eine attraktive Frau, etwa in seinem Alter. Sie trug ein rotes Kleid, rote Pumps und einen kleinen roten Hut, den sie kokett schief auf den Kopf gesetzt hatte. Dunkle kinnlange Locken lugten unter der Kopfbedeckung hervor.

»Yvette?«, fragte er. Seine Nerven waren zum Zerreißen gespannt. Alle seine Sinne waren auf seine Kinder, Mareike und die Geldübergabe fixiert. Er konnte jetzt keine Störung gebrauchen.

»Yvette Kaiser, noch immer, ja.« Sie lachte ihn an, ging auf ihn zu und umarmte ihn. Er zwang sich, die Begrüßung zu erwidern.

»Wie schön! Ich hab dich ja ewig nicht gesehen.« Sie trat einen Schritt zurück und legte dabei die Hände auf seine Oberarme. Lächelnd musterte sie ihn. Er zog die Mundwinkel auseinander.

»Was machst du denn hier?«, fragte sie, ließ ihn los und legte den Kopf schief.

»Ich ähm … warte auf einen Anruf.« Wie blöd war das denn.

»Ach tatsächlich.« Sie schmunzelte. »Hast du eine Affäre? Du siehst aus, als hätte ich dich bei etwas ertappt.«

»Unsinn.« Er versuchte ein Grinsen und merkte, dass es nicht gelang.

»Robert?« Sie sah ihm prüfend ins Gesicht. »Was ist los? Du siehst ehrlich gesagt fix und fertig aus.«

Unvermittelt schossen ihm Tränen in die Augen, so rasch und heftig, dass er keine Chance hatte, sich dagegen zu wehren. Hastig wandte er das Gesicht ab.

»Hey.« Yvette sprach sanft. »So schlimm? Magst du reden?«

Er schüttelte den Kopf, kämpfte gegen den Drang, die Kontrolle zu verlieren.

»Ich bin auf der Durchreise. Von Leipzig nach Hamburg. Ich habe eine Nebenrolle in einer neuen ›Tatort‹-Folge bekommen. Ich muss aber erst übermorgen in Hamburg sein. Ich will damit sagen, ich kann mir Zeit nehmen. Wahrscheinlich kann ich dir ja sowieso nicht helfen, aber früher haben wir doch auch über fast alles geredet.«

Vorsichtig atmete er ein und aus. Der Druck in seiner Kehle, der jedes Wort unmöglich gemacht hatte, ließ nach.

»Das ist lieb von dir, Yvette. Im Moment geht es aber wirklich nicht. Vielleicht ... in ein paar Wochen. Vielleicht magst du dich melden, wenn du auf der Rückreise bist. Vielleicht können wir dann ...«

Sie nickte.

»Gut.« Sie nahm ein Visitenkärtchen aus ihrer Handtasche. »Du kannst mich jederzeit anrufen, hörst du?«

»Danke.«

Aus den Augenwinkeln sah er Mareikes Auto auf sich zuschlingern. Sie hielt direkt auf ihn und Yvette zu und hatte offenbar keine Gewalt über das Fahrzeug. Er packte Yvette am Arm und stieß sie zur Seite. In dem Augenblick machte Mareike eine Vollbremsung. Sie kam eine halbe Armlänge vor ihm zum Stehen. Yvette war kreidebleich.

»Mareike!« Er riss die Fahrertür auf. Mit weit aufgerissenen Augen starrte sie ihn an. »Steig aus. Ich fahre.« Er wandte sich noch einmal zu Yvette um. »Ich muss los. Sei nicht böse, bitte.«

»Schon gut.«

Er nahm die Bestürzung und Ratlosigkeit in ihrem Gesicht wahr, doch dafür hatte er jetzt keine Zeit. Er zerrte Mareike vom Fahrersitz, bugsierte sie auf die Beifahrerseite. Er merkte, dass sie völlig paralysiert war, knallte die Wagentür zu, kaum dass sie saß, hechtete um das Auto herum und stieg ein. War tatsächlich etwas schiefgegangen? Yvette stand noch immer an der gleichen Stelle. Er ließ den Motor an, fuhr vom Gelände der Tankstelle und steuerte den Wagen zurück auf die Straße.

»Wo warst du so lange?«, herrschte er Mareike an.

»Ich … war … auf der Toilette«, stieß sie hervor. Ihre Zähne klapperten aufeinander.

»Was? So lange? Es ist jetzt halb neun! Die Übergabe sollte um halb acht stattfinden. Ist er zu spät gekommen?«

»Nein. Nein. Ich … er hat …«

»Rede gefälligst in ganzen Sätzen!« Er wusste, er war ungerecht. Ungerecht, wütend, außer sich. Wo waren die Kinder?

»Hat die Übergabe geklappt? Hat er gesagt, wann und wo wir Natalie und Antonia wiederbekommen? Warum hast du dich nicht gemeldet? Es war ausgemacht.«

»Aaahhh!«, kreischte sie plötzlich und presste die Handflächen auf die Ohren. Fast hätte er das Steuer verrissen, so sehr erschrak er.

»Himmel! Hör sofort auf zu schreien!«, fuhr er sie an. Mareike klappte den Mund zu und schlang die Arme um den Oberkörper. Ihm fiel auf, dass sie nicht angeschnallt war. Dort vorn war die Autobahnauffahrt. Er spürte Schweiß auf der Stirn und an den Handflächen, und ihm wurde übel. Er lenkte den Wagen an den Straßenrand. Jetzt erst merkte er, dass das Licht des Tages verlosch. Die Sonne war verschwunden, die ersten Ausläufer der nahenden Nacht hüllten die Landschaft ein.

»Jetzt erzähl«, bat er und zwang sich zur Ruhe.

»Ich … er war pünktlich. Er hat mir das Handy abgenommen.« Sie sprach langsam und konzentriert. Wenige Minuten später wusste er, was vorgefallen war.

»Er hat also das Geld?«, vergewisserte er sich noch einmal.

»Ja.«

»Und du hast endlos auf dem Klo gewartet, dass die drei Minuten herum sind?« Er hatte nicht einmal mehr die Kraft, wütend auf sie zu sein. Sie stand schließlich genauso unter Schock wie er.

»Ja.«

»Wegen der Kinder …«, setzte er noch einmal an.

»Hat er nichts gesagt«, wiederholte sie.

»Dann müssen wir jetzt abwarten.« Es war zum Wahnsinnigwerden.

»Ja.«

»Hast du irgendeine Ahnung, wer hinter der Verkleidung gesteckt hat?«, forschte er.

»Nein.«

Er konnte nur hoffen und beten. Er hatte schon so lange nicht mehr gebetet. Robert ließ die Stirn aufs Lenkrad sinken. Jede Zelle seines Körpers und jeder Nerv schienen zu vibrieren. Gleichzeitig war er vollkommen erschöpft.

»Wer war die Frau?« Mareikes Stimme drang wie von weit her zu ihm.

»Welche Frau?« Er hob den Kopf und sah auf die Straße vor sich, die sich in einer lang gezogenen Rechtskurve verlor. Sämtliche Fahrzeuge hatten jetzt die Scheinwerfer an. Es wurde rasch dunkel.

»Die im roten Kleid.«

Yvette. Jetzt erinnerte er sich. Ihre kurze Begegnung war von seinem Gehirn bereits wieder in die Ecke unwichtiger Begebenheiten verschoben worden.

»Das war Yvette. Sie hat mit mir in Erlangen studiert.«

Im sechsten Semester hatte sie ihren Mann kennengelernt, der in der Filmbranche arbeitete. Noch vor dem Staatsexamen hatte sie ihre erste kleine Rolle in einer Vorabendserie bekommen. Sie hatte ihr Studium abgebrochen und war mit ihrem Mann nach Leipzig gezogen. Die ersten Jahre hatten sie noch Kontakt gehalten, doch allmählich war dieser eingeschlafen. Zu viel Information, zu viel, um es auszusprechen. Bereits diese kurze Erklärung hatte ihn Kraft gekostet, die er anderweitig brauchte. Es ging jetzt nur um die Kinder.

»Aha«, machte Mareike.

»Wir waren gut befreundet«, ergänzte er dennoch.

»Versteh schon. Fahr jetzt. Ich will nach Hause.«

27

Kristina stand mit Ulf Keller und Konrad Breuer vor dem Präsidium. Zum ersten Mal seit Tagen war es nicht mehr so heiß. In einem großen Laubbaum neben dem Polizeigebäude zwitscherten ein paar Vögel, und ab und zu strich ein leichter lauer Luftzug durch die Werner-Siemens-Straße.

Der Rechtsmediziner zündete sich eine Zigarette an und nahm einen tiefen Zug.

»Also, was ich für euch habe, ist Folgendes«, begann er und stieß bedächtig den Rauch aus. Breuer wich einen Schritt zurück. Keller schien es nicht zu merken.

»Die Kleine aus dem Haus von der Schnitzer ist definitiv Aylin Malik. Wie ich schon vermutet hatte, ist das Kind tatsächlich an einer Rauchvergiftung gestorben. Die Schnitzer hat bei ihrem Sturz von der Treppe eine Gehirnerschütterung erlitten und eine Prellung von Ellbogen und Handgelenk links. Vermutlich war sie bewusstlos. Sie ist ebenfalls an einer Rauchvergiftung gestorben. Fremdeinwirkung kann ich keine feststellen.«

Kristina nickte.

»Damit ist klar, dass es keine Verbindung zum Fall Sander gibt«, resümierte sie.

»Wir sollten uns überlegen, ob wir das an die Presse geben«, ließ Breuer sich vernehmen.

»Natürlich geben wir das an die Presse«, entgegnete Kristina. »Aber wir lassen den Sander-Fall komplett außen vor.«

»Warum das denn? Wir sollten versuchen, die Gerüchte zu stoppen, die der übereifrige Reporter in die Welt gesetzt hat.« Breuer wechselte seinen Standort von Kristinas rechter Seite zu ihrer linken, wobei er verkniffen dreinblickte. Keller blies ungerührt den Qualm seiner Zigarette in Richtung ihres Mitarbeiters.

»Ich denke darüber nach«, erwiderte sie und schluckte ihren Ärger hinunter.

Breuer hatte recht. Doch da sie in der Sander-Sache überhaupt nicht vorwärtskam, wäre es ihr lieber gewesen, den Namen im Augenblick nicht in den Schlagzeilen zu sehen.

»Kommen wir zu dem Toten in der Hohen Leite«, fuhr Keller fort, warf seinen Zigarettenstummel zu Boden, trat ihn sorgsam aus und ließ ihn liegen. Kristina fixierte das gelbliche Mundstück des Glimmstängels, der sich zu drei anderen gesellte, die schon auf dem kleinen Vorplatz des Präsidiums lagen. Vermutlich gingen sämtliche Zigarettenreste auf Kellers Konto. Er war auch schon einige Male von Willbrandt darauf angesprochen worden, seine Hinterlassenschaften wegzuräumen, doch Keller kam dieser Aufforderung nur sehr mäßig nach. Jetzt kickte er den Stummel mit der Schuhspitze immerhin zur Seite, wo ein paar niedrig wachsende Büsche den Vorplatz der Polizeistation einfassten.

»Ich habe seine DNA mit der an der Zahnbürste verglichen, die Sie mir gebracht haben«, sagte er und sah Kristina an. »Demnach handelt es sich tatsächlich um Manuel Böttcher. Der Mann ist an einem Herzinfarkt gestorben.«

»Herzinfarkt?« Verblüfft sah Kristina ihren Kollegen an. »Der war doch noch jung. Höchstens dreißig.«

»Zweiunddreißig Jahre«, warf Breuer ein. »Er hat übrigens tatsächlich im Klinikum gearbeitet. Er hatte Urlaub, deswegen wurde er nicht vermisst.«

»Ja, gut. Über seinen Arbeitsplatz reden wir noch«, unterbrach Kristina ihren Mitarbeiter und warf ihm einen flüchtigen Blick zu.

»Einen Herzinfarkt können durchaus auch jüngere Menschen bekommen«, erläuterte Keller. »Er ist jedenfalls einen natürlichen Tod gestorben.«

»Hatte er Geschlechtsverkehr?«, fragte Kristina und dachte an die Packung Kondome.

»Nein. Aber ich habe dennoch weibliche DNA an seinem Körper sichergestellt. Scheidensekret an seinen Fingern und Speichelspuren an seinem Mund. Ich habe das Material probeweise durch den Computer laufen lassen, allerdings ohne Ergebnis. Die Frau ist bei uns nicht gespeichert.«

»Dann könnte es sein, dass er Sex haben wollte und zuvor einen Herzinfarkt bekommen hat?«, erkundigte sich Breuer.

»Möglich«, erwiderte Keller. »Böttcher litt an einer vererbbaren Stoffwechselerkrankung, die sogenannte Familiäre Hypercholesterinämie. Vereinfacht ausgedrückt heißt das, er hatte einen viel zu hohen Cholesterinwert, und der wiederum sorgt für Ablagerungen vornehmlich in den Herzkranzgefäßen.«

»Aha«, machte Kristina.

»Dadurch entstehen Durchblutungsstörungen, die zum Herzinfarkt führen können«, dozierte Keller weiter. »Was den Todeszeitpunkt betrifft, kann ich nur eine ungefähre Angabe machen, wegen der Hitze in der letzten Zeit. Ich vermute, er lag etwa vier Tage, ehe ihn der Postbote gefunden hat.«

»Nicht der Postbote. Wir haben ihn gefunden«, verbesserte ihn Breuer. »Der Mann hat uns lediglich informiert, weil ihm der Geruch aus dem Briefschlitz verdächtig vorkam.«

Er sah noch immer verärgert aus. Kristina wartete auf einen Funken Schadenfreude, denn Keller zog eben wieder sein Zigarettenpäckchen aus der Hemdtasche, doch die Häme wollte sich nicht einstellen. Im Grunde störte sie sich auch am Zigarettenqualm. Keller blickte in die Packung und steckte sie wieder ein, ohne den nächsten Glimmstängel herausgenommen zu haben.

»Wie auch immer«, sagte er. »Ich muss wieder rein. Ich schick euch den Bericht, damit ihr was in der Hand habt. Bis dann.«

Er hob grüßend die Hand und verschwand durch die Glastür im Präsidium.

»Dann kommen wir zu Ihrem Besuch im Klinikum«, wandte sich Kristina an Breuer. »Ach Moment, zu Ihrer Information: Die Spurensicherung hat im gesamten Haus reichlich Fingerabdrücke gefunden, die uns jedoch nicht weiterhelfen, weil wir sie nicht zuordnen können, mit Ausnahme der von Böttcher. An der Kante vom Fußende des Bettes befinden sich eine winzige Blutspur, die nicht von Böttcher ist, sowie ein paar

Haare. Forsch gleicht die DNA eben mit der ab, die Keller bei dem Mann gefunden hat. Möglicherweise gab es einen Kampf zwischen dem Toten und der Frau, mit der er geknutscht und gefummelt hat. Vielleicht wollte sie das nicht. Handy und Schlüsselbund haben wir auch noch nicht. Und jetzt erzählen Sie, was Sie in Erfahrung gebracht haben.«

»Böttcher hat in der Tat als Pfleger dort gearbeitet, zuletzt in der Onkologie. Seine Vorgesetzte heißt Renate Bode. Wie schon gesagt, er hatte Urlaub, deswegen wurde er nicht vermisst. Nächsten Montag hätte er wieder zum Dienst erscheinen müssen, spätestens dann … Aber das ist ja jetzt hinfällig«, ratterte Breuer herunter.

»Familie, Freunde?«, fragte Kristina.

»Er hat tatsächlich einen Stiefbruder, Jörg Böttcher. Aber soweit die Bode wusste, gab es kaum Kontakt. Außerdem hatte er zwei Freunde, deren Vornamen er gelegentlich erwähnt hat. Einen Stefan und einen Chris. Und sie vermutet, dass er eine Freundin oder eher eine Geliebte hatte, aber in der Hinsicht war aus ihm nichts herauszubekommen.«

»Eine Geliebte? Wie kommt sie darauf?«

Breuer zuckte mit den Schultern.

»Wegen einer gewissen Heimlichtuerei von Böttcher. Gelegentliche Handynachrichten, wobei er so beseelt dreingeschaut hat, wie sie sagte. Einmal soll er Lippenstift auf dem Ohrläppchen gehabt haben. Manchmal konnte es ihm nach Feierabend nicht schnell genug gehen, aus der Klinik zu kommen, und er wollte nicht sagen, warum er es so eilig hatte. Dafür hat er sogar kürzlich einen Umtrunk ausfallen lassen, nach seiner Schicht. Ein Kollege hat einen runden Geburtstag gefeiert.«

Immerhin war jetzt sicher, dass der Mann ein Mobiltelefon besessen hatte. Die Frage war: Wo war es?

»Bei der Norma war ich übrigens auch. Ich habe mit der Filialleiterin gesprochen«, fuhr Breuer fort. »Es hatten am Tag und zurzeit des Verschwindens der Sander-Mädchen zwei Mitarbeiter Dienst. Eine Marita Koch und ein Auszubildender, Thomas Fischer. Fischer saß an der Kasse. Er kann sich an

Mareike Sander erinnern und auch daran, dass sie eine Packung Milchschnitten gekauft hat. Die Koch hat Regale aufgefüllt, im hinteren Teil vom Laden. Auf dem Parkplatz, den man größtenteils gut durch die großen Fenster der Filiale überblicken kann, ist die Sander nicht auffällig geworden. Weder durch hektische Suche noch hat man sie nach den Kindern rufen hören. Wobei Fischer angegeben hat, er hätte gleich nach dem Abkassieren kurz Pause gemacht, weil eben keine Kunden anstanden und er zur Toilette gewollt hätte.«

Kristina nickte. Dass man die Mutter nicht gehört hatte, war zwar verwunderlich, hieß aber letzten Endes unter den genannten Umständen gar nichts.

»Fassen wir zusammen«, sagte sie. »In der Sache Schnitzer bleibt uns wohl nur, die Eltern der kleinen Aylin zu verständigen. Ich mag gar nicht daran denken.«

Zu viel Information für Breuer. Dass ihr der Tod des Kindes näherging als mancher andere Fall, ging den Kollegen nichts an.

»Ich kann das übernehmen«, schlug ihr Mitarbeiter vor. Kristina zögerte, zumal Breuer sie aus dem Redefluss gebracht hatte.

»Nur, wenn es Ihnen recht ist«, fügte er hinzu.

»Doch, ja. Damit wäre mir geholfen«, gab sie widerstrebend zu.

Einerseits graute ihr davor, den verzweifelten Eltern die unwiderrufliche, unerträgliche Wahrheit mitzuteilen, andererseits wollte sie Breuer so wenig wie möglich dankbar sein. Aber schließlich entlastete er sie, wenn er diese Aufgabe übernahm, und genau das hatte Willbrandt ja beabsichtigt. Von daher vergab sie sich nichts.

»Vielen Dank«, rang sie sich ab.

»Keine Ursache.«

»Böttcher ist zwar eines natürlichen Todes gestorben, dennoch sehe ich einige Ungereimtheiten. Wer war bei ihm? Hätte ihm geholfen werden können, wenn seine, hm, nennen wir sie seine Freundin, einen Arzt geholt hätte? Dann wäre es Tod durch unterlassene Hilfeleistung. Wir sollten sein Umfeld näher ansehen. Und vor allem brauchen wir sein verdammtes Handy.«

»Richtig. Was ich mich auch schon die ganze Zeit frage: Wie ist der Böttcher zur Hohen Leite gekommen?«, überlegte Breuer laut.

»Es fährt ein Bus bis Seulbitz. Theoretisch kann er von dort aus gelaufen sein. Ein Fahrrad habe ich jedenfalls nirgends gesehen.« Kristina fiel ein, dass sie sich auf dem kleinen Gelände, das zu dem Haus der verstorbenen Gretel Böttcher gehörte, nicht wirklich gründlich umgesehen hatte. Ihr wurde unangenehm heiß im Nacken. »Wobei ich auch wissen möchte, weshalb wir unter anderem keinen Schlüsselbund finden. Der ist doch nicht mit einem einzelnen losen Schlüssel, nämlich dem zum Haus seiner Tante, zur Hohen Leite. Er wollte doch bestimmt irgendwann zurück in seine eigene Wohnung, und dafür …« Sie hielt inne. Welch ein Durcheinander.

»Wir sollten uns seine Wohnung gründlich ansehen«, schlug Breuer vor. »Oder haben Sie schon?«

»Nur oberflächlich. Ich wollte ja nur einen ersten Eindruck bekommen und vor allem was für Keller, wegen der DNA.« Geöffnet worden war ihr die Tür von einer bestürzten Nachbarin, die einen Schlüssel hatte und zufällig dazugekommen war.

»Wir sollten noch einmal zur Hohen Leite fahren. Vielleicht haben wir doch etwas übersehen. Oder die Spurensicherung«, ergänzte Breuer.

Wider Erwarten tat es gut, die Verantwortung nicht allein tragen zu müssen und jemanden zu haben, der mitdachte und mit dem sie sich austauschen konnte. Ärgerlich nur, dass es ausgerechnet Breuer war. Widerstrebend nickte sie.

»Sie haben recht.«

»Ich habe auch versucht, mit Tina Schwede zu reden«, fuhr der Kollege fort und kam damit zum Fall Sander zurück. »Die Mutter war einverstanden und das Mädchen wieder halbwegs gesund, soweit ich das beurteilen kann.«

»Und?«

»Das Kind hat bestätigt, Toni und Nati, wie sie sie nennt, zu kennen. Außerdem hat sie was von ›weggelaufen‹ gesagt und dass eine fremde Frau gekommen wäre. Mehr hab ich beim besten Willen nicht aus ihr herausbekommen. Keine Zeitangaben, keine Beschreibung der fremden Frau und auch nicht, wohin die Kinder gelaufen sind. Sie hat immer wiederholt: ›Toni und Nati weggelaufen. Fremde Frau.‹«

»Ich bin noch gar nicht auf die Idee gekommen, dass eine Frau hinter der Entführung stecken könnte«, gab Kristina zu und stellte verwundert fest, dass ihr dieses Eingeständnis gegenüber dem Kollegen nichts ausmachte.

»Ehrlich gesagt, wenn ich versuche, mir die Situation vorzustellen, wie die Mädchen im Auto sitzen und sie jemand rausholt, sehe ich auch immer einen Mann vor mir. Oder zwei. Aber damit denken wir eingeschränkt. Wir müssen alle Möglichkeiten in Betracht ziehen«, erwiderte Breuer.

»Haben Sie schon versucht, diesen Stiefbruder ausfindig zu machen?«

»Nur halbherzig«, gab der Kollege zu. »Im Telefonverzeichnis ist er nicht. Ich wollte als Nächstes beim Einwohnermeldeamt anrufen, ob es einen Eintrag gibt.«

»Machen Sie das. Wir fahren noch einmal zu Sanders. Mareike Sander hat schon einmal erwähnt, dass die Mädchen gerne weglaufen. Ich weiß nicht genau, was ich erwarte, aber ich möchte noch mal mit ihr reden. Anschließend fahren wir in Böttchers Wohnung und danach in die Hohe Leite.«

Sie stutzte. Böttcher wohnte in Aichig, in der Nähe des Kindergartens und in der Nähe der Norma-Niederlassung. Dort waren die Sander-Kinder verschwunden. Böttcher war ungefähr vier Tage tot. Sein Todeszeitpunkt deckte sich in etwa mit dem Verschwinden der Kinder. Gab es eine Verbindung? Ungehalten schüttelte sie den Kopf. Sie musste die Fälle trennen, nicht vermischen. Es gab keinerlei Anhaltspunkt, dass die Familie Sander und Böttcher sich kannten oder dass es in irgendeiner Weise Berührungspunkte gab. Zumindest bis jetzt nicht.

»Was ist?«, fragte Breuer.

»Nichts. Wieso?«

»Weil Sie eben den Kopf geschüttelt haben.«

»Tatsächlich? Ich war in Gedanken. Vergessen Sie es. Fahren wir.«

Auf dem Weg zu ihrem Auto fiel Kristina ein, dass sie Breuer zum ersten Mal freiwillig in ihre Ermittlungen einbezogen hatte. Vor ein paar Tagen hätte sie ihn losgeschickt, um Böttchers Wohnung zu durchsuchen, und wäre allein zu Mareike Sander und in die Hohe Leite gefahren. Sie verdrängte den Gedanken.

28

Seine Zähne mahlten aufeinander. So wütend wie er war, brauchte er gar nicht in den OP zu gehen. Er brauchte Ruhe und volle Konzentration für die verantwortungsvolle Aufgabe, die er vor sich hatte. Er drückte die Rufnummer weg und wählte sofort neu. Wieder läutete es, doch der Mann ging nicht ans Telefon.

Wo verdammt noch mal steckte der Kerl? Es war oberstes Gebot, stets erreichbar zu sein. So war die Vereinbarung. Es wurde höchste Zeit, das übrig gebliebene Material zu entsorgen, es durfte keinen Rückstau geben. Zum dritten Mal innerhalb weniger Minuten beendete er die Verbindung. Es hatte keinen Sinn, er verlor nur kostbare Zeit. Ein wütendes Zittern durchlief ihn. Er würde die Zusammenarbeit beenden. Unzuverlässigkeit konnte er sich nicht leisten, die Gefahr war zu groß.

Er atmete tief durch. Langsam ließ das Zittern nach. Endlich. Er brauchte eine ruhige Hand. Die Wut musste warten. Entschlossen verließ er sein Büro und machte sich auf den Weg durch den von künstlichem Licht erhellten schmalen Gang. Die Gummisohlen seiner Schuhe quietschten leise bei jedem seiner Schritte. Am Ende des Flures öffnete er eine Tür, um sich in dem dahinterliegenden Raum umzuziehen.

Kurz darauf stand er vor dem Operationstisch, das gleißende Licht der großen OP-Leuchte fiel auf den schlanken Körper der jungen Frau, die in tiefem Schlaf lag. Er betrachtete ihr ebenmäßiges Gesicht. Unter dem grünen Tuch, mit dem sie zugedeckt war, zeichneten sich wohlgeformte Hüften, ein flacher Bauch und volle Brüste mit unübersehbaren Knospen ab. Ein paar Stunden noch, dann würde diese Schönheit ihren letzten Atemzug tun. Fast bedauerte er es. Sie gefiel ihm. Sie erinnerte ihn an seine erste große Liebe, und diese Erinnerung erfüllte ihn mit Wehmut.

Nun denn. Das Schicksal hatte sie ihm in die Hände gespielt, er hatte das schließlich nicht gewollt. Ihr Leben gegen das von fünf anderen Menschen, die sehnsüchtig warteten und hofften und beständig in der Furcht lebten, bis zur ersehnten Hilfe nicht durchzuhalten. Die junge Frau war gesund und ihre Organe in bestem Zustand. Der reinste Frevel, darauf zu verzichten. Zumal er sie sowieso nicht am Leben lassen konnte, sie hatte zu viel gesehen. Außerdem war sie bares Geld wert. Bares Geld auf einem seiner Konten. Umsonst half er seinen Patienten schließlich nicht, so gern er auch für ausgleichende Gerechtigkeit sorgte.

Für einen Moment verzog er das Gesicht vor Empörung und Widerwillen, bei dem Gedanken, welche Veränderungen in diesem, in seinem Land vor sich gingen. Veränderungen, mit denen er absolut nicht konform ging. Und doch war er nur ein winziges Teilchen vom großen Ganzen und konnte somit auch nur ein klein wenig dazu beitragen, das Land zu säubern. Alles in ihm lehnte sich auf gegen die Zustände, die derzeit in Deutschland herrschten.

Bedächtig atmete er durch. Er durfte sich nicht in zornigen, rebellischen Gedanken verlieren. Er hatte eine Aufgabe, auch wenn er sich diese reichlich vergüten ließ. Umsonst war der Tod, und der kostete das Leben. Nur wer gut zahlen konnte, durfte unter sein Messer, Vorkasse war selbstverständlich.

Er konzentrierte sich wieder auf seine Sache. Ihre Leber, die Nieren, Herz und Lunge würden ein paar seiner zahlungskräftigen Kunden ein menschenwürdiges Dasein oder gar das Weiterleben überhaupt möglich machen. Letzten Endes taten sie beide damit etwas Gutes, er und die Spenderin, auch wenn sie keine Gelegenheit bekommen hatte, sich einverstanden zu erklären. Doch wer gab schon freiwillig sein junges gesundes Leben auf, um anderen schwer kranken Menschen zu helfen? Sie hätte mit Sicherheit abgelehnt.

Er sah sich in einer Position des Vermittlers, auch wenn die junge Frau eigentlich nicht zur Zielgruppe seiner unfreiwilligen Wohltäter gehörte. Seine Zielgruppe waren Menschen, die zwar jung und gesund waren, jedoch die Gesellschaft als solche nur belasteten. Die das Land überschwemmten und ihm und manchem anderen keineswegs willkommen waren. Er schlug das grüne Tuch zurück, das über dem Körper der Frau lag. Genug gedacht. Er würde mit den Nieren anfangen.

29

Jörg Böttcher trat das Gaspedal durch. Seit sieben Stunden war er jetzt unterwegs, und noch war kein Ende seiner Fahrt abzusehen. Mehrere Staus, verursacht durch Baustellen und Unfälle, hatten ihn aufgehalten. War dann einmal die Autobahn frei, war die Geschwindigkeit begrenzt. Er wollte keinen Strafzettel riskieren. Er war müde und hungrig, seine Konzentration ließ nach, und allmählich fuhr sich die Euphorie herunter, mit der er losgefahren war. Vielleicht sollte er irgendwo übernachten, und wenn es auf einem Parkplatz war. Wohl war ihm dabei allerdings nicht. Sein silberner Audi mit Cabriodach war nicht ganz unauffällig. Nein, er würde durchhalten, bis er in der Schweiz war. Laut Navi dauerte es nur noch zwei Stunden.

Böttcher ließ die Seitenscheibe herunter, damit ein wenig der nächtlichen Luft ins Fahrzeug drang und seinen Kreislauf ankurbelte. Mehrfach läutete sein Handy, das auf dem Beifahrersitz lag, doch das ignorierte er. Nichts und niemand würde ihn jetzt mehr aufhalten. Schon gar nicht Sybille, mit der er ein kurzes Techtelmechtel gehabt hatte und die jetzt glaubte, die Frau in seinem Leben zu sein. Ein Leben, das er ab sofort hinter sich lassen würde. Ein neuer Abschnitt begann, und der würde ganz wundervoll werden. Ein kleiner Funken der eingeschlafenen Vorfreude wurde in seiner Brust wieder lebendig. War er endlich am Ziel – und dieses Ziel hieß St. Gallen, nicht weit hinter der Grenze zu Deutschland –, dann würde das Hochgefühl zurückkehren, da war er sicher.

Vor ihm fuhr ein kleiner weißer Wagen, viel zu langsam. Gerade hier, wo die Geschwindigkeit nicht beschränkt war. Jörg setzte den Blinker und zog an dem Auto vorbei. Er blieb auf der linken Spur und überholte noch einige Lkw. Im Rückspiegel sah er ein Fahrzeug heranrasen. Schon auf etliche Entfernung drängelte der Fahrer mit der Lichthupe. Jörg wurde wütend. Er hätte den Kerl gern ausgebremst, aber er wollte auch dem ihm in Fleisch und Blut übergegangenen Prinzip, niemals auffällig zu sein, nicht untreu werden. Er beschleunigte seinen Audi. Auf der rechten Spur fuhren die Fahrzeuge, vornehmlich Lkw, in gerade jenem Abstand, der es ihm nicht erlaubte einzuscheren. Der Drängler war jetzt dicht hinter ihm, blendete mehrfach empört auf. Eine dritte Fahrspur gab es an diesem Teilstück der Autobahn nicht. Jörg sah eine Lücke zwischen einem Fernreisebus und einem Lkw, blinkte und scherte zwischen den beiden Fahrzeugen ein. Die Bremslichter des Busses flammten auf, gleich rotem Alarm. Böttcher trat Kupplung und Bremse durch, spürte und hörte den Schlag gegen den Kofferraum seines Autos, und sein Wagen wurde von dem Laster gegen den Bus geschoben. Wie in einem Alptraum, der noch dazu in Zeitlupe ablief, sah er den unteren Teil der Fahrerkabine seinen Kofferraum zusammenquetschen.

Das ist das Ende, dachte Böttcher noch. Schade. Es geht alles zu schnell. Dann wurde es schwarz um ihn.

Er hörte Stimmengewirr und Schreie. Er wurde an den Armen gefasst, doch sein Körper blieb stecken, und durch die geschlossenen Augenlider wurde es in kurzen, gleichmäßigen Abständen heller um ihn. Mühsam öffnete Böttcher die Augen. Wo war er? Was war passiert?

»Er kommt zu sich! Hallo? Hören Sie mich?«

Jemand drückte seine Hand. Böttcher wandte den Kopf um. Der Mann, der sich durch die Fahrertür über ihn beugte, war von der Feuerwehr. Brannte es irgendwo?

»Hallo?« Dunkle Augen betrachteten konzentriert sein Gesicht. Mit einem Schlag fiel Böttcher wieder ein, was geschehen war. Panisch versuchte er sich aus dem Sitz zu stemmen.

»Ganz ruhig. Sie sind eingeklemmt, aber wir holen Sie hier wieder raus. Haben Sie Schmerzen?«, fragte der Feuerwehrmann.

Böttcher wollte antworten, doch ihm fehlte die Stimme. Verfluchte Scheiße! Er saß fest. Er wollte in den Rückspiegel sehen, doch der war verdreht und verstellt. Dieser elende Drängler war schuld. Wegen dem hatte er im fließenden Verkehr eine Lücke genutzt, die zu knapp war. Aus irgendeinem bescheuerten Grund hatte der Bus vor ihm gebremst, und der nachfahrende Lkw hatte seinen Wagen zusammengequetscht. Er spürte einen Einstich im Arm, und sanfte Wärme hüllte ihn ein. Er schlief nicht, aber er bekam alles nur noch wie aus weiter Ferne mit, und sein Körper fühlte sich an wie in Watte gepackt. Dicke, weiche Watte, die alles abhielt, was ihn hätte peinigen können. Viele Menschen waren um ihn herum. Blaulichter blinkten durch die Nacht, irgendwann erschien ein heller Streifen am Horizont. Nun wurde es wohl Tag. Er hätte längst in St. Gallen sein können. Sie durften sein Gepäck im Kofferraum nicht anrühren. Sein Gepäck, sein Hab und Gut, sein ganzes Eigentum. Er spürte den Drang zu kichern. Irgendwann war er frei. Er wurde auf eine Trage gelegt.

»... scheinbar verdammtes Glück gehabt. Er hätte tot sein können ...«

»... der Wagen kann jetzt abgeschleppt werden ...«

»... Totalschaden ...«

Gesprächsfetzen drangen an seine Ohren. Abgeschleppt, Totalschaden. Aber der Schrotthaufen gehörte immer noch ihm und was darinnen lag sowieso. Er hätte gern etwas gesagt, aber dieses elende Zeug, was sie ihm gespritzt hatten, hinderte ihn daran. Eine Frau beugte sich über ihn.

»Wir bringen Sie jetzt in die Klinik. Haben Sie keine Angst, es wird alles gut.«

Böttcher schloss die Augen. Er hatte keine Angst, er war verzweifelt. Es war zu makaber. Gerade jetzt, wo er ein neues Leben anfangen wollte, bremste ihn das Schicksal aus. War das die Strafe? Er hatte das doch alles nicht gewollt.

30

Mareike Sanders Nase stach spitz aus ihrem grauen Gesicht hervor. Sie knetete unentwegt ihre dünnen Finger.

»Tina sagt, Antonia und Natalie sind weggelaufen?«, wiederholte sie seltsam monoton. »Und eine fremde Frau hätte ihnen geholfen?«

»Nein, nein. So hat sie das nicht gesagt«, schaltete sich Breuer ein.

Kristina dachte, dass die Ärztin in eine Klinik gehörte. Sie sah aus, als würde sie jeden Moment tot umfallen.

»Wie denn dann?«

»Sie sagte: ›Toni und Nati weggelaufen. Fremde Frau.‹ Die Frau und die Kinder müssen nicht in einer Verbindung zueinander stehen. Vielleicht war einfach eine Kundin auf dem Norma-Parkplatz, die Tina nicht kannte, und nun reimt sie sich etwas zusammen«, erläuterte Breuer.

»Ich verstehe das alles nicht«, murmelte Mareike Sander.

Robert Sander, der sich an die Kante eines Fensterbretts gelehnt hatte, richtete sich auf.

»Vor ein paar Wochen sind die Kinder zum Friedhof gelaufen und haben sich dort zwischen den Gräbern versteckt. Frau

Kübner, die Friedhofsgärtnerin und gleichzeitig eine Nachbarin von uns, hat sie entdeckt und zurückgebracht. Tina war an dem Tag bei ihrem Vater zu Besuch, der nach wie vor in St. Johannis wohnt. Sie hat den Vorfall mitbekommen. Ich nehme an, dass sie Ihnen das erzählen wollte.«

Kristina nickte frustriert. Sie kamen einfach keinen Schritt weiter. Robert Sander kam ihr angespannter denn je vor, zudem sah er ständig auf den Couchtisch, auf dem ein Handy lag. Wartete er auf einen Anruf? Verschwieg der Apotheker etwas? Gab es eventuell doch einen Entführer, der es trotz sämtlicher polizeilicher Maßnahmen geschafft hatte, die Eltern zu kontaktieren, ohne dass sie oder ihre Kollegen es mitbekommen hatten?

»Herr Sander, sollte es etwas Neues geben, Sie lassen es uns wissen, nicht wahr?«, wechselte sie unvermittelt das Thema.

»Selbstverständlich«, antwortete er sofort.

»Es geht um das Leben Ihrer Kinder«, ergänzte sie.

Sander kniff die Augen zusammen.

»Es geht die ganze Zeit um nichts anderes«, konterte er.

»Gut«, sagte Kristina und dachte sich, dass dieses Wort einfach nur dämlich war für die katastrophale Situation. »Wir melden uns bei Ihnen.«

Nur womit? Entweder mit furchtbaren Neuigkeiten, weil die Kinder doch irgendwo gefunden wurden und das schlimmstenfalls tot, oder mit der stets wiederkehrenden Nachricht, dass sie mit den Ermittlungen nicht vorankamen.

»Ich bringe Sie hinaus«, sagte Sander und machte eine auffordernde Handbewegung zur Tür.

Kristina wartete, bis sie und Breuer das Grundstück verlassen hatten.

»Wir fahren jetzt zuerst zur Hohen Leite«, informierte sie ihren Kollegen. »Das erscheint mir von der Fahrstrecke her sinnvoller.«

»Einverstanden.«

Das machen wir auch dann, wenn du nicht einverstanden wärst, dachte sie und öffnete mit der Fernbedienung ihren Wagen. Mittlerweile hingen dichte graue Wolken am Himmel, und erste Regentropfen hinterließen große dunkle Flecken auf dem Gehweg.

Das Häuschen auf der Anhöhe von Seulbitz erschien ihr noch kleiner, als sie es in Erinnerung hatte. Zudem lag es jetzt in völliger Einsamkeit. Als sie das erste Mal hier oben gewesen war, hatte der Postbote gewartet, sein Auto hatte auf dem Anwesen gestanden, und es war ein heißer sonniger Tag gewesen. Zudem war sie von etlichen Kollegen begleitet worden, weitere Kollegen waren kurz darauf eingetroffen. Jetzt war es trüb, beinahe herbstlich düster, und es regnete. Und sie war mit Breuer allein.

Kristina öffnete das Siegel an der Haustür. Der Leichengeruch hing nach wie vor zwischen sämtlichen Wänden, kaum schwächer als vor einigen Tagen. Sie rieb ein wenig Pfefferminzöl unter ihre Nase, was nicht wirklich gegen den widerwärtigen Gestank half, aber dazu führte, dass ihre empfindliche Haut brannte und sich rötete. Sie würde aussehen, als hätte sie seit Tagen einen heftigen Schnupfen. Breuer lehnte dankend ab, das Öl auch zu benutzen. Zusammen mit ihm durchsuchte sie sämtliche Räume, öffnete Schubladen und Schränke, sah in jede Ecke, nahm die Garderobe in Augenschein, alle Ablagen und Borde sowie die Küche und das Bad. Weder sie noch ihr Kollege fanden etwas, was ihnen bedeutsam erschien.

»Gehen wir«, sagte Kristina eine Dreiviertelstunde später.

»Er hat das Hüttchen wohl als Liebesnest genutzt«, mutmaßte Breuer.

»Ja, kann sein. Wir sehen uns noch außen um. Ich geh ums Haus, Sie sehen in den Schuppen«, bestimmte sie. Sie verließen das Gebäude, und Kristina erneuerte das Polizeisiegel. Inzwischen regnete es in Strömen.

»Haben Sie einen Schirm im Wagen?«, erkundigte sich Breuer und hielt sich eng am Haus, schutzsuchend unter dem schmalen Dachvorsprung.

»Nein. Da müssen wir jetzt durch. Es ist ja zumindest nicht kalt«, entgegnete sie.

»Aber nass!« Vorwurfsvoll schlug Breuer den Kragen seines Poloshirts hoch.

»Machen Sie schon. Im Schuppen wird es trocken sein. Ich bekomme viel mehr Regen ab als Sie«, hielt sie dagegen.

Breuer schnitt eine Grimasse, und für einen Moment reizte sie sein komisch-verzweifelter Gesichtsausdruck zum Lachen. Bisher hatte sie stets den Eindruck gehabt, es gäbe nichts, was den Mann tatsächlich störte. Sie erlaubte sich ein schwaches Grinsen, während er eilig über den Vorplatz zum Schuppen lief. Sie beobachtete, wie er den eisernen Riegel beiseiteschob und an der Holztür zog, die mit vernehmlichem Knarren aufging. Sie sah die Front eines betagten weißen Mercedes und schnappte nach Luft. Hatte Gretel Böttcher ein Auto besessen, oder handelte es sich gar um den Wagen von Manuel? Wieso hatte sie nicht eher in den Schuppen gesehen? Andererseits hätte auch die Spurensicherung …

»Frau Herbich? Ich glaube, jetzt haben wir was.« Breuer, der in dem maroden Bau verschwunden war, tauchte wieder unter der Tür auf.

31

Professor Hagen Meining beugte sich über die junge Frau. Ihr Gesicht war schmal, die Wangen eingefallen, und sie schien zu schlafen. Seitlich und hinter ihrem Bett standen Monitore, über deren dunkle Bildschirme bunte gezackte Linien verliefen. Eine Kanüle steckte im Arm der Patientin, die plötzlich die Augen aufschlug. Sie bewegte die Lippen, als wollte sie etwas sagen, doch kein Ton kam aus ihrem Mund. Behutsam legte Meining seine Fingerspitzen auf ihre knochige Hand, die auf der Bettdecke ruhte.

»Es ist alles gut, Frau Kramp«, sagte er leise. Sie sah ihn an und zwinkerte. Er spürte, wie ihre Finger zuckten, und schob seine Hand unter ihre.

»Wenn Sie Schmerzen haben, versuchen Sie bitte, meine Hand zu drücken«, sagte er. Mit einer sachten Bewegung strichen ihre Finger über seinen Handrücken, und er registrierte ein kaum sichtbares Kopfschütteln.

»Schön«, sagte er. »Die Schwester sieht alle Viertelstunde nach Ihnen. Ich komme mittags noch einmal zu Ihnen. Das neue Herz schlägt gut und kräftig, Sie brauchen keine Angst zu haben. Wir tun alles, was möglich ist. Heute fängt Ihr neues Leben an.«

Er zog seine Hand unter ihrer vor.

Das neue Organ war in letzter Minute gekommen. Viel Zeit hätte Elisabeth Kramp nicht mehr gehabt. Wenn jetzt alles gut verlief, hatte sie die Chance auf ein fast normales gesundes Leben.

Die junge Frau schloss die Augen, und Meining wandte sich zur Tür. Mit dem Rücken zu ihr bekreuzigte er sich. Er war nur Gottes Werkzeug, doch er war dankbar, dass ihm diese Aufgabe zuteilgeworden war.

Leise schlüpfte er aus dem Krankenzimmer. Der nächste Patient wartete. Carsten Schneider brauchte eine neue Leber. Seine war durch einen Virus zerstört worden. Es ging dem Mann sehr schlecht. Meining musste in Verbindung mit Schneider stets an seinen Vater denken. Ihm hatte er nicht helfen können, er war damals noch mitten im Studium gewesen. Aber vielleicht konnte er Schneider helfen. Sein Vater wäre stolz auf ihn. Mit schnellen Schritten lief er durch den langen Gang der Franken-Transplant-Klinik. Die Sohlen seiner Schuhe quietschten auf dem Linoleumbelag des Bodens. An Tagen wie diesen erfüllte ihn seine Arbeit mit Kraft, Zuversicht und auch ein wenig Stolz. An anderen Tagen, wenn ihm ein Patient trotz aller Bemühungen entglitt, fühlte er eine ungeheure Schwäche und Resignation.

Als er sein Sprechzimmer betrat, schnurrte sein Mobiltelefon, das auf dem Schreibtisch lag. Auf dem Display lächelte ihm das Gesicht seiner Frau entgegen.

»Beate? Was gibt's?«, fragte er ohne Begrüßung.

»Du bist wieder in Eile, nicht wahr?« Beate seufzte.

»Es tut mir leid, mein Schatz. Ja, du hast recht. Ich habe gleich den nächsten Patienten.«

»Ich wollte dich nur daran erinnern, dass morgen das Integrationsfest für die Flüchtlinge am Röhrensee stattfindet. Du kommst doch wenigstens zur Eröffnung, oder? Du hast es mir versprochen.«

»Selbstverständlich, Liebling.«

Natürlich würde er kommen. Eine Stunde konnte er sich Zeit nehmen, an Beates Seite stehen, lächeln und zumindest nach außen hin mit ihr Einigkeit demonstrieren. Es war ihr so wichtig. Ein paar schöne Fotos für den Nordbayerischen Kurier oder wer immer noch einen Artikel dazu bringen mochte. Er musste Sophie anweisen, einen Scheck auszustellen, für das Projekt »Hilfe für Flüchtlinge«. Der Scheck sollte vor allem für Beate eine Überraschung sein. Sie würde sich so freuen, dass er ihre Arbeit unterstützte.

»Danke, Hagen. Um drei Uhr am See. Es gibt reichlich zu essen, Kaffee und Kuchen, Gegrilltes, und wir machen Spiele. Und ...«

»Liebes, sei nicht böse, bitte. Ich bin wirklich in Eile. Wir reden heute Abend noch einmal.«

»Natürlich. Entschuldige.«

Augenblicklich hatte er ein schlechtes Gewissen. Sie war so engagiert, und er wies sie so oft zurück, wenn sie sich ihm mitteilen wollte. Er wollte eben das Gespräch beenden, als ihm etwas einfiel.

»Beate, wir sollten Kronauer die Tage zum Essen einladen. Er ist nur am Arbeiten und meiner Ansicht nach zu viel alleine.«

»Du bist auch nur am Arbeiten. Aber wegen mir. Ende nächster Woche vielleicht, okay?«

»Wunderbar. Ich liebe dich, Beate.« Er meinte es absolut ernst.

»Wenn ich das nicht wüsste, wären wir schon längst geschieden«, erwiderte sie trocken.

Er war in Versuchung, die Antwort mit einem Lachen zu quittieren, doch ihm war nicht danach. Er ließ sie zu viel allein. Ein paar Jahre noch, dann gehe ich in Ruhestand, versicherte er sich. Er konnte nur hoffen, dass Beate bis dahin nicht die Geduld verlor.

32

»Das kann doch nicht sein! Warum meldet sich der Kerl nicht?« Robert presste die Handballen gegen die Schläfen. Mareike gab keine Antwort.

»Mareike! Jetzt sag doch was!« Er ließ die Hände sinken.

Mareike stand an der Arbeitsfläche in der Küche und brühte eine Tasse Tee auf. Sie stand mit dem Rücken zu ihrem Mann, der, seit er hereingekommen war, zwischen Kühlschrank und Küchentisch auf und ab tigerte.

»Hör auf mit der Rumrennerei«, erwiderte sie.

»Das ist alles, was dir dazu einfällt?« Er blieb jetzt tatsächlich stehen. »Unsere Kinder …«

Sie wandte sich um. Er sah etwas in ihren Augen, was ihm Angst machte. Was genau es war, wusste er nicht.

»Wir sehen unsere Kinder nie wieder, Robert«, sagte sie emotionslos.

»Bist du verrückt? Wie kannst du so was sagen? Hast du unsere zwei aufgegeben oder was?« Er keuchte.

»Ich weiß es einfach.« Sie legte beide Hände aufs Herz, eine Geste, die ihn einerseits berührte, die er andererseits nicht sehen wollte.

»Was soll das heißen: Du weißt es einfach? Woher? Hat der Kerl was gesagt? Warum hast du ihm das Geld überlassen, wenn …«

»Er hat nichts gesagt. Ich weiß es eben.«

»Nein! Das kann einfach nicht sein!« Ein kalter Schauer durchlief ihn.

»Doch. Er hätte sich längst melden müssen. Vielleicht … war er es auch gar nicht. Ein Trittbrettfahrer vielleicht. Ich weiß nicht.«

Ihre Starre war ihm unbegreiflich.

»Wir müssen etwas tun. Wenn du recht hast und wir sind einem Betrüger aufgesessen ... dann muss er zumindest gefasst und bestraft werden.« Die Worte fielen aus seinem Mund, ohne sein Zutun. Er reagierte nur auf Mareikes Überlegungen.

Wenn er seine Mädchen nicht wiederbekam, war es ihm auch gleich, was aus dem vermeintlichen Trittbrettfahrer wurde. Er wollte auch das Geld nicht wieder, höchstens den Anteil, den ihm seine Eltern überlassen hatten, um die Summe zurückzugeben. Ihn interessierte weder die Apotheke noch Mareikes Praxis noch das Wohnhaus. Er wollte seine Kinder wieder, ansonsten war sein Leben beendet. Nicht einmal das Wissen um Fabian änderte daran etwas.

»Dann tu was. Ich kann nicht mehr. Ich bin schuld, damit kann ich nicht leben«, sagte Mareike.

»Denk an Fabian«, gab er zurück, obgleich ihm selbst der Gedanke an den Jungen nicht half. Letzten Endes war Fabian bei seinen Großeltern gut aufgehoben.

Er konnte auch nicht mehr. Die letzten Tage hatten jegliche Kraft aus ihm gezogen. Robert spürte seine Knie wacklig werden. Er stakste zum Küchentisch und ließ sich auf einen Stuhl fallen. Von einem Moment zum nächsten überwältigten ihn sämtliche aufgestauten Qualen. Er legte die Arme auf den Tisch und verbarg das Gesicht darin. Unkontrolliertes Schluchzen schüttelte ihn, wollte ihm Brust und Kehle zerreißen. Tränen tropften auf die Tischplatte und durchnässten die Ärmel seines Shirts.

»Es tut mir so leid, Robert«, hörte er seine Frau flüstern.

Er hob den Kopf und trocknete sich mit dem Ärmel das Gesicht. Leichter war ihm nicht.

»Ich geh zur Polizei. Ich sag der Herbich alles, was vorgefallen ist«, würgte er hervor, ohne Mareike anzusehen.

»Mach das«, erwiderte sie dumpf.

33

»Der Wagen ist auf Manuel Böttcher zugelassen«, teilte Breuer Kristina mit, nachdem er das Gespräch mit der Zentrale des Präsidiums beendet hatte, und steckte sein Mobiltelefon wieder in die hintere Hosentasche.

»War anzunehmen«, erwiderte sie.

Auf dem Beifahrersitz des weißen Mercedes lagen ein Handy und ein Schlüsselbund. Wie sie Willbrandt erklären sollte, dass sie nicht sofort in den Schuppen gesehen hatten, war ihr schleierhaft. Das war eine grobe Nachlässigkeit und auch nicht damit zu entschuldigen, dass das Holzhüttchen wie eine Lagerstatt für Gartengeräte und Feuerholz wirkte. Der Platz im Inneren war so eng, dass man um den Wagen nicht herumkam. Der Fahrer des Mercedes, vermutlich Manuel Böttcher, hatte so eingeparkt, dass der Außenspiegel auf der Beifahrerseite beinahe die hölzerne Wand berührte. Breuer zog dünne Plastikhandschuhe über und öffnete die Fahrertür, die erwartungsgemäß nicht verschlossen war. Er griff nach dem Mobiltelefon.

»Hat es einen Passwort-Schutz?«, erkundigte sie sich.

»Keine Ahnung. Der Akku ist leer. Aber nun wissen wir, wie der Mann hier hochgekommen ist«, sagte Breuer und machte eine Kopfbewegung zu dem Auto.

»Ja. Und vielleicht bringt uns die Auswertung vom Handy weiter. Vielleicht erfahren wir jetzt, mit wem er hier oben verabredet war.«

In diesem Augenblick läutete ihr eigenes Mobiltelefon. Sie erkannte die Nummer auf dem Display als die von Robert Sander. Eilig nahm sie das Gespräch an.

»Hallo, Herr Sander«, begrüßte sie ihn.

»Frau Herbich, können wir uns treffen?«, fragte Sander, ohne den Gruß zu erwidern.

»Natürlich. Ist etwas passiert?« Etwas in seiner Stimme alarmierte sie. Er klang irgendwie anders als sonst.

»Ja.« Er sprach rau. Ihr Innerstes schnürte sich zusammen, obwohl sie keine Ahnung hatte, was Sander ihr mitteilen wollte.

»Gut. Ich bin in einer halben Stunde im Präsidium.«

Sie hätte auch zu ihm fahren können. Irgendwas hielt sie davon ab, sofort in ihn zu dringen und die Information, die er für sie hatte, aus ihm herauszuquetschen.

»Einverstanden«, sagte er und legte sofort auf.

»Was ist los?«, wollte Breuer wissen, noch ehe sie ihr Handy wieder eingesteckt hatte.

»Sander hat Neuigkeiten. Er will ... uns treffen.«

Kristina hätte nicht sagen können, was sie dazu bewog, Breuer in die Verabredung einzubeziehen. Sander hatte schließlich ausdrücklich von ihr gesprochen. Wenn sie genau überlegte, allenfalls, dass der Schreibtisch des Kollegen jetzt ihrem gegenüberstand und er damit dem Gespräch schon zwangsweise beiwohnte. Sie hätte ihn natürlich auch schon mal allein in Böttchers Wohnung schicken können, doch dorthin wollte sie auf jeden Fall mit.

»Hat er angedeutet, um welche Neuigkeiten es geht?«

»Nein. Wir nehmen das Handy und die Schlüssel mit. Um das Telefon soll sich die KTU kümmern und um den Wagen die Spurensicherung«, entschied sie.

Kristina sah noch in das Handschuhfach des Autos und die Seitenfächer in den Türen, Breuer warf einen Blick in den Kofferraum und auf die Rückbank des Fahrzeugs. Im Handschuhfach befanden sich etliche Päckchen Tempotaschentücher, eine Sonnenbrille und ein Aftershave. Im Kofferraum lagen ein Regenschirm und ein paar leere Papiertüten mit dem Aufdruck eines Schuhgeschäftes.

»Fahren wir«, entschied sie. Es ließ ihr keine Ruhe, was Sander ihr mitteilen wollte.

Als Breuer und sie zwanzig Minuten darauf das Präsidium betraten, wartete der Apotheker bereits im Gang vor ihrem Büro auf sie. Sander war bleich, hatte tiefe Ringe unter den geröteten Augen, und seine Haare standen vom Kopf ab, als würde er ständig an ihnen zerren. Nach einer knappen Begrüßung betraten sie zu dritt das Büro. Ohne eine Aufforderung abzuwarten, setzte sich Sander auf den Besucherstuhl Kristinas Schreibtisch gegenüber.

»Also, Herr Sander, was ist passiert?«, erkundigte sich Kristina und nahm gleichfalls Platz. Sander starrte vor sich hin, als wäre er nicht bei sich.

»Herr Sander? Alles in Ordnung? Möchten Sie ein Glas Wasser?«, fragte Kristina und machte Breuer ein Zeichen.

»Nichts ist in Ordnung. Was soll die Frage?«

Der Apotheker stand auf, blieb unschlüssig vor seinem Stuhl stehen, setzte sich schließlich wieder und stützte den Kopf in die Hände und die Ellbogen auf die Knie. Breuer stellte ein Glas Wasser auf ihren Schreibtisch, vor Sander. Kristina wartete ab. Schließlich richtete sich Sander auf und suchte ihren Blick.

»Wir haben gezahlt. Siebenhundertfünfzigtausend Euro. Das Geld ist weg, und unsere Kinder sind immer noch nicht zurück.« Er war heiser.

»Sie haben was?« Fassungslos sah Kristina den Mann an, der bis vor wenigen Tagen ein ruhiger beherrschter Mensch gewesen war, souverän und gelassen, jemand, der es im Leben zu etwas gebracht hatte und der in sich ruhte. Nun schien er gebrochen, zerstört, am Ende.

Eine halbe Stunde später hatte Robert Sander umfassend Bericht erstattet. Kristina war außer sich.

»Aber wir haben doch Ihr Handy überwachen lassen!«, fuhr sie Sander an. »Und das von Ihrer Frau!«

Der Apotheker nickte.

»Ich habe noch ein zweites Handy. Auf dem hat er sich gemeldet.«

Kristina rang nach Luft. Auf die Idee war sie nicht gekommen. Mühsam hielt sie den Schwall an Vorwürfen zurück, die sie dem Apotheker am liebsten entgegengeschleudert hätte. Der oder die Entführer hatten tatsächlich mit den Eltern Kontakt aufgenommen, ohne dass sie es mitbekommen hatte, und

Sander hatte gezahlt. Alles Einwirken auf die Eltern, sich im Fall des Falles umgehend mitzuteilen, hatte nichts genutzt. Willbrandt würde sie feuern.

»Was ist mit Ihrer Frau? Hat die auch zwei Telefone?«, presste sie hervor. Die Empörung raubte ihr den Atem.

»Das weiß ich ehrlich gesagt nicht. Ich glaube aber nicht.«

»Wer weiß alles von dem zweiten Gerät?«, schaltete sich Breuer mit ruhiger Stimme ein.

»Ein paar enge Freunde und Verwandte. Jedenfalls keine Kollegen. Ich wollte ein Handy haben, das ich wirklich ausschließlich privat nutze.«

»Sie haben die Ermittlungen behindert«, fauchte Kristina. Sie wusste gar nicht wohin mit ihrem Zorn.

Sander presste die Handflächen aneinander. Er erwiderte Kristinas aufgebrachten Blick aus geröteten Augen.

»Ich schließe sämtliche Freunde und Verwandte als Täter aus. Und es geht um meine Kinder. Verstehen Sie das, Frau Kommissarin? Er hat gesagt: Keine Polizei! Ich hatte und habe eine Scheiß-Angst!«

»Wenn wir Pech haben, war es ein Trittbrettfahrer!«, fuhr sie ihn an, in dem verzweifelten Versuch, der Wut, die sie auf sich selbst hatte, ein anderes Ziel zu geben. Jemand aus dem Bekanntenkreis der Familie, der die Gunst der Stunde hatte nutzen wollen.

»Können Sie sicher sein, dass Ihre sogenannten Freunde und die Verwandten diskret mit Ihrer *geheimen* Mobilfunknummer umgegangen sind?«, fragte sie zornig und fing aus den Augenwinkeln einen warnenden Blick von Breuer auf. Heiß durchlief es sie. Gleich welcher Verfehlung sich der Apotheker schuldig gemacht hatte, der Mann war am Ende. Es war besser, sich Aggressivität und Vorwürfe zu sparen, es brachte ohnehin nichts.

Sander ließ den Kopf sinken und atmete schwer.

»Ich weiß es nicht. Ich weiß gar nichts mehr«, würgte er hervor.

Kristina überfiel die Furcht, er könnte kollabieren.

»Herr Sander? Wer hat alles diese spezielle Handynummer?«, fragte sie ruhiger.

Sander schüttelte stumm den Kopf. Sie sah, wie ihn ein Zittern überlief.

»Wir brauchen dieses Telefon«, sprach sie weiter, da der Apotheker nicht antwortete.

»Die Rufnummer war unterdrückt«, würgte Sander hervor.

»Wenn er nicht gerade von einem öffentlichen Fernsprecher aus angerufen hat, finden wir den Anschluss heraus, keine Sorge.«

»Aber ... wenn er noch mal anruft ... um uns zu sagen, wo wir die Kinder abholen können ...« Seine Stimme wackelte.

»Herr Sander. Bitte«, sagte sie nur.

Der Apotheker legte das Gerät auf ihren Schreibtisch. Seine Hand zitterte, seine Mundwinkel zuckten, und er blinzelte heftig. Ihr ging durch den Kopf, den Seelsorger der Dienststelle zu verständigen, ehe der Vater der Mädchen zusammenbrach oder vor ein Fahrzeug lief – bewusst, weil er der Qual ein Ende machen wollte, oder unbewusst, weil er nicht mehr bei sich war. Seine Wangen hatten jetzt einen fiebrigen Glanz.

»Überprüfen Sie, ob die Scheine registriert wurden«, wandte Kristina sich an Breuer.

Der nickte stumm. Sie wandte sich wieder dem Vater der vermissten Kinder zu.

»Ein Kollege fährt Sie nach Hause«, entschied sie. Sander durfte jetzt nicht allein sein.

»Nein. Mein Wagen steht unten.«

Kristina zögerte. Sander war ein erwachsener Mann. Aber sie durfte sich keine weitere Nachlässigkeit erlauben.

»Lassen Sie das Auto hier, Herr Sander. Bitte. Es geht Ihnen nicht gut. Wenn Sie einverstanden sind, bringt Ihnen jemand von der Dienststelle das Fahrzeug, oder Sie holen es in den nächsten Tagen.«

Sander nickte stumm und stand auf. Breuer legte ganz leicht die Hand auf die Schulter des Apothekers.

»Kommen Sie. Ich kümmere mich um alles Nötige.«

Die Bürotür klappte hinter den beiden Männern zu. Kristina presste die Fingerspitzen an die Schläfen, bis es schmerzte. Was für ein Scheiß-Tag.

34

Pfarrer Johan Kunze legte seinen Dackel an die Leine und verließ das Haus. Es war kurz nach halb neun. Die Sonne war bereits verschwunden, und bald würde die Dunkelheit einsetzen. Kunze hatte keine Lust, für den abendlichen Gassigang an der Straße entlangzulaufen. Er wollte lieber ein paar Schritte im Wald gehen. Sein Jeep stand hinter dem Haus vor der Garage. Er hob den Hund in den Fußraum des Beifahrersitzes und nahm selbst hinter dem Steuer Platz.

Nach gut einem Kilometer parkte er den Wagen in einer Einbuchtung am Wald und ließ den Hund aus dem Auto springen. Ein paar Vögel zwitscherten, die Luft war noch warm, und er schnupperte den Duft unzähliger Pflanzen. Kunze atmete tief ein. Herrlich, dieser Frieden. Der Abendspaziergang mit Arno zum Ausklang des Tages war ihm meist ein Genuss. Es sei denn, es regnete.

Arno schnüffelte am Wegrand, hob die Pfote und erleichterte sich an einem Büschel Gras. Kunze wartete, bis der Hund fertig war, ehe er losging.

Er nahm meist die gleiche Strecke. Geradeaus in den Wald hinein, für etwa fünfhundert Meter. An der maroden Bank, die zum Teil bereits mit Moos bewachsen war und nicht mehr zum Ausruhen einlud, machte der Weg eine Biegung nach rechts. Knapp einen Kilometer weiter, bei dem alten Holztrogbrunnen, aus dessen Auslauf nur noch ein dünnes Rinnsal Wasser kleckerte, kehrte er meist um.

Arno ließ sich Zeit, die Nase stets am Boden. Einmal machte er Anstalten, sich auf den Teppich aus Tannennadeln zu werfen, der das Erdreich zwischen den Bäumen bedeckte.

»Arno, nein!«, herrschte Kunze den Hund an.

Es war schon recht düster im Wald. Er konnte nicht erkennen, worin sich das Tier hatte wälzen wollen. Bestimmt war es etwas Übles, Unangenehmes, und hinterher musste er seinen Vierbeiner unter die Dusche stellen und mit Hundeshampoo frisch machen. Danach schüttelte sich Arno üblicherweise empört, so schnell konnte er gar kein Handtuch um den Rücken des Tieres legen, und dann war das ganze Bad nass gespritzt, einschließlich seiner selbst.

Arno tat, als hätte er seinen Herrn nicht gehört, und versuchte noch einmal, mit der Schulter voran zu Boden zu gehen. In dem Augenblick hörten Herr und Hund ein Geräusch. Arnos Körper spannte sich an, und umgehend schien sein Vorhaben, sich in Unrat zu suhlen, nicht mehr wichtig.

Auch Kunze hielt verdutzt inne. Was war das? Es klang wie ein Pochen und kam irgendwo aus der Tiefe des fast dunklen Waldes. Ein Tier? Doch das, was er hörte, erinnerte ihn eher an das Klopfen eines Menschen an eine Tür. Im Wald aber gab es keine Türen. Bis auf … Ein Frösteln überlief den alten Pfarrer. Das konnte nicht sein.

Arno knurrte. Wenn der Hund knurrte, hatte er das Geräusch auch gehört, und damit war klar, dass er es sich nicht eingebildet hatte. Nun war es wieder still. Kunze beschloss, umzukehren und nach Hause zu gehen. Er hatte den Gedanken noch nicht zu Ende gedacht, als das Pochen wieder begann, diesmal etwas schwächer. Arno machte einen Satz nach vorn, zerrte an der Leine und kläffte so laut los, dass Kunze zusammenfuhr.

»Arno, still!«, befahl er mit unterdrückter Stimme und fürchtete, das Tier würde ihn gar nicht wahrnehmen ob seines Gebells. Wider Erwarten verstummte der Hund.

Das Pochen drang weiterhin an Kunzes Ohr. Arno zerrte vorwärts, seine Pfoten rutschten auf dem Waldboden weg, und etliche Tannennadeln landeten auf Kunzes Schuhen. Einige fanden den Weg zwischen Schuh und Fuß und pikten ihn durch die dünnen Socken. Er bückte sich und versuchte, die Störenfriede mit dem Finger zu entfernen. Das Pochen brach ab und begann wieder. Es gab nur eine Möglichkeit, wo das Geräusch herkommen konnte. Und zwar aus der verlassenen Psychiatrie.

Kunzes Mund wurde trocken. Er musste an die verschwundenen Sander-Kinder denken. Hielt man sie etwa hier gefangen? Vorsichtig, mit kleinen Schritten, folgte er Arno, stets darauf bedacht, sich so leise wie möglich zu bewegen. Im Grunde unsinnig. Der Hund zerrte und hechelte, zudem mochte es noch ein gutes Stück in den Wald hineingehen, ehe er vor dem alten Gebäude stand. Auf seiner Stirn sammelte sich Schweiß. Kunze blieb stehen. Er war nicht zum Helden geschaffen. Er hatte verdammt noch mal Schiss und zwar ganz gehörig. Vielleicht sollte er einfach Kristina anrufen. Sollte sie sich kümmern, schließlich war sie bei der Polizei. Außerdem sah er fast nichts mehr.

Er tastete nach seinem Mobiltelefon und zog es aus der hinteren Hosentasche. In dem Moment machte Arno einen Satz nach vorn. Kunze entglitt das Telefon, und es landete im niedrigen Gebüsch neben dem Waldpfad.

35

Vor dem Bürofenster verlosch allmählich das Licht des Tages. Kristina griff nach ihrer Handtasche, die unter dem Schreibtisch stand, und packte den Rest ihrer Brotzeit ein – ein Vollkornbrot mit fettreduziertem Frischkäse und einer mittlerweile matschigen Tomatenscheibe, dazu ein paar Karottensticks. Sie hatte vom Brot zweimal abgebissen und dabei ständig an eine saftige Portion Leberkäse mit Spiegeleiern und Bratkartoffeln denken müssen. Vollwertige, gesunde Ernährung war einfach nichts für sie. Vielleicht sollte sie sich auf dem Heimweg bei McDonald's etwas mitnehmen. Zwei Chickenburger zum Beispiel.

Sie stand auf, schob den Stuhl ordentlich an den Schreibtisch und legte den Riemen ihrer Tasche über die Schulter, als es klopfte. Rüdiger Wohlfahrt von der Kriminaltechnik sah zur Tür herein.

»Ach, du willst schon nach Hause?«, erkundigte er sich. Sein roter Haarschopf fiel ihm in die Stirn. Sein freundliches Gesicht schien nur aus Sommersprossen zu bestehen.

»Schon ist gut. Hast du was Wichtiges für mich?«

»Ich weiß es nicht. Aber ich denke, du solltest es sofort erfahren. Ich habe die Auswertung von Böttchers Handy. Er hat es viel genutzt. Eine Nummer, die er sehr häufig angerufen hat und mit der er auch über WhatsApp kommuniziert hat, ist der Mobilfunkanschluss von Mareike Sander. Der Inhalt ist oft sehr eindeutig.«

Kristina ließ den Riemen ihrer Tasche von der Schulter gleiten und stellte sie auf den Schreibtisch.

»Nicht dein Ernst«, sagte sie.

»Mein voller Ernst. Hier.« Er reichte ihr etliche Bögen Papier. »Ich hab dir ausgedruckt, was in den letzten Wochen schriftlich hin- und herging, sowie eine Aufstellung der gegenseitigen Anrufe. Das letzte Telefonat war am 17. Juli um zwölf Uhr achtunddreißig. Sander hat Böttcher angerufen. Das Gespräch hat zwei Minuten und sechsundvierzig Sekunden gedauert.«

»Ich glaub es ja nicht«, murmelte Kristina und überflog die Auflistung, die Wohlfahrt ihr überreicht hatte. Sie musste sofort mit Mareike Sander sprechen. Ihr ging durch den Kopf, Breuer zu verständigen, der bereits Feierabend gemacht hatte, und sie entschied sich, ihm erst morgen von der neuen Erkenntnis zu erzählen. Bis vor Kurzem hatte sie schließlich alles allein gemacht.

Eine halbe Stunde später betätigte Kristina die Glocke rechts vom Tor zum Anwesen der Sanders und betrat gleich darauf das Grundstück. Inzwischen war es dunkel geworden. Am Himmel glitzerten erste Sterne, der Abend war mild, und sie schnupperte den Duft der Pflanzen. Ein paar Grillen zirpten leise. Hinter zwei Fenstern des Hauses sah sie Licht.

Sie eilte über den Gehweg, nahm die Stufe zur Haustür und wartete. Eben als sie energisch klopfen wollte, weil niemand öffnete, hörte sie den Schlüssel im Schloss. Robert Sander stand im Flur. Sein Hemd war zerknittert, seine Augen waren gerötet und seine Haare wirr.

»Frau Herbich«, begrüßte er sie. »Gibt es … was Neues?«

»Nein. Guten Abend, Herr Sander. Ihr Mobiltelefon wird noch ausgewertet. Ganz so schnell sind wir dann doch nicht. Ist Ihre Frau zu Hause?«

»Ja.«

Er tat einen Schritt zur Seite und ließ sie herein. Mareike Sander schritt die Treppe vom ersten Stock herunter, die in die Eingangshalle des Hauses mündete, gerade als Kristina das Foyer des Hauses betrat.

»Guten Abend, Frau Herbich.« Die Ärztin sprach leise. Sie trug ein dunkelblaues, fließendes Kleid. Ihre mageren Beine mit der durchscheinenden Haut staksten unter dem Rockteil hervor. Auch ihre Wangen waren bleich. Auf Kristina wirkte die Frau wie ein Schatten, der jeden Augenblick in sich zusammenfallen konnte.

»Guten Abend. Frau Sander, ich würde gerne alleine mit Ihnen reden.« Sie bemerkte die Überraschung im Gesicht der Frau.

»Was? Wieso denn das?«, empörte sich Robert Sander.

Sämtliche Blicke kreuzten sich. Misstrauen stand dem Apotheker ins Gesicht geschrieben. In Mareike Sanders Augen erkannte sie Irritation. Und sie sah noch etwas. Verunsicherung und Angst.

»Frau Sander?«

»Ich … mein Mann kann jederzeit bei dem Gespräch dabei sein«, behauptete Mareike Sander. Ihre Finger zupften an einer ihrer Haarsträhnen.

»Wie Sie möchten.« Da keiner der Eheleute sie ins Wohnzimmer bat, beschloss Kristina, das Gespräch in der Eingangshalle zu führen.

»Kennen Sie einen Manuel Böttcher?«, wandte sie sich an

die Ärztin. Mareike Sander zuckte kaum merklich zusammen und verschränkte die Arme vor der Brust.

»Ich … ja. Ja, ich glaube schon.«

»Was heißt das: Sie *glauben* schon?« Kristina ließ sie nicht aus den Augen.

»Böttcher ist ähm … Krankenpfleger im Klinikum, soweit ich weiß. Ich habe ihn einmal auf einer Versammlung kennengelernt.«

»Ich verstehe überhaupt nichts«, ging Robert Sander dazwischen. »Was hat das mit Natalie und Antonia zu tun?«

»Das wissen wir im Augenblick noch nicht«, wehrte Kristina ab. »Wahrscheinlich hat es gar nichts mit Ihren Töchtern zu tun. Frau Sander, sind Sie sicher, dass wir das Gespräch nicht doch lieber unter vier Augen führen sollten?«

»Kommt nicht in Frage!«, fuhr Sander sie an. »Ich will wissen, worum es geht. Was hast du mit diesem Mann zu schaffen?«

»Nichts!« Ihre Augen bekamen etwas Stechendes, sie reckte das Kinn in die Höhe und krallte die Finger in die Oberarme.

»Gut, Frau Sander.« Kristina zog die Auflistung, die Wohlfahrt ihr gegeben hatte, aus der Handtasche. »Dafür, dass Sie Herrn Böttcher nur zu kennen *glauben*, haben Sie sehr viel mit ihm telefoniert und auch WhatsApp-Nachrichten ausgetauscht. Welchen Inhalt diese hatten, werden Sie vielleicht noch wissen. Zumindest in etwa.«

»Mareike!« Wut und Fassungslosigkeit zeigten sich in Sanders Gesicht.

Die Wangen der Ärztin röteten sich. Unruhig flackerte ihr Blick durch die Eingangshalle.

»Ja gut, ich … kenne ihn. Aber nur flüchtig. Beruflich.«

»Sie haben das letzte Mal am 17. Juli mit ihm telefoniert. Er hat Ihnen eine WhatsApp-Nachricht geschrieben mit der Frage, ob Sie sich sehen könnten. Das nur, um Ihrem Gedächtnis nachzuhelfen.«

Mareike Sander löste die verschränkten Arme und presste die Handflächen gegen die Wangen.

»Am 17. Juli?«, schaltete sich Sander ein.

Kristina wandte sich ihm zu. Der Apotheker runzelte die Stirn.

»Ja«, bestätigte sie und sah wieder zu Mareike. »Um zwölf Uhr achtunddreißig haben Sie Böttcher angerufen. Das war eine Minute nach seiner Nachricht. Das Gespräch hat knapp drei Minuten gedauert«, fuhr sie fort.

Mareike Sander hockte sich auf die unterste Stufe der Treppe und hielt die Hände weiter ins Gesicht gepresst.

»Das war der Tag, an dem unsere Kinder verschwunden sind«, stieß der Apotheker hervor.

»Richtig.« Kristina ließ die Hand, in der sie die Auflistung hielt, sinken.

Mareike Sander hob den Kopf.

»Ja, das stimmt. Aber es war nichts Wichtiges. Böttcher … er wollte was von mir. Ich aber nicht von ihm. Er hat mich eingeladen, immer wieder angerufen und so weiter. Auch an dem Tag. Ich hab ihn zurückgerufen, um ihm zu sagen, dass er mich in Ruhe lassen soll. Ich bin schließlich verheiratet.«

»Sie haben in etwa zu der Zeit mit ihm telefoniert, als Ihre Töchter verschwunden sind«, sagte Kristina.

»Ja. Kurz davor.«

»Nach den WhatsApp-Nachrichten zu urteilen hatten Sie ein Verhältnis mit Böttcher«, kam Kristina wieder auf den Punkt zurück, der sie am meisten beschäftigte.

Mareike Sander gab keine Antwort. Ihr Blick war auf eine Stelle an der Wand gerichtet, irgendwo neben ihrem Mann.

»Frau Sander. Manuel Böttcher ist tot«, sagte Kristina.

»Tot?« Bestürzt sah die Ärztin zu ihr hoch.

»Ja. Er wurde in seinem Anwesen in Seulbitz gefunden«, erläuterte sie.

»Mein Gott«, flüsterte Mareike Sander.

»Wann haben Sie Herrn Böttcher das letzte Mal gesehen?«, forschte Kristina.

»Ich … sage Ihnen doch …«

»Schluss jetzt mit den Ausflüchten, Frau Sander. Sie hatten

ein Verhältnis mit dem Mann. Das geht eindeutig aus den Nachrichten hervor, die Sie beide ausgetauscht haben. Also, wann haben Sie ihn zuletzt gesehen?«

»Ich weiß es nicht mehr!« Aufgebracht stand sie auf. »Ja, es stimmt. Wir hatten eine Affäre. Eine sehr kurze Affäre. Ich war ... betrunken. Ich habe bis vor ein paar Jahren im Klinikum gearbeitet und kenne dort noch viele Ärzte und Pflegepersonal. Dr. Walter von der Inneren hat vor etwa einem Jahr eine kleine Feier gegeben, anlässlich seines zehnjährigen Dienstjubiläums. Er hat mich auch eingeladen, und Manuel war ebenso dabei, und so hat das angefangen. Nach zwei Wochen hab ich es beendet. Ich hab mich geschämt, und ich wollte das alles nicht. Manuel hat aber nicht lockergelassen und es immer wieder probiert. Es tut mir leid, Robert.«

Sander ballte die Fäuste.

»Sind die Kinder etwa entführt worden, während du mit deinem Liebhaber telefoniert hast? Warst du abgelenkt? Die Zeiten würden passen, verdammte Scheiße!«, brüllte er.

»Nein! Ich bin im Wagen sitzen geblieben. Natalie hat geschlafen, und Antonia hatte die Kopfhörer von ihrem Kassettenrekorder auf. Ich hab im Auto telefoniert, um ihm zu sagen, dass er mich endlich in Ruhe lassen soll.«

»Sie hätten seine Nummer blockieren können«, warf Kristina ein und dachte gleichzeitig, dass dieser Hinweis weder für die Ermittlungen im Todesfall Böttcher noch für die Entführung der Kinder dienlich war.

»Ja. Hätte ich. Hab ich aber nicht. Wieso ist er tot? Was ist passiert?«

»Vielleicht hast du ihn umgebracht, weil er dich nicht in Ruhe gelassen hat«, schrie Sander. »Vielleicht wollte er mir von euch erzählen. Vielleicht hast du deswegen vergessen, den Wagen abzusperren, und deswegen sind die Kinder jetzt weg!«

»Robert, bitte. Das ist doch alles Unsinn. Und ich hab gesagt, es tut mir leid.«

Sander drehte sich um und verschwand türenknallend im Wohnzimmer.

»Herr Böttcher ist an einem Herzinfarkt gestorben«, informierte Kristina sie.

»Das tut mir leid.« Sie antwortete so emotionslos, als berührten sie die Todesumstände ihres ehemaligen Liebhabers nicht im Geringsten, obgleich sie eben noch danach gefragt hatte. In Anbetracht der Tatsache, dass das Leid und die Angst um ihre Kinder unermesslich sein mochten, konnte Kristina ihr diese Haltung nicht übelnehmen.

»Sie haben also im Auto mit Böttcher telefoniert und sind anschließend rein in die Norma? Oder umgekehrt?«

»Nein. Ich hab ihn angerufen und bin anschließend in den Laden.«

Stocksteif stand die Ärztin noch immer neben der Treppe. Sie ballte die Fäuste, öffnete sie wieder und streckte die Finger aus wie Krallen, die zu Boden wiesen.

»Gut. Waren Sie jemals in der Hohen Leite?«

»Nein. Wieso? Wo ist das?«

»Auf einer Anhöhe in Seulbitz. Dort steht das Haus, das Böttcher von seiner verstorbenen Großmutter geerbt hat. Dort wurde er gefunden.«

»Ich war nie dort.«

Kristina glaubte ihr nicht, ohne es begründen zu können.

Sie konnte darum bitten, die Toilette benutzen zu dürfen, und von dort etwas mitgehen lassen, für den benötigten DNA-Abgleich. Stellte sich heraus, dass die DNA an Böttchers Körper die von Mareike Sander war, dann hatte sie gelogen. Dann war die Affäre noch aktuell gewesen, und sie hatte ihn in der Hohen Leite besucht. Ein ideales Liebesnest.

Andererseits hatte Böttcher laut Rechtsmedizin kurz vor seinem Tod keinen Verkehr gehabt. Warum hätte sie ihn besuchen sollen, um nahezu unverrichteter Dinge wieder zu gehen? Vielleicht gab es aber auch dafür eine ganz banale Erklärung. Vielleicht hatten sie sich gestritten. Oder irgendetwas war dazwischengekommen. Nur was?

Doch selbst wenn sie Mareike Sander nachweisen konnte, dass sie bei Böttcher in der Hohen Leite gewesen war, half ihr das bei den Ermittlungen nicht weiter. Schließlich konnte der Todeszeitpunkt des Krankenpflegers aufgrund der Hitze nicht mehr exakt bestimmt werden.

Vielleicht hatten sie ein wenig Zweisamkeit genossen, sich später freundschaftlich voneinander verabschiedet, und den Mann hatte der Herztod niedergestreckt. Vielleicht hatte sie auch mit ihm Schluss gemacht, was ihn vor Schock das Leben gekostet hatte. Aber das waren alles Spekulationen.

Was sie komplett irritierte, war seine geöffnete Hose. Andererseits … wäre Mareike tatsächlich bei ihm gewesen, ohne dass es zum Äußersten gekommen war, hätte er vielleicht, nachdem sie gegangen war, selbst Hand anlegen wollen, wozu er nicht mehr gekommen war.

Kristina schloss für ein paar Sekunden die Augen. Sie war völlig wirr im Kopf. Sie musste dringend mit jemandem reden, um ihre Überlegungen zu sortieren.

Vielleicht gab es im Haus Fingerabdrücke von Mareike. Das war zu überprüfen. Dann wusste sie zumindest, dass die Frau irgendwann einmal dort gewesen war. Wenn das nicht der Fall war, hatte sie vielleicht schlichtweg die Wahrheit gesagt. Sie hatte zwar mit ihm am 17. Juli telefoniert, sich aber nicht mit ihm getroffen, und Böttcher hatte sich nach dem Telefonat mit einer anderen vergnügt. Er konnte durchaus mehrere Eisen im Feuer gehabt haben. Es waren ja noch reichlich Kontakte in seinem Telefon verzeichnet gewesen.

Sie brauchte eine DNA-Probe von der Sander.

36

Kunze ging in die Knie und tastete hektisch nach seinem Mobiltelefon. Arno zerrte an der Leine. Das Pochen war verstummt. Vielleicht hatte er es sich doch eingebildet. Vielleicht war es auch ein Vogel gewesen, den er gehört hatte. Ein Specht eventuell.

Obwohl er versuchte, sich an diesem Gedanken festzuhalten, war er sicher, dass kein Tier das klopfende Geräusch verursacht hatte, und eingebildet hatte er sich auch nichts. Zudem hatte Arno reagiert. Es musste ein Mensch gewesen sein. Während er am Boden und im Gestrüpp herumsuchte, überlegte er, dass er vielleicht doch überreagierte. Das Klopfen war real gewesen, aber es konnte ganz harmlos sein. Vielleicht war jemand in der Psychiatrie, der die alten Räume in Augenschein nahm, und das mit Fug und Recht. Ewig musste das Gebäude nicht leer stehen. Derjenige pochte gegen Mauern und Gebälk, um sich einen ersten Eindruck vom Zustand des Hauses zu verschaffen. Möglicherweise ein viel beschäftigter Architekt, der erst jetzt zu später Abendstunde die Zeit gefunden hatte, hierher zu fahren. Alles ganz harmlos.

Und er, Kunze, war regelrecht in Schockstarre verfallen. Wie lächerlich. Allerdings … Arno witterte Gefahr. Und dies war ein eindeutiges Zeichen, dass hier was nicht stimmte.

Alle Versuche, sich die Situation schönzuzeichnen, waren für die Katz. Er musste seine Nichte verständigen, und dazu brauchte er sein Telefon. Mit der linken Hand hielt er die Leine, die sich zwischen seinem festen Griff und dem Halsband von Arno spannte, mit der rechten pikte er sich an dünnen Zweigen im Unterholz auf der Suche nach dem Handy, fasste in Moos und etwas kaltes Feuchtes. Hoffentlich war es nur ein Erdklumpen. Wieder versuchte der Hund vorwärtszukommen.

»Arno! Verdammte Scheiße, hör endlich auf mit der Zerrerei!«, fuhr der alte Pfarrer mit unterdrückter Stimme seinen Gefährten an. Das Tier hechelte und hörte nicht.

Er fand sein Telefon in dem Moment, als er einen dumpfen Schlag und gleich darauf einen jammervollen Ton vernahm. Er umklammerte das Gerät und rappelte sich eilig hoch. Jemand war in Gefahr! Ein Schauer rann ihm über sämtliche Gliedmaßen. Unter seinen Fingern krümelte feuchtes Erdreich, das am Handy klebte. Er schaltete es ein und wollte die Kurzwahl seiner Nichte drücken, doch das Telefon reagierte nicht.

Himmelherrgott, hilf mir doch, flehte Kunze im Stillen seinen Schöpfer an. Nun schabte etwas aus einiger Entfernung. Kunze hatte genug.

Er steckte das nutzlose Telefon ein. Vielleicht war der Architekt gestürzt und hatte sich verletzt. Zum Beispiel über eine marode Stufe. Vielleicht lag er im Keller in der finsteren kalten Tiefe des Anwesens. Oder die Architektin, der klagende Ton hatte nach einer Frau geklungen. Vielleicht spukte es auch im Haus. Ganz ruhig. Er musste die Nerven behalten.

»Komm, Arno. Wir sehen nach. Sei bloß still!«, raunte er.

Inzwischen war es ganz dunkel geworden. Ein silberheller Mond, beinahe schon rund, schickte bläuliches Licht durch die hohen Bäume des Waldes und leuchtete, wenn auch spärlich, dem Pfarrer den Weg. Er schlich geradewegs auf eine Lichtung zu. Tannen und Laubbäume schienen zur Seite auszuweichen, je näher er kam.

Mächtig und düster zeichneten sich die Umrisse der alten Psychiatrie auf dem vom Mond beschienenen geschotterten Platz mitten im Forst ab. Gras und Unkrautbüschel hatten ihren Weg durch die Steinchen genommen. Kunze zögerte. Jeder seiner Schritte würde durch die Stille der Nacht knirschen, von Arnos Gezerre und Geschnaufe ganz zu schweigen. Er konnte in einem Bogen um das Gebäude herumschleichen. Hinter dem Anwesen war das Grundstück gepflastert. Dort waren seinerzeit die Besucherparkplätze gewesen, und es gab einen Hintereingang. Kunze beugte sich vor, hob den überraschten Dackel hoch und klemmte ihn sich unter den Arm.

»Sei ja still«, wiederholte er im Flüsterton. Der Hund hechelte. Mit behutsamen Schritten machte er sich auf den Weg.

Hier und da spiegelte sich das Mondlicht in den hohen schwarzen Fenstern der Psychiatrie. Nirgends sah er Licht. Ob das Klopfen von irgendwo anders hergekommen war? Aber es gab hier nichts *anderes*! Johan Kunze war in Bad Berneck groß geworden, er hatte hier im Wald mit seinen Brüdern und Freunden gespielt, und hinter den Kolonnaden des Kurparks nicht weit von hier hatte ihn die niedliche Elisabeth geküsst. Es war sein erster Kuss gewesen, und inzwischen war es achtundfünfzig Jahre her. Noch heute wurde ihm ganz warm ums Herz, wenn er daran dachte.

Kunze hatte die letzten Meter um den geschotterten Platz geschafft und war dabei ausschließlich über die dicke Schicht weicher brauner Tannennadeln geschlichen, die die Fläche begrenzte. Kein Ästchen hatte geknackt, als wäre der Wald sein Verbündeter. Nun stand er seitlich der geteerten Zufahrt, deren schwarze Oberfläche sich im Mondlicht erstreckte. Er musste quer darüber, wenn er nicht geschätzte fünfzig Meter Umweg in Kauf nehmen wollte. Bei aller Furcht, die er empfand, hatte er auch allmählich keine Lust mehr nachzuforschen, was hier vor sich ging. Ohne weiter nachzudenken, überquerte er die Straße und hoffte, dass niemand hinter einem der finsteren Fenster stand und ihn beobachtete. Sekunden später befand er sich auf der anderen Seite der Zufahrt und tauchte in den Schatten des Waldes ein.

Er hatte jetzt zwei Möglichkeiten. Entweder er machte sich auf den Weg zum Haupteingang, und dazu würde er wieder auf dem Präsentierteller, sprich im Licht des Mondes, unterwegs sein. Oder er ging um das Gebäude herum, ebendahin, wo früher die ehrwürdigen und allwissenden Mediziner ihre Luxuskarossen geparkt hatten, um Spaziergängern, Patienten und deren Angehörigen ihren Wohlstand nicht vorzuenthalten. Dort gab es auch einen bescheidenen schmalen Hintereingang. Soweit er wusste, führte dieser Hintereingang zunächst in eine Tiefgarage, wo die Herren Professoren ebenfalls hätten parken können. Nur dort drunten sah ja niemand ihre hochwertigen Fahrzeuge – und von dort aus kam man, so die Verbindungstür offen war, über eine Treppe ins Innere der Psychiatrie.

Kunze überprüfte noch einmal sein Telefon. Jetzt funktionierte es wieder. Allerdings hatte er hier am Gebäude keinen Empfang. Er überlegte, ob er umkehren sollte. Vielleicht hatte er fünfzig oder hundert Meter weiter wieder Empfang und konnte seine Nichte verständigen. Arno, den er noch immer unter den Arm geklemmt hielt, zappelte.

Nein. Er würde jetzt ganz leise und vorsichtig versuchen,

ins Haus zu kommen. Er war schließlich kein Feigling. Kunzes Mund wurde staubtrocken. Er war wohl ein Feigling. Doch der Moment schien ihm nicht angebracht, zu kneifen.

Du begibst dich in Gefahr! Damit ist niemandem geholfen, flüsterte eine Stimme in ihm. Er ignorierte sie.

Die Tür hinter dem Haus stand einen Spalt offen, und über der Klinke war ein Brett herausgebrochen. Er schnupperte etwas, was hier nicht hingehörte. Desinfektionsmittel. Eine unsichtbare Hand schien ihm die Kehle zuzudrücken. Etwas schleifte im Haus über den Boden, und er hörte schweren Atem. Kunze konnte sich nicht mehr bewegen.

Lieber Himmel! Wer geisterte dort drinnen durchs Finstere? Arno knurrte leise. Er wollte ihm die Schnauze zuhalten und rennen so weit und so schnell er konnte. Hier geschahen unheimliche Dinge. Er war ein Mann der Kirche, er wollte mit bedrohlichen, rätselhaften Vorgängen nichts zu tun haben. Millimeterweise wurde die kaputte Tür, vor der er verharrte, nach innen gezogen. Unterschwellig merkte er, dass Arno ruhiger wurde und auch nicht mehr knurrte. Stattdessen schnüffelte er, den Kopf Richtung Gebäude gereckt. Die Tür war jetzt zu einem Drittel offen. In der Lücke tauchte eine Gestalt auf.

Eine junge Frau, kreidebleich mit weit aufgerissenen Augen. Blondes wirres Haar umrahmte ihr Gesicht, in dem sich das Grauen abzeichnete. Sie hatte ein bodenlanges grünes Tuch umgehängt, das sie mit einer Hand vor der Brust zusammenhielt. Ein Geist. Eisiges Frösteln rann über Kunzes Rücken, und die feinen Härchen auf seinen Armen stellten sich auf.

Die Lippen der Frau formten Worte, die er nicht verstand. Sie zitterte, das Tuch entglitt ihrem Griff und klaffte auf. Sie schaffte es, es festzuhalten, doch der Moment genügte, um dem Pfarrer ihre Blöße zu zeigen. Sie war komplett nackt, eines ihrer Knie war blutig.

»Helfen Sie mir. Bitte«, flüsterte sie.

Hatte sie wirklich gesprochen, oder hatte er ihren verzweifelten Blick nur so gedeutet? Vielleicht war sie doch echt und kein Geist? Er spürte, dass Arno mit dem Schwanz wedelte.

Mit steifen, langsamen Bewegungen ging er in die Hocke und setzte den Hund auf den Boden. Der Dackel schnupperte an den Füßen der Frau und wedelte weiter. Keine Frage, sie war keine Erscheinung.

»Wir müssen hier weg. Schnell! Er kann jeden Moment wiederkommen.« Sie sprach heiser und ganz leise, aber deutlich.

»Wer denn?«, flüsterte Kunze, der sich wieder erhoben hatte, und sah sich unwillkürlich um.

»Der Mann!«

In dem Augenblick spannte sich der Körper des kleinen Hundes erneut an, und er gab ein tiefes Knurren von sich. Kunze erschrak. Als Nächstes würde Arno loskläffen, Kunze kannte schließlich seinen Gefährten.

»Wuff, wuff!«, machte der Dackel. Unerträglich laut klang sein Bellen durch die Nacht.

»Aus, Arno!«, zischte Kunze.

Rasch hob er den Hund hoch und streckte der Frau die Hand hin. Nun würde sich endgültig zeigen, ob sie real war oder er verrückt. Ihre Finger waren eisig. Sie umklammerte seine Hand.

»Schnell!«, flüsterte sie. Kunze hörte das Quietschen einer Tür aus der Tiefe des Gebäudes und lief los. Die Frau stolperte hinter ihm her.

37

Langsam ließ das Zittern in seiner rechten Hand nach, und auch sein Blick klärte sich wieder. Vorsichtig hob er den Arm und bewegte die Finger. Alles in Ordnung. Er blinzelte, strich sich über das rechte Auge. Sein Schreibtisch, die Lampe, das Fenster … egal worauf er sah, sämtliche Gegenstände zeichneten sich messerscharf vor ihm ab.

Was, verflucht noch mal, war das gewesen? Er hatte eben den Schnitt setzen wollen, als es passiert war. Seine Hand hatte zu zittern begonnen, ihm war das Skalpell entglitten, und vor sein rechtes Auge hatte sich ein Schleier gelegt. Ungläubig und geschockt hatte er vor dem OP-Tisch ausgeharrt. Seine Sicht hatte sich rasch wieder gebessert, doch unruhig, wie seine Finger waren, konnte er unmöglich arbeiten. Sein Herz hatte vor Bestürzung hart und schnell gegen die Rippen gepocht, und er hatte beschlossen, sich für einige Minuten in sein Büro zurückzuziehen.

Die Patientin lag in Narkose. Sie würde auch ohne Nachdosierung noch eine Weile schlafen. Er wollte gleich zurückkommen und sein Vorhaben ausführen.

Er sah auf die kleine Uhr, die neben dem Bildschirm des Computers auf dem Schreibtisch stand, und erschrak erneut. Beinahe eine Stunde saß er schon hier. Er hatte gar nicht gemerkt, wie rasch die Zeit verrann. Er musste sich beeilen, ehe seine Spenderin aufwachte und gar … Nein, das durfte nicht passieren. Eilig stemmte er sich aus seinem schwarzen Bürostuhl hoch. Er fühlte sich fit. Den Gedanken, dass mit ihm etwas nicht stimmte, sowie die entsetzliche Ahnung, was es sein mochte, verdrängte er. Er verließ das Büro, eilte über den Gang und sah bereits von Weitem das Schlimmste, was er sich vorstellen konnte. Die Tür zum OP war ein Stück offen und der OP-Tisch leer. Wut und Entsetzen schüttelten ihn. Sie war vor der Zeit aufgewacht und geflohen. Damit war sein Projekt in allergrößter Gefahr!

Unermesslicher Zorn begann ihn schier zu überwältigen. Eine Sekunde der Schwäche, und sein Lebenswerk drohte zusammenzubrechen. Er ballte die Fäuste und betrat den OP. Sie war wahrhaftig weg. Nicht nur, dass sie es geschafft hatte, aufzuwachen und sich die Kanüle aus dem Arm zu reißen, über die er das Narkosemittel hatte nachdosieren wollen. Irgendwie war es ihr gelungen, auch noch den Tisch zu verlassen, ohne danach zusammenzubrechen. Und nicht nur das. Sie war auch noch tatsächlich geflohen.

Wie in drei Teufels Namen hatte sie das geschafft? Die Furcht musste ihr die nötige Energie verliehen haben. Er musste sie finden. Sie würde alles zerstören, das durfte nicht sein. Er tat so viel Gutes. Weit konnte sie noch nicht sein.

Er wandte sich zum Gehen. In dem Augenblick hörte er einen Hund kläffen. Das Geräusch fuhr ihm gleich einem Faustschlag in die Eingeweide. Ein Hund hatte meist einen Begleiter, und das Tier schien ganz nahe am Haus zu sein.

Er rannte los. Jede Sekunde zählte. Nicht, dass sie sich irgendeinem Spaziergänger anvertraute. Sie war durch den Hintereingang gekommen. Sicher wollte sie auf dem gleichen Weg wieder nach draußen, und dies war auch kein Problem, denn die Tür war seit ihrem Eindringen ins Haus kaputt. Er hatte Böttcher beauftragt, sich darum zu kümmern, doch der war ja wie vom Erdboden verschluckt. Notgedrungen hatte er die Reparatur der Tür für den Augenblick hintangestellt. Wer außer Böttcher sollte sie denn auch richten? Er selbst war in handwerklichen Dingen absolut ungeschickt, und einen weiteren Mitwisser konnte er sich nicht leisten.

Keuchend war er in der Tiefgarage angelangt und stützte sich mit der flachen Hand am Mauerwerk ab. Die Tür nach draußen stand offen, und der Mond schickte einen Lichtstrahl bis zum Fuß der Treppe, wo er nach Luft rang. Als er vor reichlich zwei Stunden seinen Wagen hier unten geparkt hatte, war die Tür nur angelehnt gewesen. Die Frau hatte offenbar den Moment seiner Schwäche genutzt und das Weite gesucht. Dennoch sah er eine Chance, sie zu finden und zurückzubringen. Sie war geschwächt, hatte bestimmt panische Angst und stolperte blindlings durch den Wald. Vielleicht konnte er sie sogar hören. Spätestens wenn sie barfuß auf einen spitzen Ast oder einen Stein trat. Sein Atem beruhigte sich, doch er hatte Seitenstechen. Er hätte eine Betäubungsspritze mitnehmen sollen, aber dafür war es jetzt zu spät. Kehrte er um, gewann sie zu viel Zeit.

Er sprintete los, nach draußen. Er hörte Zweige knacken, schon ein gutes Stück entfernt. Sie war nicht auf der geteerten Zufahrt unterwegs, sondern hatte sich seitlich in den Wald geschlagen. Auch von dort kam man zur Straße, wenn man sich in der Gegend auskannte. Er hörte, wie jemand stolperte und einen unterdrückten Fluch ausstieß. Gleich darauf kläffte ein Hund. Wütend ballte er die Fäuste. Sie war nicht allein! Es war jemand bei ihr, und dieser Jemand war ein Mann. Laub raschelte, Zweige knackten. Es gelang ihm nicht, die beiden einzuholen.

Er lief schneller, blieb mit dem Ärmel in einem Ast hängen und riss sich los. Er sah zu wenig. Möglich war auch, dass er in die verkehrte Richtung rannte. In geschätzten fünfzig Metern lichteten sich die Bäume. Das schmale Band der Straße schimmerte im Mondlicht durch die Stämme. In dem Augenblick hörte er kurz nacheinander zwei Autotüren schlagen.

Er lief so schnell es ihm irgend möglich war und erkannte die Umrisse eines Fahrzeuges, das dicht am Wald parkte. Ein Motor heulte auf, Reifen quietschten, und gleich darauf gab es ein krachendes Geräusch. Er hatte den Waldrand erreicht. Ein Jeep hing mit den Hinterreifen ein Stück im Graben, der Kofferraum hatte einen Baum touchiert.

Er stützte sich gegen einen Baumstamm. Er kam keinen Schritt weiter. Das Blut rauschte und pulsierte in seinem Körper, der Schweiß rann ihm in die Augen, und das Stechen in seiner Seite raubte ihm die Luft. Er beugte sich keuchend nach vorn und presste die Hand an die schmerzende Stelle.

Reifen drehten durch. Er zwang sich, den Kopf zu heben, und kniff die Augen zusammen. Er erkannte die letzten Zahlen auf dem Autokennzeichen … 66. Wieder heulte der Jeep auf, und das Motorengeräusch entschwand. Jetzt wusste er, wer ihm so gefährlich nahe gekommen war. Er musste ihn stoppen, um jeden Preis.

Er eilte zu dem Baum, den sein Widersacher angefahren hatte, und leuchtete mit der Lampenfunktion seines Handys über die zerschrammte Rinde. Er fand winzige Lacksplitter. Die ungewöhnliche Farbe glitzerte im Schein der kleinen, aber starken LED-Lampe und bestätigte seinen Verdacht.

Es war der alte Kunze gewesen, mit seinem Dackel. Jetzt war seine Spenderin bei dem Pfarrer, und dessen Nichte arbeitete als Kriminalhauptkommissarin bei der hiesigen Polizei. Nun ging es nicht mehr ausschließlich um seine ehrenwerte Aufgabe, nun ging es ganz banal um sein Leben und seine Freiheit. Er musste die Mitwisser ausschalten. Mit ein bisschen Glück fuhr der alte Kauz fürs Erste in sein Refugium, um von dort aus in die Wege zu leiten, was er für erforderlich hielt.

Er biss die Zähne zusammen und rannte zurück durch den Wald, um sein Auto zu holen.

38

Kunze zitterte so, dass er kaum in der Lage war, die Füße auf den Pedalen zu halten und den Wagen zu lenken. Arno, der im Fußraum des Beifahrersitzes hockte, gab keinen Mucks mehr von sich, leckte aber sacht die nackten Beine der jungen Frau.

»Ich bring dich in die Klinik«, stieß Kunze hervor und warf einen panischen Blick in den Rückspiegel, obwohl er sicher war, dass der Kerl, der sie verfolgt hatte, nicht hinter ihnen war. Wie auch? Zu Fuß konnte er ihnen nicht nachkommen.

»Nein, nein! Bitte nicht«, erwiderte sie. Ihre Zähne klapperten aufeinander. Der Pfarrer stellte die Heizung im Fahrzeug an.

»Du brauchst einen Arzt!«, beharrte er. Keinesfalls würde er länger als nötig die Verantwortung für das Mädchen übernehmen. Und er musste Kristina verständigen oder auch einfach den Notruf der Polizei wählen. In der Psychiatrie stimmte etwas ganz und gar nicht.

»Nein! Ich hab Angst. Ich will nicht ins Krankenhaus.«

»Gut. Dann lass ich einen Arzt kommen.«

»Bitte nicht.« Sie fing an zu schluchzen.

»Aber warum denn nicht?« Allmählich wurde er wütend. Was war das Mädel stur.

»Ich war doch schon im Krankenhaus. Dort bin ich doch aufgewacht. Ich will nicht zurück.« Sie schluchzte immer lauter.

»Ich … wir … fahren in ein anderes Krankenhaus«, versicherte er.

Sie war völlig verwirrt.

»Bitte nicht.«

Verdammte Scheiße. Er musste nicht tun, was sie wollte. Er konnte trotzdem in die Klinik fahren. Aber was, wenn sie sein Vorhaben durchschaute und an der ersten Ampel oder spätestens an der Notaufnahme aus dem Auto sprang und davonrannte? In der Dunkelheit verschwand?

»Wie heißt du eigentlich?«, fragte er.

»Ha… Hannah.« Sie schniefte.

»Hannah, gut. Also, Hannah. Du brauchst Hilfe, und ich muss die Polizei rufen.«

»Die Polizei, ja.« Sie hörte plötzlich auf zu weinen.

Er wunderte sich, dass sie zumindest mit diesem Teil seines Vorhabens einverstanden war.

»Die sind verrückt«, fuhr sie unerwartet fort. »Dort unten … sind … Tote.«

»Tote?« Eisig kalt überrann es ihn.

»Ja. Jedenfalls mindestens einer. In einer Art Kammer. So ähnlich, wie man sie im ›Tatort‹ sieht. Wenn der Rechtsmediziner …« Ihre Stimme wurde schleppend, ihr Kopf sank zur Seite, Richtung Fenster.

»Was für eine Kammer?« Vielleicht war es gefährlich, wenn sie einschlief. Er wusste ja nicht, ob und was ihr verabreicht worden war. Vielleicht phantasierte sie auch.

»Ich bin so müde.«

»Ich nehme dich mit zu mir«, entschied Kunze. Und dann würde er Kristina anrufen und den ganzen Packen an Verantwortung bei seiner Nichte abladen. Die junge Frau gab keine Antwort. Kunze warf ihr einen Blick zu. Sie war eingeschlafen.

Wenige Minuten später parkte er den Jeep in der Garage, sprang aus dem Auto und eilte um das Fahrzeug herum. Arno, den er als Erstes aus dem Fußraum hob, blieb überraschenderweise artig neben dem Wagen sitzen, während Kunze versuchte, Hannah wach zu bekommen.

»Mädchen!« Sanft rüttelte er sie an der Schulter. »Wach auf, wir müssen ins Haus. Ich kann dich nicht tragen, ich bin ein alter Mann.«

Sie blinzelte, doch er wartete vergeblich, dass sie die Augen öffnete. Arno legte die Vorderpfoten auf den Ausstieg der Tür, schnappte nach einem Zipfel des grünen Tuches, in das Hannah sich eingewickelt hatte, und zog daran. Es geriet ins Rutschen und entblößte ihre Schulter und einen Teil der Brust.

»Nicht doch, Arno«, murmelte Kunze betreten und zupfte daran herum. In dem Augenblick schlug die junge Frau die Augen auf. Sie starrte den Pfarrer an, und für einen Moment rechnete er damit, dass sie zu schreien anfing.

»Wo sind wir?«, fragte sie stattdessen.

»Bei mir zu Hause. Und jetzt steig aus und komm!«, verlangte er, energischer, als er gewollt hatte. Hoffentlich sah ihn kein Nachbar, wie er mit einer nahezu nackten Frau … Er mochte es sich nicht vorstellen.

Kunze schob Hannah vor sich her, Arno dackelte folgsam neben ihnen. Eilig sperrte er die Haustür auf und hätte am liebsten drei Kreuze gemacht, als er sie wieder hinter ihnen absperrte.

»Hunger?«, fragte er, obwohl ihm viel wichtiger war, dass sie endlich etwas anzog. Er hatte nur nichts, was ihr halbwegs passen mochte.

»Nein. Ich bin nur müde.«

»Gut. Ich hab ein kleines Gästezimmer, oben im ersten Stock. Leg dich hin, ich rufe meine Nichte an. Die ist bei der Polizei.«

Hannah nickte. Kunze stapfte die Treppe vor ihr hoch. Im Gästezimmer hatte Kristina erst vor wenigen Tagen geschlafen. Er hatte die Bettwäsche nicht gewechselt, wozu auch. Außer seiner Nichte kam nie jemand, der über Nacht blieb. Hannah brauchte nix von der benutzten Bettwäsche zu wissen.

»Schlaf«, sagte er und zeigte zum Bett. »Ich bin unten, wenn was ist.«

Die junge Frau kroch mitsamt dem grünen Tuch ins Bett und

zog die Decke bis zum Kinn. Kunze verließ leise den Raum und zog die Tür hinter sich zu. Behutsam stieg er die Treppe wieder hinunter. Sein altmodisches rotes Festnetztelefon mit Tastatur und schnurgebunden stand im Flur auf dem Schuhschrank. Kristinas Nummer war besetzt.

Er würde ihr eine WhatsApp-Nachricht schreiben, falls sein Handy funktionierte.

Sorgsam entfernte er die letzten Schmutzspuren an dem Mobiltelefon und bediente das Display. Das Gerät schien wieder in Ordnung. Er tippte die Nachricht an Kristina.

»Bitte ruf mich umgehend zurück! Stichwort: Psychiatrie!«, schrieb er und schickte die Mitteilung ab. Danach überlegte er, einen Arzt für Hannah zu verständigen. Andererseits schlief sie jetzt, und inzwischen war es halb elf Uhr. Er beschloss, zunächst den Rückruf seiner Nichte abzuwarten.

Kunze tappte ins Wohnzimmer. Allmählich spürte er die Erschöpfung. Angst, Anspannung sowie die Flucht durch den Wald und die rasante Fahrt weg vom Parkplatz forderten ihren Tribut. Er würde sich einen Kognak zur Entspannung genehmigen. Arno lag auf seiner Decke, schielte seinen Herrn an und wedelte kurz.

»Guter Hund«, brummte Kunze, obwohl er im Zweifel war. Hätte der Dackel vorhin im Wald die Schnauze gehalten, wäre der Kerl, der Hannah gefangen gehalten hatte, ihnen vielleicht gar nicht gefolgt. Der Mann war verrückt, so viel hatte er verstanden. Er hatte das Mädel noch fragen wollen, was überhaupt passiert war, doch zuvor war sie eingeschlafen.

Kunze kippte den Kognak und behielt ihn eine genussvolle Weile auf der Zunge, ehe er schluckte. Köstlich. Wohltuend rann die scharfe, süße Flüssigkeit seine Kehle hinunter und breitete sich wärmend in seinem Inneren aus. Schweren Herzens verzichtete er auf ein zweites Glas. Er musste seine Sinne beisammenhalten. Wenn er seine Last und Verantwortung Kristina übergeben hatte, konnte er sich noch ein oder zwei Gläser erlauben.

Kunze hockte sich in seinen abgeschabten Lieblingssessel

mit dem braunen Karomuster. Den hatte ihm seine damals achtzigjährige Mutter zum fünfzigsten Geburtstag geschenkt. Das war jetzt über zwei Jahrzehnte her. Er legte die Beine auf den Lederhocker, der davorstand, und platzierte das Handy auf dem Couchtisch neben dem Sessel. Der Tisch war auch schon Jahrzehnte alt, und seine Platte war mit cremefarbenen Kacheln belegt. In den achtziger Jahren war das modern gewesen. Oder war es gar schon länger her? Aber das war nicht wichtig.

Wichtig war, dass er das Läuten des Telefons auf den Fliesen gar nicht überhören konnte, wenn Kristina zurückrief. Er neigte den Kopf zur Seite und schloss die Augen.

Ruckartig öffnete er sie wieder. Arno knurrte leise. Augenblicklich beschleunigte sich Kunzes Puls. Warum knurrte der Hund? Der Blick des Tieres war zur Wohnzimmertür gerichtet, die einen Spalt offen stand. War Hannah aufgewacht und geisterte herum? Gut möglich, bestimmt stand sie unter Schock, war völlig verwirrt, hatte Angst, auch vor ihm, und suchte wieder einen Fluchtweg. Er hätte doch sofort einen Arzt verständigen sollen. Aber nein. Arno mochte Hannah, er hatte ihr die Füße und Beine abgeleckt. Er würde nicht knurren, wenn sie durchs Haus huschte. Ihn überlief eine Gänsehaut.

Schlich jemand ums Gebäude oder war gar dabei einzudringen? Was war das für ein entsetzlicher Tag! Hörten denn Angst und Schrecken heute gar nicht auf? Vorsichtig stemmte Kunze sich aus dem Sessel und machte dem Dackel ein Zeichen, stillzuschweigen. Widerwillig gehorchte das Tier.

Leise ging er zu dem Hund, hob ihn hoch, schob zwei Finger unter sein Halsband, damit er ihm nicht auskommen konnte, und bewegte sich Richtung Wohnzimmertür. In diesem Augenblick schnellte Arno in seinem Arm nach vorn. Ein scharfer Schmerz durchzuckte Kunzes Finger.

Der Hund fing an zu bellen, fletschte die Zähne und gebärdete sich wie wild. Er zappelte mit den Pfoten, und seine Krallen kratzten den betagten Pfarrer schmerzhaft an der Seite und am Arm, durch sämtliche Kleidung hindurch. Nur mühsam schaffte er es, das Tier zu halten. Die Wohnzimmertür wurde vom Flur aus vorsichtig aufgeschoben.

39

Kristina verließ das Präsidium. Der Mond stand am nachtschwarzen Himmel, um ihn herum glitzerten die Sterne. Im Kontrast dazu verteilten die Straßenlaternen entlang der Werner-Siemens-Straße ihr kaltes Licht über den Häusern, auf dem gepflasterten Gehweg und den parkenden Autos neben dem Bordstein.

Kristinas Schritte klapperten über den Bürgersteig und hallten die einsame Straße entlang. Ihr Wagen stand auf einem der für die Polizei reservierten Stellplätze. Sie ließ sich hinters Steuer fallen und warf ihre Handtasche auf den Beifahrersitz. Ihr Handy rutschte heraus und fiel in den Fußraum. Aus den Augenwinkeln sah sie das winzige blaue Licht in der oberen rechten Ecke des Telefons blinken, das den Eingang einer WhatsApp-Nachricht verkündete. Sie würde die Nachricht später lesen, es konnte nichts Wichtiges sein. Wichtiges teilten ihr die Kollegen sofort fernmündlich mit. Niemand schrieb ihr eine Nachricht, wenn etwas Dringliches anstand.

Sie war müde, ihr Nacken schmerzte, ihre Augen brannten, und sie hatte mörderischen Hunger. Sie wollte nicht mehr zu McDonald's wie sie vorhin, bei ihrem ersten Versuch, Feierabend zu machen, überlegt hatte, und sie wollte auch nirgendwo anders hin, um sich etwas zu essen mitzunehmen. Sie wollte nur noch nach Hause. Mittlerweile war es halb elf.

Es hatte vermutlich ohnehin kein Lokal mehr offen, in dem es eine vernünftige Mahlzeit gab. Oder vielleicht doch. Das Liebesbier im Stadtzentrum, nahe dem Rotmain-Center vielleicht. Die hatten bis Mitternacht auf und eine hervorragende Küche. Es war aber auch vornehm und teuer, und sie trug eine alte Jeans, ihr T-Shirt war zerknittert, und ihr Deo hatte im

Laufe des Tages versagt. Das Reservedeo, das sie immer bei sich trug, war leer. Sie fühlte sich schrecklich, ungepflegt und unattraktiv.

Sie konnte auch in das Restaurant Oskar am Markt gehen, dort gab es gutbürgerliche Küche, und sicher war auch noch geöffnet. Doch bei allem Hunger fehlte ihr die Kraft, und in ihrer optischen Verfassung auch das Selbstbewusstsein, sich auf den Weg dahin oder dorthin zu machen. Sie würde nach Hause fahren und alles in sich reinstopfen, was im Kühlschrank lag. Kristina startete den Wagen. Sie würde nur wenige Minuten brauchen, bis sie zu Hause war.

Die Ampel an der Kreuzung Richard-Wagner-Straße und Cosima-Wagner-Straße stand auf Rot. Über den Rückspiegel sah sie einen Radfahrer kommen, der zügig in die Pedale trat, an ihr vorbeizog und mit Schwung nach rechts abbog. Sie hätte ihr Blaulicht aufs Autodach setzen und ihm nachfahren können. Schließlich hatte er die Ampel bei Rotlicht passiert, doch die Entscheidung, diese Verfehlung zu ignorieren, war gefallen, ehe der Radler außer Sichtweite war. Sie hatte seit Stunden Feierabend und war ziemlich erledigt. Gleichzeitig ging ihr durch den Kopf, dass sie durchaus auch mit dem Fahrrad zur Arbeit hätte fahren können. Das hätte sowohl ihrem Geldbeutel als auch ihrer Figur gutgetan. Und der Umwelt sowieso, wenn eine Spritschleuder weniger unterwegs war und die Straßen verstopfte. Tatsache war, sie war zu faul.

Die Ampel schaltete um. Kristina legte den Gang ein, fuhr über die Kreuzung, rechts um die Kurve, vorbei an der Bushaltestelle und am Hospitalstift, und setzte etwa zweihundert Meter weiter den Blinker. Vorsichtig bog sie in den gepflasterten Hinterhof des Mehrfamilienhauses in der Nürnberger Straße ein. Sechs Garagen reihten sich aneinander, alle Tore waren in hellem Grün gestrichen. Das Tor ihrer Garage, der zweiten von rechts, stand offen. Kristina parkte, kramte Handtasche und Handy aus dem Fußraum des Beifahrersitzes, stieg aus und sperrte mit der Fernbedienung des Schlüssels den Wagen ab. Sie lief quer über den Hof, die drei Stufen zu Haustür hinauf und öffnete, dabei bemüht, leise zu sein. Im Hochparterre des stattlichen alten Gebäudes im Klinkerbau wohnte der Vermieter, ein alleinstehender Mann um die fünfzig Jahre. Ruhe im Haus war ihm wichtig. Sie huschte an dessen Wohnung vorbei, die Treppe nach oben, einen Aufzug gab es nicht. Ihre Bleibe befand sich in der zweiten Etage.

Eine halbe Minute später drückte sie die Tür hinter sich ins Schloss. Endlich. Sie betätigte den Lichtschalter. Eine altmodische Stehlampe in der Ecke des geräumigen Flures flammte auf und tauchte die Diele in warmes Licht. Kristina warf ihre Handtasche auf den Sessel. Wie zu erwarten kippte sie zur Seite, und ein Teil des Inhalts fiel heraus. Mit unbewegter Miene stopfte sie ein Päckchen Tempotaschentücher, eine Dose mit Kaugummis und einen Kugelschreiber zurück in die Tasche. Das blinkende Handy legte sie auf den Schuhschrank. Sie streifte die Schuhe von den Füßen und lief auf Strümpfen in die Küche.

Im Kühlschrank fand sie eine halbe Leberwurst, einen Rest Nudeln, schon etwas angetrocknet, weil sie die Plastikdose, in der sie sie aufbewahrte, nicht richtig geschlossen hatte, und eine noch verschlossene Packung Frischkäse mit Pfefferrand. Sie kippte die Nudeln auf einen Teller und stellte ihn in die Mikrowelle. Während sich im Gerät der Teller drehte, löffelte sie die Leberwurst direkt aus der Pelle. Sie war so gierig, dass sie einmal fürchtete, an der großen Portion, die sie sich in den Mund gestopft hatte, zu ersticken, und spülte mit einem großen Glas Kirschsaft nach. Die leere Pelle landete im Abfalleimer, mit einem »Pling« verkündete die Mikrowelle, dass die eingestellte Erhitzungszeit vorüber war. Der Tellerrand war heiß.

Mit Hilfe eines selbst gehäkelten Topflappens, der noch aus ihrer Teenagerzeit stammte, balancierte sie ihr Essen auf den kleinen Küchentisch, der unter dem Fenster stand. Kristina gab ein paar Scheiben vom Frischkäse über ihre Mahlzeit, der sich auf den heißen Nudeln rasch auflöste, und begann zu essen. Allzu rasch war die Portion verputzt. Im Obstkorb lagen zwei Bananen, deren Schale schon ein wenig braun war. So mochte sie sie am liebsten. Nach den Bananen erlaubte sie sich noch eine halbe Tafel Nussschokolade. Danach fühlte sie sich halbwegs gesättigt. Sie trank noch ein weiteres Glas Saft und beschloss, ein Bad zu nehmen.

Wenige Minuten darauf lag sie im warmen, nach Zitrone duftenden Wasser, auf dem sich weiße Schaumberge türmten. Sie streckte sich behaglich aus. Sie genoss den Duft des Badezusatzes, die Wärme des Wassers und die Stille in ihrer Wohnung und im Haus. Ab und zu fuhren zu der späten Stunde noch Autos über die Nürnberger Straße, doch die Motorengeräusche nahm sie schon lange nicht mehr wahr. Einmal hörte sie die Dielenbretter in der Wohnung über ihrer knarzen, kurz darauf rauschte eine Toilettenspülung. Sie schloss die Augen und döste vor sich hin.

Eine halbe Stunde später verließ sie das Bad, um über den Flur ins angrenzende Schlafzimmer zu gehen. Sie fühlte sich angenehm entspannt und war sicher, gleich schlafen zu können. Auf dem Schuhschrank blinkte noch immer ihr Handy. Sie entsperrte das Display und sah einen unbeantworteten Anruf sowie den Eingang einer WhatsApp-Nachricht. Der Anruf war von ihrem Onkel, die WhatsApp-Nachricht auch.

»Bitte ruf mich umgehend zurück! Stichwort: Psychiatrie!«

Ihre Entspannung schrumpfte innerhalb von Sekunden zusammen, stattdessen erfasste sie ein ganz eigenartiges Gefühl. Psychiatrie? Was wollte Onkel Johan damit sagen? Gleich drei viertel zwölf und damit sicher zu spät für einen Anruf. Aber die Mitteilung klang wirklich dringlich. Sie drückte auf »Teilnehmer anrufen«.

40

Kunzes Herz raste wie verrückt. Er kämpfte mit dem strampelnden, kläffenden Arno, den er noch nie so aggressiv erlebt hatte. Unter der Tür des Wohnzimmers stand ein Mann. Er war groß und schlank, vielleicht Mitte vierzig und machte einen gebildeten Eindruck. Er hielt eine Pistole in der Hand und zielte auf den Hund, der jetzt mit hochgezogenen Lefzen knurrte.

»Sperr das Vieh weg«, sagte er mit ruhiger Stimme.

Kunze rang um Worte.

»Mach schon. Schau nicht so blöd.« Jetzt klang er gereizt.

Kunze gab einen krächzenden Laut von sich. Er registrierte den kalten Schweiß, der aus all seinen Poren brach.

»Du musst mich durchlassen«, stieß er hervor. »Hier im Wohnzimmer kann ich ihn nirgends einsperren.« Er wunderte sich, dass er sprechen konnte, und sandte dem Herrn ein Gebet, dass Hannah nicht auftauchte, oder noch besser, dass sie merkte, was hier vor sich ging, und es schaffte zu fliehen.

Der Kerl musste derjenige sein, der das Mädchen gefangen gehalten hatte. Er blähte die Nasenflügel.

»Sperr ihn in den Schrank«, befahl der Mann und machte eine Kopfbewegung zu der alten Vitrine, in der Kunze sowohl Geschirr als auch Süßigkeiten aufbewahrte.

»Das geht nicht. Die Türen schließen nicht mehr richtig«, hielt er dagegen.

»Verdammt! Lass dir was einfallen, sonst erschieß ich das Vieh!« Jetzt war er wütend und ungeduldig. Kunzes Knie schlotterten.

»Ich kann ihn am Tisch festbinden, wenn du mir die Leine gibst. Sie hängt im Flur am Haken neben der Haustür«, stieß er hervor.

Der Mann zögerte. Dann gab er die Tür frei, indem er einen Schritt in den Raum trat, die Waffe weiterhin auf Kunze und Arno gerichtet.

»Hol sie dir und dann komm sofort wieder rein. Keine Tricks! Ich lass dich nicht aus den Augen. Wenn du den geringsten Fehler machst, seid ihr beide tot. Der Hund zuerst.«

Kunzes Mund war staubtrocken, unter seinen Achseln dagegen hatten sich große Schweißflecken gebildet, er spürte es deutlich. Er hasste nass geschwitzte Kleidung. Mit wackligen Schritten tappte er auf den Eindringling zu, den knurrenden

Hund fest unter den Arm geklemmt. Seine Finger, die er noch immer unter dem Halsband hatte, fühlten sich taub an. Arno schnappte nach dem Fremden, als sie auf gleicher Höhe waren. Vor Angst, dass der Kerl jetzt tatsächlich abdrückte, hätte Kunze beinahe aufgeschluchzt. Doch der Mann zuckte nur kurz zurück.

Für einen Augenblick ging Kunze durch den Kopf, dass der Typ mindestens genauso viel Angst hatte wie er selbst, augenscheinlich vor dem wütenden Dackel. Hätte er nicht damit das Leben seines Tieres riskiert, hätte er Arno einfach losgelassen. Stattdessen bewegte er sich so vorsichtig wie möglich zu dem Haken, der neben der Haustür einfach in die Wand geschlagen war.

Er nahm die Leine und hängte den Karabinerhaken in die Metallöse am Halsband des Hundes. Bedächtig bückte er sich, um das Tier auf den Boden zu setzen, als aus dem Wohnzimmer das Schrillen seines Handys drang. Das Geräusch fuhr ihm bis in die Magengrube, er fuhr zusammen und ließ vor Schreck die Leine locker und den Hund los. Arno raste auf den Fremden zu, die Pfoten des Dackels drehten auf dem alten Parkett im Flur durch, die Leine schlitterte hinter dem Tier her, und im nächsten Moment verbiss Arno sich im Bein des Mannes. Mit hysterischem Wutgebrüll schlug der Eindringling mit der Waffe auf den Hund ein, doch dem Dackel gelang es immer wieder auszuweichen und erneut zuzuschnappen. Kunze stand da wie gelähmt. Ein Schuss löste sich und dröhnte in seinen Ohren, gleichzeitig verstummte das Schrillen des Mobiltelefons.

Der Pfarrer sah, dass Arno noch immer an Schienbein und Wade des Fremden hing, offensichtlich unverletzt. Die Kugel schien ihn nicht getroffen zu haben. Das konnte beim nächsten Schuss ganz anders sein. Kunze stürzte nach vorn, ohne zu überlegen, packte den Arm des Kerls, riss und zerrte an der Waffe, wobei er darauf achtete, dass der Lauf ins Leere zielte. Sein Gegner fasste mit der freien Hand nach der Kehle des alten Pfarrers und drückte zu. Kunze röchelte, ihm wurde die Luft knapp, doch der Fremde hatte nicht genug Kraft in der linken Hand, um ihm ernsthaft gefährlich zu werden. Dennoch begann es vor seinen Augen zu flimmern. Der nächste Schuss krachte, und mit lautem Gebrüll sackte der Angreifer vor Kunzes Füßen zusammen.

Kunze rang nach Atem, seine Kehle schmerzte. Schreiend wand sich der Mann am Boden, hielt die Beine an den Bauch gezogen und umklammerte ein Schienbein. Jenes Schienbein, von dem Arno nun endlich abgelassen hatte.

Die Waffe lag am Boden, und aus der Jackentasche des Kerls rollte eine Spritze. Kunze zitterte am ganzen Leib. Er musste den Mann fesseln, damit er ihn und Arno nicht erneut angriff. Er gab der Waffe einen Tritt, sodass sie durch den Flur rutschte und unter dem Schirmständer landete. Er sah gar kein Blut. Er hatte geglaubt, der Typ hätte beim Kampf seinen eigenen Schuss abbekommen. Oder war auch der zweite Schuss ins Leere gegangen, und er wand sich wegen der Schmerzen, die Arno ihm zugefügt hatte?

Hannah! Was war mit dem Mädchen? Es konnte nicht sein, dass sie nichts mitbekommen hatte. Kunze sah zur Treppe, doch von der jungen Frau war nichts zu sehen. Sein Blick ging zu der Spritze, die hinter dem sich krümmenden Mann lag. Was war da drinnen? Ein Betäubungsmittel, ein tödliches Serum? Er taumelte ein paar Schritte zu den Garderobenhaken. Unter einigen Jacken hing sein Frühjahrsmantel. Ohne den Mann am Boden aus den Augen zu lassen, tastete er nach dem Mantel und fand, was er suchte. Den Stoffgürtel. Er zerrte ihn aus den Schlaufen, näherte sich dem Kerl und schlang den Gürtel um dessen Fußgelenke. Der Verletzte bäumte sich auf und gab knurrende Wut- und Schmerztöne von sich. Kunze rann der Schweiß über den Körper, gleichzeitig war ihm eiskalt.

Arno stand auf Armlänge Abstand neben ihm und verfolgte das Geschehen. Kunze zog Gürtel und Knoten so fest er konnte. Sollte es dem Widerling das Blut ruhig abschnüren. Auch wenn der Kerl im Moment die Hände noch freihatte, viel konnte er nicht ausrichten, so schmerzgepeinigt, wie er dalag.

Sein Gesicht hatte eine fahle Farbe angenommen, und auch auf seiner Haut saßen unzählige Schweißperlen.

Kunze befreite Arno von der Leine und fesselte damit die Arme des Mannes, der inzwischen keinerlei Gegenwehr mehr zeigte, vermutlich würde er gleich ohnmächtig werden. Zitternd und keuchend blieb der alte Pfarrer ein paar Atemzüge lang auf dem kalten Flurboden sitzen. Ihm war schlecht. Und jetzt?

Jetzt konnte er die Polizei rufen, wenn er nicht in den nächsten Sekunden wegen des Schocks einen Herztod erlitt. Er wartete, doch nichts geschah. Sein Puls raste nach wie vor, doch er blieb bei Bewusstsein und am Leben. Mit wackligen Beinen erhob er sich. Ehe er den ersten Schritt Richtung Telefon machen konnte, schellte es an der Haustür.

41

Kristina und Breuer standen vor dem Hintereingang der Psychiatrie. Das gesamte Gebäude war von Polizeifahrzeugen umstellt, die Spurensicherung war ebenso vor Ort wie Rechtsmediziner Ulf Keller mit seiner neuen Mitarbeiterin Eva-Maria Polzer. Breuer und Kristina hatten die Waffen gezogen. Ganz langsam wich die Dunkelheit der Nacht. Am Horizont, soweit man ihn durch die Bäume schimmern sehen konnte, zeigte sich der bläuliche Streifen des herannahenden Tages. Auch ein paar Vögel zwitscherten schon, wenn auch noch zögerlich.

»Ich gehe vor«, sagte Kristina.

Es widerstrebte ihr in höchstem Maße, das schauderhafte Anwesen zu betreten, nach allem, was sie von ihrem Onkel erfahren hatte.

Hannah Kopinski, die wie erstarrt im Bett von Kunzes Gästezimmer gekauert hatte, lag jetzt im Krankenhaus, und vor der Tür ihres Zimmers saß ein Polizeibeamter. Auch der Verletzte, der in Onkel Johans Flur gelegen und bei Kristinas Eintreffen das Bewusstsein verloren hatte, befand sich dort. Vor seiner Tür saßen zwei Beamte. Der Mann hatte keine Papiere bei sich getragen. Laut einer ersten ärztlichen Auskunft hatte ihm der Schuss aus einer Schreckschusspistole die Kniescheibe zerschmettert. Die Pistole war, ebenso wie die Spritze, die laut Aussage ihres Onkels der Eindringling mitgebracht hatte, nun in der kriminaltechnischen Untersuchung.

Kristina schob die Tür zum Hintereingang auf, tastete nach einem Lichtschalter und fand einen Kippschalter, aufgesetzt auf raues Mauerwerk. Das kalte Licht einer Neonröhre flackerte auf. Die Tiefgarage war leer, eine Tür links in der Wand stand offen. Dicht gefolgt von Breuer bewegte sie sich mit leisen Schritten nach oben, etliche ebenfalls bewaffnete Beamte kamen ihnen nach. Am Ende der Treppe traten sie durch den bogenförmigen Eingang in eine große Halle, in der irgendwann die Zeit stehen geblieben war. Zwei Beamte leuchteten mit starken Lampen den Raum aus.

Kristina erfasste mit einem Blick die Pracht und den Wohlstand vergangener Tage. Den prächtigen Kronleuchter, der von der stuckverzierten Decke hing, die mosaikgeschmückten Säulen, das altmodische rote Sofa und die breite Treppe mit dem kunstvoll geschmiedeten Geländer in der Mitte des Raumes. Hannah hatte etwas von einem Keller gesagt, in den man durch einen beinahe verborgen liegenden Eingang hinter der Treppe kam.

Kristina machte einigen Beamten ein Zeichen, das Erdgeschoss zu durchsuchen sowie die oberen Räume. Die Treppe schien ihr stabil, soweit sie das auf die Schnelle beurteilen konnte. Breuer und zwei weiteren Beamten signalisierte sie mit einer Kopfbewegung, ihr zu folgen.

Tatsächlich fand sie hinter dem Aufgang eine schmale Stiege, die in die Tiefe führte. Von irgendwoher kam ein Streifen künstliches Licht. Vorsichtig bewegte sie sich vorwärts, die Waffe vorgestreckt und nach wie vor Breuer dicht hinter sich. Seine Anwesenheit hatte etwas Beruhigendes, und dies wiederum ärgerte sie. Sie versuchte, sich mit diesen Gefühlen nicht zu beschäftigen.

Ein Beamter leuchtete ihnen den Weg. Der unverkennbare Geruch von Desinfektionsmittel stieg ihr in die Nase. Plötzlich flammte eine grelle Lampe auf. Kristina zuckte zusammen. Vor ihr erstreckte sich ein langer Gang, der Boden war mit grünem Linoleum belegt, und zu beiden Seiten des Flures gab es cremefarben lackierte Stahltüren.

»Herrschaft!«, zischte sie, ohne sich umzudrehen. »Sagen Sie gefälligst Bescheid, ehe Sie uns ins Flutlicht setzen!«

»Entschuldigung«, brummte es ein paar Meter hinter ihr. Breuers Stimme war es nicht, einer der beiden Polizisten hatte gesprochen.

Kristina ließ die Waffe sinken.

»Geben Sie mir Handschuhe«, wies sie Breuer an.

Er reichte ihr das Gewünschte über die Schulter. Sie steckte die Waffe weg, ehe sie die Handschuhe überstreifte.

Zwei Stahltüren standen jeweils einen Spaltbreit offen. Aus der ersten drang jener Lichtstreifen, den sie schon auf der Treppe bemerkt hatte, hinter der anderen war es dunkel. Kristina bewegte sich behutsam zur ersten Tür und drückte sie millimeterweise auf. Niemand hielt sich in dem Raum auf. Sie sah einen OP-Tisch und einen OP-Wagen mit diversem OP-Besteck und Skalpellen. Ein zurückgeschlagenes grünes Tuch lag am Rande des Tisches, die Instrumente blinkten im Schein einer großen runden OP-Lampe. Mitten im Raum stand ein Infusionsständer, an dem eine Flasche mit einer Flüssigkeit hing. Ein dünner Plastikschlauch führte von der Flasche zu einer blutigen Schmetterlingsnadel, die am Boden lag.

Eindeutig waren sämtliche Einrichtung sowie das OP-Zubehör absolut neuwertig. Das brennende Licht, der aufgedeckte OP-Tisch und die am Boden liegende Nadel vermittelten den Eindruck, der Operationssaal wäre überstürzt verlassen worden.

»Verdammt, was ist hier los?«, hörte sie Breuer fragen, der neben sie getreten war. Auch er hatte die Waffe sinken lassen.

»Ich weiß es nicht.« Kristina sprach leise. Sie fröstelte. »Wir sehen uns die anderen Räume an. Ich öffne, Sie geben mir jeweils Deckung.«

Sie entdeckten einen Umkleide- und Waschraum, wie er für medizinisches Personal Vorschrift war, ein Büro mit Schreibtisch und Computer, und schließlich standen sie vor einer Tür am Ende des Flures.

Die Tür war versperrt, doch der Schlüssel steckte. Noch ehe sie öffnen konnte, erschnupperte sie etwas. Einen entsetzlichen Geruch, der in feinsten Spuren jeden winzigen Spalt nutzte, um hervorzukriechen. Sie versuchte, den Atem anzuhalten, und unterdrückte den aufsteigenden Brechreiz. Es war der unverkennbare Geruch von Tod und Verwesung, der ihnen entgegenkam. Kristina drückte die Tür auf. Das Flurlicht drang in die Kammer, und intensiver Leichengeruch schien sie augenblicklich zu ersticken.

»Meine Güte!«, stieß sie hervor und presste eine Hand vor Mund und Nase.

Gegenüber dem Eingang reichte ein rostiges Rohr von der Decke bis zum Boden, auf dem einige durchgeschnittene bunte Kabelbinder lagen. Rechts an der Wand stand ein geschlossener Zinksarg, die linke Wandseite wurde von mehreren Kammern beherrscht, die mit geschwungenen Ziffern nummeriert waren. Licht flammte auf. Diesmal hatte Breuer einen Schalter neben der Tür betätigt.

Er steckte seine Waffe weg. Aus den Augenwinkeln nahm sie wahr, dass auch er inzwischen Handschuhe trug. Wann er sie übergestreift hatte, hätte sie nicht sagen können.

Breuers Blick ging zu den Kammern.

»Wir müssen reinsehen«, sagte er.

»Ja«, erwiderte Kristina, ohne sich von der Stelle zu rühren.

Breuer schob sich an ihr vorbei, griff nach dem Hebel der ersten Kammer und öffnete sie.

»Herrgott«, keuchte er und trat rasch einen Schritt nach hinten.

Pures Entsetzen zeigte sich auf seinem Gesicht. Kristina ging durch den Kopf, dass es das erste Mal war, seit sie ihn kannte, dass Breuer Emotionen zeigte. Sie zwang sich, sich der Kammer zu nähern, und erblickte den Kopf eines Mannes mit schwarzen Haaren. Der Geruch, der ihr aus der nicht temperierten Kühlkammer entgegenschlug, löste heftigen Brechreiz in ihr aus. Sie biss die Zähne zusammen und zog behutsam die Metallplatte ein Stück heraus, auf der der Körper lag.

»Moment«, sagte Breuer. Er bückte sich und löste die hochgeklappten Stützen des schmalen Schiebetisches, an dessen Enden sich kleine Räder befanden.

»Nicht, dass die Klappe noch abbricht«, ergänzte er.

Kristina gab keine Antwort. Der Mann, der hier vor ihnen aufgebahrt war, war definitiv schon eine Weile tot. Wie lange, vermochte sie nicht zu sagen. Seine Wangen waren eingefallen, die Nase ragte spitz aus dem fremdländischen Gesicht. Seine Haut war dunkel, stellenweise auch schon schwarz verfärbt, was mit dem Verwesungsstadium zu tun haben mochte. Auf seinem Rumpf lag ein grünes Tuch, das etliche Flecken aufwies, die Kristina an getrocknetes Blut erinnerten.

»Soll ich?«, fragte Breuer und fasste nach einer Ecke des Lakens.

Kristina nickte, und ihr Mitarbeiter schlug das Tuch zurück. Der Leib des Toten war aufgeschnitten, vom Brustbein bis auf etwa eine Handbreit über dem Bauchnabel. Die Naht war nachlässig ausgeführt worden, die Wundränder quollen schwarz-rötlich über die gleichgültig gesetzten Stiche. Zwei weitere Schnitte, ebenfalls ohne jede Sorgfalt wieder vernäht, verliefen bogenförmig vom Unterbauch etwa aus Nabelhöhe in Richtung Schambein.

»So viel man noch erkennen kann, war der noch recht jung«, mutmaßte Breuer.

»Ja. Schieben Sie ihn wieder rein. Wir sehen uns jede Kammer an. Und dann darf die Spurensicherung ran und die Rechtsmedizin.« Ihr war schlecht.

»Sieht aus, als hätte hier jemand medizinische Experimente durchgeführt«, sagte Breuer.

»Möglich«, erwiderte Kristina.

Die nächste Kammer war leer, in der dritten lag ebenfalls ein junger Mann, eindeutig nicht deutscher Herkunft. Auch bei diesem Toten war die Verwesung weit fortgeschritten.

»Wieder ein Ausländer«, bemerkte Breuer und öffnete eine weitere Kammer. Kristina sah, wie sich seine Miene noch einmal veränderte. Fassungslosigkeit spiegelte sich in seinen Zügen.

»Frau Herbich.« Er wandte sich ihr zu. »Bitte, sehen Sie selber.«

42

»Das kann nicht wahr sein.« Kristina hatte Sekunden gebraucht, um ihre Stimme wiederzufinden.

»Meinen Sie, sie sind es?« Auch Breuers Stimme klang belegt.

»Ich … ich weiß es nicht. Ich würde mir wünschen, sie sind es nicht.«

»Ich zieh die beiden mal raus«, kündigte ihr Mitarbeiter an und streckte so zögerlich den Arm aus, als hoffte er, seine Vorgesetzte würde ihn daran hindern. Doch Kristina wartete nur ab.

Dann standen sie nebeneinander vor dem schmalen Metalltisch, auf dem zwei kleine Mädchen lagen. Auch ihre Körper waren schon in den Verfall übergegangen. Im Gegensatz zu den toten jungen Männern jedoch waren die Kinder nicht nackt, sondern vollständig bekleidet.

»Es sind die Sander-Mädchen«, presste sie hervor, und ein Frösteln überlief sie.

»Sind Sie sicher? Wir kennen die Kinder doch nur von Fotos«, wandte Breuer zaghaft ein.

»Die Kleidung stimmt. Mareike Sander hat sie mir beschrieben, als ich das erste Mal bei ihr war. Natalie trug einen rot-weiß karierten Rock und ein weißes T-Shirt, Antonia ein gelbes

Kleidchen mit Marienkäfern darauf. Die Sachen sind nicht von der Stange, die Großmutter hatte sie für die Mädchen genäht. Und beide hatten weiße Sandalen an.«

»Verfluchte Scheiße.«

»Ich halte es hier unten nicht länger aus«, gestand Kristina. »Jetzt schon gleich gar nicht mehr.«

»Gut. Ich übernehme den Rest«, schlug Breuer vor.

»Ja, danke. Wenn die Spurensicherung durch ist, können sämtliche Tote in die Rechtsmedizin. Die Ergebnisse natürlich wie üblich so schnell es geht. Als Erstes die zwei Kinder.«

Kristina eilte aus dem Raum und mit gesenktem Kopf den Flur entlang, der Geruch des Todes begleitete sie. Sie sah die zwei kleinen Körper auf dem kalten Metall liegen, reglos, leblos, kalt. Ihr war schlecht, und sie fror. Zwei kleine Mädchen, die ein Leben vor sich gehabt hatten. Ihr Dasein war ausgelöscht worden, man hatte sie um ihre Zukunft gebracht und hier unten verborgen. Warum? Was war hier vor sich gegangen?

Sie musste den Kerl sprechen, der ihren Onkel überfallen und bedroht hatte. War er der Täter? Oder ein Handlanger? Sie hetzte die Treppe hoch, eilte durch das ehemals pompöse Foyer auf den Haupteingang zu. Sie zerrte und rüttelte an der Tür mit den blickdichten Glaseinsätzen und den Metallverstrebungen zwischen den Scheiben. Es steckte kein Schlüssel im Schloss, und die Tür gab keinen Zentimeter nach.

Sie nahm den Weg durch die Tiefgarage. Endlich stand sie im Freien. Es war jetzt heller Tag, und die Sonne schien durch die Zweige der Bäume. Es war warm, es duftete nach Blüten und Tannen und Sommer. Zwischen ihr und dem herrlichen Tag befand sich eine Schranke. Wie unvorstellbar grauenhaft, was sie gesehen hatte. Sobald sie sich halbwegs gefangen hatte, musste sie mit Mareike und Robert Sander reden. Allein die Vorstellung lag ihr wie ein Fels auf der Brust.

»Frau Herbich?« Es war Breuer. Sie konnte nicht antworten. »Frau Herbich? Alles in Ordnung?« Seine Hand legte sich sacht auf ihren Arm. Ihr fehlte die Energie, sie abzuschütteln.

Ein paar Meter vor ihr hüpfte ein kleiner Vogel über die Zufahrt zur Tiefgarage. Er legte den Kopf schief, blieb stehen und blickte sie aus einem runden dunklen Äuglein an. Er piepste, als wollte er ihr etwas sagen, wobei sich sein winziger gelber Schnabel öffnete.

»Wollen Sie sich setzen?«

Sie schüttelte den Kopf.

»Sie waren noch so klein«, stieß sie hervor, und unvermittelt schossen ihr Tränen in die Augen. Der Vogel pickte etwas vom Boden auf und flatterte davon.

»Ja, ich weiß«, antwortete Breuer.

Kristina ballte die Fäuste. Breuer hielt ihr ein Papiertaschentuch hin.

»Scheiße!«, fluchte sie, entriss es ihm und presste es vor den Mund.

»Kann ich sonst noch was für Sie tun?«, fragte ihr Mitarbeiter und nahm seine Hand von ihrem Arm.

»Nein.« Sie schniefte und putzte sich die Nase.

»Ich kann die Angehörigen verständigen.«

»Nein. Das ist meine Aufgabe. Aber Sie dürfen mitkommen.« Sie wurde ruhiger.

»Sollten wir nicht doch erst über die DNA sichergehen, dass es die Sander-Kinder sind?«, gab Breuer noch einmal zu bedenken. »Wenn sie es nun doch nicht sind …«

»Na gut«, stimmte Kristina zu und steckte das Papiertaschentuch ein. »Sie haben recht. Ich war übrigens gestern Abend noch mal bei der Sander. Ich denke, sie war die Letzte, die mit Manuel Böttcher zusammen war, was sie bestreitet. Ich habe von der Garderobe im Flur ein Damenhalstuch mitgehen lassen, an dem etliche Haare hingen, für einen DNA-Test. Die Rechtsmedizin kann auch die DNA der Kinder mit Frau Sanders Haaren abgleichen. Dann wissen wir zumindest sicher, dass es sich bei den Mädchen um Natalie und Antonia handelt.«

»Okay. Ich werde das veranlassen.« Breuer kräuselte die Nase. »Und warum waren Sie noch mal bei der Sander?«

»Das erzähle ich Ihnen unterwegs. Ich will als Nächstes mit dem Kerl sprechen, der meinen Onkel überfallen hat. Er kann uns bestimmt auch hierzu«, sie wies mit dem Daumen hinter sich, in Richtung auf die Psychiatrie, »noch einiges erzählen. Wir müssen wissen, wer er ist! Und mit dieser Hannah Kopinski müssen wir auch reden. Allzu viel war letzte Nacht aus ihr nicht herauszubringen.«

»Reichlich zu tun«, antwortete Breuer.

»Ja. Außerdem hab ich Hunger, und wahrscheinlich muss ich kotzen, wenn ich auch nur einen Schluck Wasser oder Kaffee trinke.«

»Geht mir nicht anders. Wohin zuerst?«

»Zu dem Einbrecher«, entschied Kristina.

Im Klinikum gab es eine Cafeteria. Bestimmt bekam sie dort einen Kaffee und ein Brötchen. Vielleicht musste sie sich gar nicht übergeben, vielleicht ging es ihr nach dem Essen sogar besser.

43

»Seine Kniescheibe ist zerschmettert. Er ist seit etwa zwei Stunden wieder bei Bewusstsein. Wir haben ihn vergangene Nacht noch operiert, aber er wird nie wieder richtig laufen können. Er braucht definitiv lebenslänglich Krücken, vielleicht sogar einen Rollstuhl«, informierte sie der diensthabende Arzt. »Außerdem spricht er nicht. Wir wissen immer noch nicht, wer er ist. Ich denke, Sie werden das herausfinden.«

»Natürlich finden wir das heraus«, versicherte ihm Kristina.

Sie betrat vor Breuer das Krankenzimmer des Einbrechers, neben dessen Tür zwei Polizeibeamte wachten. Der Patient lag flach auf dem Rücken, das operierte Bein war auf einer Stütze ein Stück hoch gelagert. Kristina stellte sich und Breuer vor. Der Mann starrte zur Zimmerdecke und reagierte nicht. Lediglich bei ihrem Eintreten hatte es einen kurzen Blickkontakt gegeben.

»Hören Sie«, begann Kristina. »Sie haben vergangene Nacht

Pfarrer Kunze überfallen und mit einer Waffe bedroht. Wir wissen mittlerweile, dass es sich bei dieser um eine Schreckschusspistole gehandelt hat. Wozu das Ganze? Was wollten Sie von dem Pfarrer? Und vor allem: Wer sind Sie?«

Der Mann richtete langsam seine Augen auf Kristina.

»Finden Sie es heraus«, sagte er schließlich.

Kristina trat einen Schritt näher an das Bett des Patienten.

»Wir spielen hier keine Spielchen«, sagte sie in scharfem Ton. »Ich nehme an, die Psychiatrische Klinik Bad Berneck sagt Ihnen etwas?«

Der Mann wandte den Blick wieder zur Decke. Kristinas Handy läutete. Das hatte es auf dem Weg in die Klinik bereits mehrfach getan. Ulf Keller von der Rechtsmedizin und Alexander Forsch von der Spurensicherung hatten über ihre jeweiligen Mitarbeiter fortwährend die ersten Erkenntnisse durchgegeben. Sie zog das Mobiltelefon aus der Hosentasche, sah aufs Display und nahm das Gespräch an. Nach einem kurzen Wortwechsel legte sie auf.

»So, Herr Kronauer. Den Punkt mit Ihrer Identität können wir schon abhaken, und jetzt unterhalten wir uns ganz in Ruhe«, sagte sie und steckte ihr Handy wieder ein.

»Das ging ja schneller, als ich dachte. Sie sind auf Zack, Frau Kommissarin«, antwortete der Mann.

»Also. Reden Sie«, verlangte sie.

»Ich wüsste nicht worüber«, gab Kronauer zurück.

Breuer trat neben Kristina.

»Dann helfe ich Ihnen ein bisschen auf die Sprünge«, sagte er freundlich. »Wir haben im Keller der alten Psychiatrie etliche Tote gefunden, denen, so viel wissen wir nämlich schon trotz der Kürze der Zeit, reichlich Organe entnommen wurden. Bei den Toten handelt es sich fast ausnahmslos um junge Männer ausländischer Herkunft. Ebenso befindet sich im Keller des Gebäudes eine kleine, und soweit ich das beurteilen kann, gut ausgestattete Klinik. Unsere Leute haben unter anderem Kühlbehälter gefunden, wie sie für den Transport von Spenderorganen benötigt werden. Daraus ergibt sich die Annahme, dass Sie illegal Organe beschaffen und diese vermutlich Kunden zukommen lassen, die gut dafür zahlen können. Sind Sie Arzt? Oder möchten Sie gerne einer sein und schnippeln heimlich an Menschen herum, weil Sie sich dann stark und mächtig fühlen?«

»Zu Ihren Fragen gebe ich keinen Kommentar. Es ist aber sehr interessant, was Sie sagen. Erzählen Sie weiter«, antwortete Kronauer.

Breuer ließ sich nicht beeindrucken.

»Des Weiteren haben wir zwei kleine Mädchen gefunden, ebenfalls in einer der Kühlkammern, die entweder nicht mehr funktionieren oder die Sie bewusst nicht in Betrieb genommen haben. Den beiden Kindern wurden offensichtlich keine Organe entnommen. Was ist passiert? Warum die zwei Kinder?«

»Nichts ist passiert«, gab der Mann lapidar zurück.

»Sie sind ein richtiges Arschloch«, schnaubte Breuer. »Es wimmelt dort unten von Fingerabdrücken, und ich bin sicher, dass wir Ihre finden!«

»Suchen Sie mal schön. Was wissen Sie denn schon.« Kronauer rutschte mit Kopf und Schultern tiefer ins Kissen, als wollte er sich bequemer legen.

Kristina beugte sich über den Mann, ehe Breuer weitersprechen konnte.

»Du miese kleine Ratte«, zischte sie. »Was hast du mit den Mädchen gemacht? Warum hast du sie getötet? Was ist mit Hannah?«

»Ihr könnt mir gar nichts. Welche Mädchen? Ich habe niemanden getötet. Wer ist Hannah? Selbst wenn ich dort unten gewesen sein sollte, ihr habt für nichts Beweise. Vielleicht bin *ich* einem Verbrechen auf die Spur gekommen. Vielleicht will mir jemand was anhängen.«

»Unsinn! Unsere Spurensicherung ist seit Stunden in der Psychiatrie beschäftigt und hält uns auf dem Laufenden. Es liegen fünf, ich wiederhole: *fünf* junge Männer dort unten, und allen sind reichlich Organe entnommen worden. Was sind diese Menschen für Sie? Ersatzteillager?«, schrie Kristina. Sie hätte ihm die Fingernägel durchs Gesicht ziehen und auf sein lädiertes Bein einschlagen mögen.

»Ich war das nicht.«

»Wir gleichen sämtliche Spuren ab, und wir haben eine Zeugin. Sie kommen aus der Nummer nicht mehr raus, Herr Doktor. Wieso die Mädchen?«

»Mit denen hab ich nichts zu schaffen.«

»Brauchten Sie Organe für Kinder?«

»Nein. Sie basteln sich was zusammen, Frau Kommissarin. Ich habe mit der ganzen Sache nichts zu tun.«

»Wir werden Ihnen das Gegenteil beweisen. Und nun lasse ich Sie in Untersuchungshaft überstellen. Dort gibt es auch eine Krankenstation, Sie müssen nicht hier liegen.«

»Ich bin gar nicht transportfähig«, konterte Kronauer.

»Das werden wir noch sehen.«

Ihr Puls jagte vor Zorn. Sie hatte ihn noch mit weiteren Fragen nach Hannah bedrängen wollen, doch mittlerweile war sie so wütend, dass sie wortwörtlich rotsah. Kronauer lief ihnen nicht weg. Sie würde ihm noch viele Fragen stellen können.

Ohne Gruß verließ sie den Raum. Breuer folgte ihr.

»So ein Schwein!«

»Verrennen Sie sich nicht, Frau Herbich. Vielleicht ist er wirklich nur ein Handlanger«, mahnte Breuer.

»Das glaube ich einfach nicht.«

»Woher wissen wir denn plötzlich, wer der Mann ist?«, fragte Breuer und wies mit einem Schulterzucken zu der Tür des Krankenzimmers von Kronauer.

»Die Spurensicherung hat im Keller der Psychiatrie in dem Umkleideraum eine Männertasche gefunden, in der sich unter anderem ein Ausweis befand, der auf den Namen Dr. Ralph Kronauer ausgestellt war. Ich hab gedacht, einen Versuch ist es wert. Er ist ja auch gleich darauf eingegangen.«

»Vielleicht ist er aber auch gar nicht dieser Kronauer und ist froh, dass wir auf einer falschen Fährte sind.«

»Machen Sie mich nicht verrückt, Herr Breuer. So wie mein Onkel die Situation beschrieben hat, gehe ich stark davon aus, dass Kronauer Hannah in der Klinik gefangen gehalten hat. Irgendetwas ist passiert, und sie konnte fliehen. Onkel Johan kam gerade im richtigen Moment und hat ihr geholfen, Kronauer wiederum hat die Flucht bemerkt und ist hinterher. Ich nehme an, er wollte meinen Onkel töten und Hannah wieder mitnehmen. Dank Arno ist ihm weder das eine noch das andere gelungen. Hannah ist im Gästezimmer geblieben, und im Gerangel mit dem Hund ist der Schuss, der eigentlich für den Dackel bestimmt war, Kronauer ins Knie gegangen. So eine Schreckschusspistole hat einen gewaltigen Druck. Im schlimmsten Fall kann ein Treffer tödlich enden, was man als Laie nicht vermuten mag.«

»Das klingt alles recht nachvollziehbar, was Sie sagen«, bestätigte Breuer nachdenklich.

»Eben«, erwiderte Kristina.

Ihr Handy gab einen schnurrenden Ton von sich, der den Eingang einer SMS oder WhatsApp-Nachricht verkündete.

»Ich sehe zu, was ich über den Mann herausfinden kann«, schlug Breuer vor.

»Machen Sie das.« Sie rief die Meldung auf dem Handy auf und nickte zufrieden.

»Hier, sehen Sie. Ich habe recht, es ist Kronauer.« Sie hielt Breuer ihr Mobiltelefon hin. Forsch hatte ihr ein Foto des Ausweises geschickt.

»Okay, ist akzeptiert«, willigte der Kollege nach einem Blick auf das Display ein.

»Schön. Und jetzt gehen wir noch zu Hannah Kopinski«, entschied Kristina.

44

Hannah Kopinski war zwei Stockwerke tiefer auf der Inneren Station untergebracht. Auch vor ihrer Tür saß ein Beamter, der Zeitung las.

»Wenn Sie jetzt dort drinnen sind, kann ich ja mal für kleine Polizisten gehen«, brummte er und faltete seine Zeitung zusammen.

»Gehen Sie und kommen Sie zeitnah zurück«, sagte Kristina.

Hannah Kopinski saß im Bett, die Arme um die angezogenen Beine geschlungen, lediglich ihre Füße steckten unter der Bettdecke. Sie trug eines der Nachthemden der Klinik. Ihre knochigen Knie zeichneten sich unter dem weißen Stoff ab. Wieder stellte Kristina sich und Breuer vor. Dann nahm sie sich einen der Besucherstühle und stellte ihn neben das Bett der jungen Frau.

»Frau Kopinski, fühlen Sie sich in der Lage, uns ein paar Fragen zu beantworten?«, begann sie behutsam und setzte sich. Die Frau nickte, wobei ihr die strähnigen blonden Haare ins Gesicht fielen.

»Bitte erzählen Sie von Anfang an, was passiert ist«, bat Kristina.

Die junge Frau räusperte sich.

»Ich hatte Streit mit meinem Freund. Deswegen bin ich weggelaufen, direkt in den Wald rein. Es war schon dämmrig. Ich habe geheult, und ich war wütend. Irgendwann hatte ich mich verlaufen, und dann stand ich plötzlich vor einem verlassenen Haus. Es war ziemlich groß und irgendwie unheimlich.«

Sie hielt inne und schien nachzudenken.

»Sie meinen die Psychiatrie?«, hakte Kristina nach.

»Ja, richtig. Das stand an der Tür neben dem Haupteingang. Ich fand den Ort und das Haus total beängstigend, aber ich fotografiere auch sehr gern. Am liebsten verlassene Orte. Ich habe einen Blog auf Instagram, da stelle ich die Bilder ein. Jedenfalls dachte ich, wenn ich schon mal hier bin, kann ich ein paar Fotos machen. Vorher habe ich versucht, meinen Vater anzurufen, damit er mich abholt. Er kommt aus Bad Berneck. Ich dachte, er kennt sich aus und findet die alte Klinik bestimmt. Aber es war besetzt. Ich wollte es später noch mal versuchen und bin durch eine Hintertür ins Haus rein.«

Sie holte Luft und erschauerte. Kristina und Breuer erfuhren, wie Hannah Kopinski von Raum zu Raum gegangen war und schließlich im Keller erst die Klinikräume entdeckt und dann einen schrecklichen Fund gemacht hatte.

»Es hat fürchterlich gerochen dort unten. Einerseits so steril wie in Krankenhäusern, aber es war noch ein anderer Geruch dabei. Faulig, süßlich. Ich dachte erst, irgendwo würde ein totes Tier liegen. Aber dann ... dann hab ich die Kammer gefunden, mit den vielen Fächern. Aus einem ist eine Flüssigkeit gelaufen.«

Hannah Kopinski presste ihr Kinn auf die Knie und erschauerte. Kristina wartete ab.

»Da lag jemand drin, ich glaube, es war ein Mann. Ich hab nur den Kopf gesehen. Der Gestank war unerträglich, der war bestimmt schon ... am Verfaulen. Plötzlich hab ich Schritte gehört. Ich hatte solche Angst, ich konnte mich nicht mehr rühren. Dann hab ich einen Schlag auf den Kopf gekriegt.«

»Das muss alles ganz schrecklich für Sie gewesen sein«, sagte Kristina sanft.

Hannah Kopinski nickte.

»Ja, das war es. Irgendwann bin ich aufgewacht und war an ein Rohr gefesselt. Zwei Männer sind gekommen und haben mich mit einer Taschenlampe geblendet. Sie haben sich unterhalten. Auf einmal hat mir einer der beiden eine Spritze gegeben, und danach weiß ich nichts mehr.«

»Können Sie sich erinnern, worüber sich die Männer unterhalten haben?«, schaltete sich Breuer ein. Auch er sprach mit sanfter Stimme.

»Eigentlich haben sie sich eher gestritten. Einer hat gesagt, der andere hätte jetzt schon den zweiten Fehler gemacht, innerhalb kurzer Zeit. Und er müsste sich auf seine Leute verlassen können. Mehr weiß ich nicht.«

»Haben Sie irgendetwas gesehen? Irgendwas, und wenn es nur eine Kleinigkeit ist? Was hatten die Männer an, meinen Sie, Sie könnten die Stimmen wiedererkennen?«, fragte Kristina.

Hannah Kopinski zuckte mit den Schultern.

»Ich weiß es nicht. Beide waren schlank, glaube ich. Einer war recht groß und hatte ein kantiges Kinn.«

»Danke, Frau Kopinski. Ich kann mir vorstellen, dass Sie unser Gespräch sehr anstrengt«, sagte Kristina. »Trotzdem, noch als Letztes: Wie konnten Sie fliehen?«

Die junge Frau schluchzte unerwartet auf.

»Ich habe keine Ahnung. Ich bin plötzlich wach geworden und lag komplett nackt auf einem OP-Tisch. Die Lampe über mir hat mich geblendet, alles roch so scharf nach Desinfektionsmitteln. Ich war alleine, aber hier«, sie zeigte auf den Ellbogen ihres rechten Arms, »hier steckte eine Nadel, zu der eine Infusion ging. Ich hatte wahnsinnige Angst. Es war ganz still im Keller, aber ich dachte, jeden Moment kommt jemand, vielleicht einer der beiden Männer, die schon mal da waren. Ich hab mir die Nadel rausgerissen und bin aufgestanden. Das war nicht leicht, mir war schwindelig und kalt und übel. Ich hatte solche Angst, ich würde ohnmächtig werden. Die hatten mir doch irgendwas gegeben! Ich war total neben mir. Aber irgendwie hab ich es geschafft. Ich bin die Treppe hoch, und in der Eingangshalle war es zappenduster. Ich hab angefangen, die Wände abzutasten, und versucht, so leise wie möglich zu sein. Ein paarmal bin ich gegen etwas gestoßen, und es hat gepoltert. Vor Angst dachte ich, ich dreh durch.«

Sie atmete jetzt hektisch. Kristina strich ihr sacht über die Schulter. Hannah Kopinski schien es nicht zu merken.

»Ich glaube, ich habe gegen die Wände geklopft.« Wieder erschauerte sie. »Die Männer hätten mich hören können, aber ich war so durcheinander und gar nicht bei Sinnen. Plötzlich ist mir eingefallen, auf welchem Weg ich in das Haus gekommen war. Ich habe mich an der Wand entlanggetastet, bis ich zu der Treppe gekommen bin, die in diese Tiefgarage geführt hat. Auf einer der letzten Stufen bin ich gestolpert und auf die Knie gefallen. Ich glaube, dann habe ich geschrien oder gestöhnt. Leise war ich jedenfalls nicht mehr.«

Sie zitterte von Kopf bis Fuß. Kristina spürte, wie Breuer, der hinter ihrem Stuhl stand, kurz ihren Arm berührte, und sah zu ihm hoch. Er nickte ihr zu und deutete mit einer leichten Neigung des Kopfes zur Tür. Sie erhob sich, stellte den Besucherstuhl an seinen Platz zurück und trat noch einmal an das Bett der jungen Frau.

»Sie sind hier in Sicherheit, Frau Kopinski. Vor der Zimmertür sitzt rund um die Uhr einer unserer Männer. Haben Sie keine Angst mehr.«

Wie hohl und sinnlos ihr ihre Worte erschienen. Wahrscheinlich würde Hannah Kopinski ihr restliches Leben lang von Ängsten geplagt sein, wenn auch die Ärzte im Klinikum bestätigt hatten, dass ihr zumindest körperlich kein Leid geschehen war. Man hatte jedoch Reste eines Narkosemittels in ihrem Blut gefunden, ebenso waren ihr Brust- und Bauchraum desinfiziert und für eine Operation vorbereitet worden.

Hannah Kopinski nickte stumm. Breuer öffnete die Zimmertür und ließ Kristina vorgehen.

45

»Ich bin hundemüde, und Hunger hab ich auch«, teilte Kristina ihrem Mitarbeiter mit.

»Schon klar. Sie haben wahrscheinlich letzte Nacht nicht viel geschlafen«, antwortete Breuer. »Ich übrigens auch nicht. Die die paar Stunden, die ich im Bett war …«

»Ich habe überhaupt nicht geschlafen«, unterbrach sie ihn. »Und im Moment ist auch keine Zeit dafür. Willbrandt vierteilt uns, wenn wir jetzt Feierabend machen, statt zu arbeiten.«

»Ein schnelles Frühstück sollte aber drin sein«, hielt Breuer dagegen und sah sich um.

»Frühstück? Es ist gleich Mittag.«

»Auch gut. Ich brauch jetzt trotzdem einen Kaffee und was zu essen«, sagte er.

»Einverstanden. Aber nicht hier. Ich hasse Krankenhäuser.

»Ich auch. Wo ist denn überhaupt der Ausgang? Hier blickt ja kein Mensch durch, vor lauter Gängen und Treppen und Aufzügen.«

Kristina, die selbst keine Ahnung hatte, wo sie langgehen mussten, fragte eine Krankenschwester. Wenige Minuten später standen sie auf der Außentreppe des Haupteinganges.

»Also, wohin gehen wir jetzt?«, erkundigte sich Breuer.

»Keine Ahnung. Mein Lieblingscafé hat vor einiger Zeit geschlossen.«

»Dann nützt uns das nichts. Welches war Ihr Lieblingscafé?«

»Die BrühBar in der Innenstadt. In der Sophienstraße.« Bei dem Gedanken an die üppig belegten Bagels, die es dort gegeben hatte, lief Kristina das Wasser im Mund zusammen. Zu schade.

»Ich bin ab und zu im Rossi. Das ist auch in der Innenstadt. In der Maxstraße«, schlug Breuer vor. Kristina lächelte.

»Ich weiß. Gut, gehen wir dort hin«, stimmte sie zu. »Wenn Sie wollen, dürfen Sie ab dem Präsidium bei mir mitfahren. Ich parke dann im Parkhaus beim Rotmain-Center.«

Breuer grinste. Sein rechter Arm zuckte, und für einen Augenblick dachte Kristina, er wollte mit ihr High Five einschlagen.

»Bis gleich«, sagte sie rasch und eilte zu ihrem Wagen.

Eine halbe Stunde später saß sie mit Breuer vor dem Café Rossi in der Innenstadt. Die Sonne schien, zwischen den Bistrotischen waren große rote Sonnenschirme aufgespannt, und das Lokal war gut besucht. Mittlerweile hatte sie solchen Hunger, dass sie sich am liebsten durch die gesamte Speisekarte durchgefuttert hätte. Sie entschied sich für das Frühstück Elevato, mit Schinken, Salami, Lachs, Honig und dergleichen mehr. Dazu bestellte sie einen frisch gepressten Orangensaft und einen großen Kaffee. Breuer entschied sich für einen Latte macchiato, ein Frühstück Vitale und einen Obstsalat.

»Das sieht aber gesund und schlank aus«, bemerkte Kristina, die noch immer die Speisekarte studierte. Sie überlegte, ob sie gleich ein Stück Schokoladentorte als krönenden Abschluss des opulenten Frühstücks dazubestellen sollte.

»Noch sieht es gar nicht aus, es ist nämlich noch nicht da«, erwiderte Breuer, verschränkte die Hände auf der Tischkante und streckte dabei die Arme aus, um sich zu dehnen. »Oder sehen Sie schon was?«

»Nee. Wie können Sie von der Diätkost satt werden?«

»Gewohnheit.« Breuer grinste.

Frustriert stellte sie fest, dass er ausgesprochen gut aussah. Auch ohne dass sie zwei Cocktails in Kopf und Bauch hatte. Wie ärgerlich, dass er an Frauen nicht interessiert war.

»Gewohnheit?«, wiederholte sie. »Machen Sie dauerhaft Diät?«

»Natürlich nicht. Ich esse kein Fleisch.«

»Wie bitte?« Verblüfft sah sie den großen Mann mit der athletischen Figur an. »Das hört man eher selten von … ähm, Männern.« Sie schluckte, und ihr wurde unangenehm warm.

»Ich muss zugeben, das war nicht immer so. Mein Freund ist Vegetarier. Er beschäftigt sich viel mit Ernährung und so. Nachdem er mir einige Videos über Tierzucht, Haltung, Transporte und so weiter gezeigt hat … nun, mir ist der Appetit vergangen. Wegen mir soll kein Tier leiden. Inzwischen halte ich schon über drei Jahre durch, und es geht mir gut damit.«

»Aha«, machte Kristina. Sie sah die Kellnerin mit einem großen Tablett kommen. Wenige Minuten später war der kleine runde Tisch, an dem sie saßen, beladen mit Tellern und Getränken.

»Guten Appetit«, wünschte Breuer freundlich und nippte an seinem Latte macchiato.

Kristina betrachtete ihre Salami und nahm erst einmal einen großen Schluck Orangensaft. Sie erinnerte sich durchaus, auch schon davon gehört zu haben, dass die meisten Tiere unter den von Breuer angesprochenen Bedingungen sehr litten. Viele von ihnen wurden nur geboren, um so rasch wie möglich wieder verwertet zu werden. In der Regel verdrängte sie dieses Wissen.

»Essen Sie Fisch?«, fragte sie und gab anstelle von Zucker zwei Stück Süßstoff in ihren Kaffee. Immerhin ein paar Kalorien gespart.

»Nein«, erwiderte Breuer und bestrich ein Ciabatta mit Butter und Honig. »Fisch ist schließlich auch Fleisch.« Er biss genussvoll in sein Brot. »Es ist übrigens auch für die Umwelt besser, vegetarisch zu leben. Die meisten Treibhausgase entstehen durch Fleischkonsum. Nun essen Sie doch«, nuschelte er mit vollem Mund. »Ich wollte Ihnen nicht den Appetit verderben.«

»Das haben Sie auch nicht«, behauptete Kristina und machte sich über den Lachs her. Er schmeckte köstlich. Trotzdem sah sie vor ihrem geistigen Auge einen großen Fisch friedlich durch irgendein Gewässer gleiten, dessen Dasein unvermittelt ausgelöscht wurde, um gierige Mäuler zu stopfen. Ihres zum Beispiel. Sie nahm noch einen Schluck Saft. Sie hätte auch das Frühstück Formaggio bestellen können. Es war ja nicht so, dass sie keinen Käse mochte. Trotzdem gab sie Fleisch und Wurst den Vorzug. Nun denn. Für den Moment war es zu spät. Sie würde jetzt alles verputzen. Es diente niemandem, wenn sie das Frühstück zurückgehen ließ.

Kristina war eben mit ihrer Portion fertig geworden und wollte der Kellnerin ein Zeichen geben, um nun doch noch die Schokoladentorte zu bestellen und einen weiteren Kaffee, als ihr Handy klingelte.

»Es ist Keller«, ließ sie ihren Kollegen wissen, der noch mit den letzten Resten seines Obstsalates beschäftigt war, und nahm das Gespräch an. Eine ganze Weile hörte sie wortlos zu, nur ab und an signalisierte sie mit einem »Hm« oder »Okay«, dass sie noch am Telefon war. Als sie Minuten später das Gespräch beendete, wollte sie nichts mehr essen.

»Was ist?«, fragte Breuer.

»Keller weiß jetzt, woran die Mädchen gestorben sind.«

Breuer legte seinen Löffel beiseite. Ein paar Obststücke lagen noch im Glas.

»Und?«, fragte er, weil Kristina nicht weitersprach.

»Sie sind beide einem Hitzschlag erlegen.« Sie knüllte ihre Papierserviette zusammen und behielt sie in der Faust.

»Einem Hitzschlag?«, wiederholte Breuer fassungslos.

»Ja. Ich versteh das alles nicht. Es sind übrigens tatsächlich die Sander-Mädchen. Die DNA der Kinder stammt mit der von Mareike Sander überein.«

»Okay«, erwiderte ihr Mitarbeiter mechanisch.

Eine Weile sagten sie beide nichts mehr.

»Wir sollten zahlen und zu den Sanders fahren«, sagte Breuer schließlich.

»Ja, ich weiß. Ich möchte trotzdem vorher noch persönlich mit Keller sprechen.«

Breuer winkte der Kellnerin und bat um die Rechnungen.

46

»Ich habe mir schon gedacht, dass Sie über kurz oder lang hier sind«, sagte Keller und zog seinen Mundschutz herunter. »Bevor Sie fragen: Nein, ich bin noch nicht dazu gekommen, die DNA der Haare an dem Halstuch, welches Sie mir vergangene Nacht gebracht hatten, mit der DNA am Körper von Manuel Böttcher zu vergleichen. Ich hatte es mir für heute Morgen vorgenommen, aber nun kam ja was dazwischen.« Er wirkte erschöpft. »Dafür habe ich einen Abgleich mit den Kindern vorgenommen, aber das wissen Sie ja schon.«

Er nahm seine Brille ab und massierte mit Daumen und Zeigefinger die Innenwinkel seiner Augen. Über seine Arbeitskleidung, ein hellgrünes T-Shirt und eine farblich passende Hose, hatte Keller eine durchsichtige Plastikschürze gebunden. Erleichtert stellte Kristina fest, dass nirgendwo Blutspritzer, Haut- oder Gewebepartikel anhafteten.

»Es handelt sich eindeutig um die Sander-Töchter«, sagte er.

Kristina nickte. Sie hatte nichts anderes erwartet.

»Ja, ich weiß. Ich möchte mir die Kinder noch einmal ansehen, und ich brauche noch mehr Einzelheiten«, erklärte Kristina.

Breuer stand mit unbewegter Miene neben ihr.

»Sind Sie sicher, dass Sie nicht einfach den entsetzlichen Moment, es den Eltern zu sagen, hinauszögern wollen?«, fragte Keller ohne jeden Vorwurf in der Stimme.

»Wahrscheinlich haben Sie recht«, erwiderte Kristina. »Trotzdem, ein paar Informationen hätte ich gerne noch.«

»Sicher.« Der Rechtsmediziner wandte sich zu einem der Sektionstische und hob das grüne Tuch, das über einen kleinen zarten Körper gedeckt war, hoch. Kristina zwang sich hinzusehen. Sie hätte nicht sagen können, ob sie Natalie oder Antonia vor sich hatte. Die Kinder ähnelten sich. Beide hatten braune Haare, und auch von der Größe her unterschieden sie sich nicht wesentlich.

»Wie ich vorhin schon sagte, bei beiden Mädchen hat durch starke Hitze, der sie längere Zeit ausgesetzt waren, der Kreislauf versagt, und sie sind ins Koma gefallen. Die Kinder sind dehydriert. Zudem habe ich, als Folge dessen, Nekrosen im Gehirn festgestellt. Zentrale Bereiche, die für Atmung und Herzfunktion zuständig sind, sind abgestorben.«

»Wie furchtbar«, murmelte Kristina.

Sie betrachtete die kleinen Hände und Füße, die schmalen Körper. Es war so grauenhaft. Keller bedeckte das Kind und hob vom nebenstehenden Sektionstisch ebenfalls das grüne Tuch. Die Haare des zweiten Mädchens waren ein wenig dunkler, und nun, beim genauen Hinsehen, fiel ihr auch auf, dass das Kind kräftiger war als das erste.

»Auch hier«, sagte Keller und nickte zu dem Mädchen hin. »Der gleiche Befund.«

»Ist Ihnen sonst noch etwas aufgefallen?«, meldete sich Breuer zu Wort.

»Nein, Herr Breuer, mehr kann ich leider noch nicht sagen, aber ich bin auch noch nicht ganz durch mit den Untersuchungen. Die Einschätzung des Todeszeitpunktes ist ebenfalls schwierig, wegen der Hitzeeinwirkung. Ich nehme an, er war etwa vor vier bis fünf Tagen.«

»Okay. Dann müssen wir jetzt wohl zu den Eltern fahren«, sagte Kristina beklommen. Am besten, sie nahm gleich einen Arzt und einen Seelsorger mit. Sie war sicher, Mareike und Robert Sander würden beide brauchen.

Keller deckte den Körper des Kindes zu.

»Ich melde mich natürlich sofort, wenn ich alle Ergebnisse habe«, ergänzte er.

Kristina nickte. Das war selbstverständlich. Manchmal ging ihr der Kollege mit seiner Dienstbeflissenheit auf die Nerven. Schließlich war es seine Pflicht, seine Erkenntnisse umgehend an sie weiterzugeben.

»Hatten Sie schon Gelegenheit, einen Blick auf die übrigen Leichen zu werfen, die in der Psychiatrie gefunden wurden?«, fragte sie. Noch ehe sie die Frage ganz ausgesprochen hatte, wusste sie, dass er nun unwirsch werden würde.

»Einen Blick sicher. Aber außer dem, was Ihnen Eva-Maria bereits telefonisch mitgeteilt hat, nämlich, dass sämtliche Männer regelrecht ausgeschlachtet wurden, habe ich noch nichts für Sie. Ich kann schließlich auch nicht mehr als arbeiten.« Tatsächlich war die Missbilligung in seiner Stimme unüberhörbar.

»Ja, ich weiß. Sorry«, entschuldigte sie sich.

»Ach, noch was«, ergänzte er.

Kristina, die bereits auf dem Weg zur Tür war, wandte sich um.

»Ja?«

»Ich weiß nicht, ob es wichtig ist. Auf der Innenseite des Blümchenkleides klebte ein Bild. So ein Sammelbildchen, wie Kinder sie tauschen und in Heftchen kleben und wetteifern, welches Heft zuerst voll ist. Es ist jetzt zusammen mit der Kleidung in der KTU.«

»Danke, Herr Keller.«

Gefolgt von Breuer verließ Kristina den Raum.

»Doch noch vorher zur KTU, nehme ich an?«, fragte Breuer.

»Klar. Ich will wissen, ob und was Opitz rausgefunden hat, und ich möchte das Bild sehen.«

Sie nahmen den Aufzug, der sie ein Stockwerk höher brachte. Erik Opitz von der KTU saß an einem der langen Tische unter den großen Fenstern. Im Raum roch es nach künstlicher Tomatensoße. Opitz löffelte eine Fünf-Minuten-Terrine aus einem Becher. Er winkte ihnen zu.

»Kommen Sie rein, ich habe schon mit Ihnen gerechnet.«

Er wischte sich mit einem Papiertuch über den Mund. Kristina fiel auf, dass er ähnliche Worte verwendete wie Keller.

»Möchten Sie etwas Konkretes wissen, oder soll ich einfach erzählen, was ich inzwischen herausgefunden habe?«, erkundigte er sich.

Kristina betrachtete die Glatze des Kollegen, die wie blank poliert wirkte, und den kurz geschnittenen grauen Haarkranz außen herum.

»Beides«, erwiderte sie knapp und lächelte. Sie mochte den Kriminaltechniker, der kurz vor der Pensionierung stand. »Vorrangig interessiert uns das Klebebild unter dem Rock des einen Kindes.«

»Ja. Sticker sind derzeit bei vielen Kindergartenkindern wieder sehr beliebt, und etliche Lebensmittelgeschäfte haben eigene Serien, damit die Kunden den Kindern zuliebe wiederkommen. Warten Sie.«

Opitz rutschte mit seinem Hocker, der auf Rollen lief, zu einem seiner Computer und klickte auf ein paar Tasten. Auf dem Display erschien ein rechteckiges Bild mit einem knallig-rosafarbenen Hintergrund. Ein weißes Einhorn tänzelte auf einer bunt geringelten Stange, die stark an nostalgisches Naschwerk aus Zuckerguss erinnerte. In schillernden Farben sprühten Bonbons aus dem Horn des Phantasietieres. Über den Aufkleber zogen sich ein paar Schlieren.

»Das ist es«, sagte Opitz. »Es war ziemlich hoch unter dem Rockteil festgeklebt, vermutlich mit Absicht. Die Rillen, die Sie hier sehen, sind Knickstellen.« Er deutete mit dem Zeigefinger auf die Schlieren. »Der Einhorn-Sticker ist übrigens der Joker unter den Aufklebern. Ich kann Ihnen auch sagen, woher er kommt. Die Serie heißt ›Meine bunte Welt‹, und die gibt es derzeit bei Norma. Für jeden Einkauf von über zwanzig Euro einen Sticker. Lotta, mein Enkelchen, sammelt die Dinger auch. Meine Frau kauft deswegen zurzeit extra dort ein, obwohl sie sonst immer zu Lidl geht. Vielleicht hat die Kleine das Bild vor ihrer Schwester verstecken wollen. Oder sie hat sich gelangweilt und es deswegen unter ihr Kleid geklebt.

Wobei meine Enkeltochter das Bild in so einem Fall eher auf den Oberschenkel kleben würde.«

»Zwanzig Euro?«, hakte Breuer nach.

Opitz nickte.

»Soweit ich weiß, ja. Irene sieht immer zu, dass sie über die Summe kommt, sonst hat sich der Extra-Weg nicht gelohnt. Und die Kleine freut sich doch immer so.« Er strich sich verlegen über die Glatze.

Kristina runzelte die Stirn.

»Moment«, überlegte sie laut. »Angeblich waren die Kinder weg, als die Sander aus dem Laden kam. Wie kann sie ihnen dann Sammelbilder mitgebracht haben? Abgesehen davon ... sie hat ja nur eine Packung Milchschnitten gekauft. Die kosten keine zwanzig Euro.«

Breuer schüttelte den Kopf.

»Vielleicht hatte die Sander das Bild schon länger und hat es der Kleinen gegeben, ehe sie in den Laden rein ist, damit das Mädchen Ruhe gibt. Eins der Kinder hat ja geschlafen, das andere war wach«, sinnierte Breuer.

»Das kann nicht sein«, hielt der Kriminaltechniker dagegen. »Den Joker gibt es erst seit zwei Tagen. Zu dem Zeitpunkt ...« Er ließ den Satz unbeendet, zuckte stattdessen resigniert mit den Schultern und schüttelte vielsagend den Kopf.

»Okay, wir überprüfen das«, sagte Kristina. »Sonst noch was?«, fuhr sie fort und merkte, dass sie reichlich von oben herab gesprochen hatte. »Tut mir leid, Herr Opitz. Das kam jetzt so rüde, so war es nicht gemeint.«

Im Gegensatz zu Keller schmunzelte der Kriminaltechniker jedoch nur.

»Keine Sorge, Frau Herbich, wir stehen alle unter Druck und im Augenblick ganz besonders. An der Kleidung von beiden Kindern haften Faserspuren eines weißen Lakens an. Ein Bettlaken vermutlich.«

»Hm«, machte Kristina und überlegte, ob die Kinder in einem Bett der Hitzetod ereilt hatte oder ob man sie, eingewickelt in ein Laken, von einem Ort zum anderen geschafft hatte.

»Außerdem beiß ich mir ehrlich gesagt an dem Computer von diesem Kronauer die Zähne aus. Er ist natürlich passwortgeschützt und dermaßen verschlüsselt, dass ich bisher noch nicht reingekommen bin.«

»Sie schaffen das, Herr Opitz«, ermutigte ihn Kristina.

»Herzlichen Dank für Ihr Vertrauen. Das war es für den Moment.« Opitz hob bedauernd die Hände.

»Das ist schon einiges. Wir fahren jetzt zu Sanders. Ich mag gar nicht daran denken«, sagte Kristina.

»Unerträglich, ja. Ich beneide Sie nicht. Ich muss zugeben, für solch eine Botschaft wäre ich nicht der Richtige.«

»Wir auch nicht, Herr Opitz«, versicherte Kristina und stutzte.

Sie hatte eben Breuer mit einbezogen, als wären sie inzwischen tatsächlich ein Team. Rasch verdrängte sie den Gedanken. Sie mussten jetzt zu Sanders fahren. Sie konnte es nicht länger vor sich herschieben.

47

Es war Robert Sander, der Kristina und Breuer die Tür öffnete. Ohne einen Gruß sah er sie aus geröteten Augen an. Sein Gesicht war faltig, die Haut hatte einen fahlen Farbton. Auch er hatte in den letzten Tagen eindeutig an Gewicht verloren und wirkte auf Kristina etliche Jahre älter als bei ihrem ersten Treffen.

Wortlos blieb er im Eingangsbereich stehen.

»Herr Sander, dürfen wir reinkommen?«

Unbewegt erwiderte er ihren Blick. Sekunden, die sich endlos dehnten. Sie war in Versuchung, zur Seite zu sehen, weil sie fürchtete, er könnte ihr ansehen, weswegen sie hier waren. Gleich musste sie jede Hoffnung von Mareike und Robert Sander zerstören. Eine Hoffnung, an die die Eltern sich klammerten und doch wohl bereits ahnten, dass es sie nicht mehr gab. Sie konnte ihnen den Moment der Wahrheit nicht ersparen.

Sander gab den Weg frei.

»Meine Frau ist hinten im Garten«, sagte er schließlich mit rauer Stimme.

Er ging vor. Mareike Sander hockte auf einer hölzernen Liege unter einem großen Kirschbaum, zusammengesunken wie meist und die Augen nach unten gerichtet. Sie sah erst auf, als Kristina und Breuer beinahe vor ihr standen. Sander hielt sich ein paar Schritte hinter ihnen. Es gab keine weiteren Sitzgelegenheiten. Sie konnten ihr die schrecklichen Tatsachen nicht einmal auf Augenhöhe mitteilen, es sei denn, sie wären in die Hocke gegangen.

»Sie sind tot, nicht wahr?« Sander klang, als spräche ein Automat.

Kristina räusperte sich.

»Es tut uns sehr leid. Wir vermuten, wir haben Natalie und Antonia heute in den frühen Morgenstunden gefunden.«

Robert Sander stakste auf steifen Beinen näher und setzte sich im größtmöglichen Abstand neben seine Frau. Mareike Sander atmete schwer. Sie weinte nicht, sie schrie nicht, sie stellte keine Fragen. Sanders Kiefer mahlten aufeinander. Seine dunklen Augen schwammen in Tränen, er bewegte den Oberkörper vor und zurück, als wollte er Anlauf nehmen, um Fragen zu stellen.

»Wo?«, stieß er schließlich hervor.

»In Bad Berneck«, antwortete Kristina vorsichtig.

»Was ist mit ihnen passiert?«

Kristina dachte, dass sie sich gern gesetzt hätte. Es war entsetzlich, den verzweifelten Eltern solch eine Nachricht überbringen zu müssen. Die rostige Sitzgruppe seitlich der Rasenfläche stand zu weit weg. Sie konnte ja wohl schlecht erst einmal einen Stuhl für sich holen.

»Wir wissen noch nichts Genaues«, wich sie der Frage des Vaters aus.

»Aber …« Er rang nach Luft. »Irgendwas müssen Sie doch

wissen. Wurden sie ... gequält ... oder ... m... missbraucht?« Er fing an zu zittern und presste die flache Hand vor den Mund.

Ehe Kristina antworten konnte, fuhr Mareike Sander dazwischen.

»Das kann nicht sein! Sind Sie sicher, dass Sie *unsere* Kinder gefunden haben?« Sie war hysterisch. Doch Kristina hörte noch einen Unterton aus ihren Worten, über den sie sekundenlang nachdachte. Aggressiv, herausfordernd, vielleicht sogar ironisch.

»Ja«, sagte sie schlicht.

»Sie sagten, Sie *vermuten*, es sind unsere Kinder! Hat sie schon jemand ... identifiziert? Oder reicht Ihnen das Foto, das ich Ihnen gegeben habe, zum Vergleich?«

»Mareike, bitte!« Sanders Zähne schlugen aufeinander.

»Es ist schon in Ordnung, Herr Sander«, besänftigte ihn Kristina, die mittlerweile überzeugt war, die Haltung der Ärztin war Selbstschutz. Nur so konnte sie das Unerträgliche noch eine Weile von sich fernhalten.

»Ich will das genau wissen!«, regte Mareike Sander sich auf.

»Natürlich ist ein Foto für einen eindeutigen Nachweis, dass es sich um Antonia und Natalie handelt, nicht ausreichend. Wir haben einen DNA-Abgleich vorgenommen. Es gibt keinen Zweifel.«

»Einen DNA-Abgleich? Sie haben doch gar kein Vergleichsmaterial!« Die Stimme der Mutter klang schrill.

»Doch.« Kristina war auf diese Frage vorbereitet gewesen. »Sie haben uns Jacken Ihrer Töchter mitgegeben. Diesen haften winzige Hautschnuppen der Kinder an. Das genügt für einen Nachweis.«

Dass Opitz in Wahrheit die Haare am Halstuch von Mareike Sander verwendet hatte, brauchte die Frau nicht zu wissen. Mareike Sander stieß ein keuchendes Geräusch aus.

Kristina gab Breuer ein Zeichen, zwei der Gartenstühle zu holen. Sie fand es schrecklich, auf die verzweifelten Eltern herunterblicken zu müssen. Breuer reagierte schnell, und Kristina setzte sich vorsichtig auf die rostige runde Sitzfläche. Ihre Jeans würde das verkraften.

»Wir wissen noch nicht, was genau passiert ist«, begann sie von Neuem. »Aber wir wissen, woran die Mädchen gestorben sind.«

Sander starrte sie an. Seine Augen waren weit aufgerissen, mit beiden Händen krallte er sich an der Kante der Liege fest.

»Sie sind beide an Überhitzung gestorben.«

Es wurde still im Garten. Die Eltern sagten kein Wort. Mareike Sander saß wie in Stein gemeißelt, ihr Mann bewegte tonlos die Lippen. Kristina fragte sich, ob es schon die ganze Zeit so eigenartig ruhig hier draußen gewesen war und sie es nur nicht bemerkt hatte. Kein Vogel zwitscherte, kein Lufthauch bewegte die Blätter der Bäume und ließ sie rascheln, und auch von der Straße her drangen keine Geräusche. Kein Auto, keine Nachbarn, die irgendeiner Beschäftigung nachgingen wie Rasen mähen oder sich über den Zaun unterhalten.

»An Überhitzung?« Es war Robert Sander, der offenbar seine Stimme wiedergefunden hatte. »Wie … wie ist das zu verstehen?«

»Beide Mädchen waren über längere Zeit starker Hitzeeinwirkung ausgesetzt. So etwas passiert meist, wenn …«

»Aber wer tut denn so was?« Mareike Sanders Wangen waren rot geworden. Ihr Blick hatte etwas Stechendes.

»Der Kreislauf ist kollabiert und …«, fuhr Kristina fort.

»Ich weiß, wie ein Hitzetod entsteht. Ich bin schließlich Ärztin«, unterbrach Mareike Sander Kristinas Erklärung.

»Nein!«, ging ihr Mann dazwischen. »Ich will alles wissen. Alles. Jeden einzelnen Punkt, den die Kommissarin uns mitteilen möchte. Und du hältst jetzt einfach den Mund und unterbrichst sie nicht ständig.«

Sander sprach ruhig, doch seine starre Haltung und seine graue Gesichtsfarbe verrieten Kristina, dass er sich nur mit aller Gewalt unter Kontrolle hatte. Sie beschloss, das Nötigste mitzuteilen, dann tatsächlich den Seelsorger der Dienststelle anzurufen und erst nach weiteren Ermittlungen den Eltern die unvermeidbaren Details bekannt zu geben.

»Kennen Sie die alte Psychiatrie in Bad Berneck?«, fragte sie und sah zwischen den Eheleuten hin und her. Mareike Sander schüttelte den Kopf, ihr Mann schien zu überlegen.

»Ich habe davon gehört, aber ich war noch nicht dort«, sagte er nach einer kurzen Weile.

»Wir haben Ihre Töchter dort aufgefunden. Bisher können wir keine Gewalteinwirkung feststellen und auch keinen Missbrauch.«

»Aber warum ... warum Hitze? Warum hat man sie solch einen Tod sterben lassen?« Wieder presste Sander die Hand vor den Mund. »Wir haben doch gezahlt! Und wir haben alles getan, was der Erpresser verlangt hat. Warum hat er sie sterben lassen?«

»Das wissen wir leider nicht, Herr Sander. Es kann sein, dass der Tod der Kinder nicht beabsichtigt war. Irgendetwas ist schiefgegangen«, sagte Kristina sanft.

»Und der Täter hat trotzdem noch das Geld erpresst und ... und deswegen ... haben wir nichts gehört und ...« Sander stand auf. »Das kann doch nicht sein. Das kann doch alles nicht sein. Ich will meine Kinder sehen.«

»Bitte, Herr Sander, haben Sie noch ein wenig Geduld. Sobald die Untersuchungen der Rechtsmedizin abgeschlossen sind, können Sie selbstverständlich zu ihnen.«

Sander drehte sich auf dem Absatz um und lief zum Haus. Kristina gab Breuer ein Zeichen, den Seelsorger zu bestellen. Breuer trat ein paar Schritte zur Seite, um zu telefonieren. Obgleich Mareike Sander zwangsweise Teile des Gespräches mitbekam, protestierte sie nicht, sondern blieb reglos auf ihrer Liege sitzen.

48

»Wissen Sie, was mir seltsam vorkommt?«, fragte Breuer, während sie zu Kristinas Wagen gingen, der am Straßenrand vor dem Sanderschen Anwesen stand.

»Erzählen Sie.«

»Die Reaktion der Mutter. Das Einzige, was sie wirklich wissen wollte, war, ob wir sicher sind, dass es sich um Antonia und Natalie handelt. Alle anderen Fragen hat der Vater gestellt, und ihn hat die Mitteilung auch weit mehr erschüttert als seine Frau.«

»Ja, das ist mir auch aufgefallen. Aber die Menschen sind verschieden. Nicht jeder weint und schreit, wenn er erfährt, dass eine nahestehende Person ums Leben gekommen ist«, sagte Kristina.

»Ich habe eine Cousine, deren Mann ist unerwartet gestorben. Bianca war damals Anfang dreißig. Wenige Tage nach seinem Tod hat sie angefangen, jeden Abend auszugehen, fast ein ganzes Jahr. Sie hat die Nächte durchgetanzt. Sie glauben nicht, wie die Verwandtschaft sich darüber aufgeregt hat. Für sie war es ihre Art, mit dem Verlust umzugehen. Sie ist vor Schmerz und Erinnerungen geflohen, indem sie sich selbst ins Leben gestürzt hat«, berichtete er. »Trotzdem denke ich, die eigenen Kinder unter solchen Umständen zu verlieren, ist noch mal was ganz anderes.«

»Sicher«, bestätigte Kristina. Auch sie beschäftigte Mareike Sanders Reaktion.

»Wie machen wir jetzt weiter?«, fragte Breuer und legte den Sicherheitsgurt an.

»Wir fahren ins Präsidium und erstellen eine Liste mit sämtlichen Punkten, die abzuarbeiten sind. Außerdem brauchen wir die endgültigen Ergebnisse der Rechtsmedizin und der KTU. Eigentlich müsste uns Willbrandt noch mindestens einen Mitarbeiter zur Verfügung stellen. Der Sander-Fall muss geklärt werden, die genauen Todesumstände von Manuel Böttcher haben wir noch nicht, dazu jetzt die Leichen in der Psychiatrie, Hannah Kopinskis Entführung, und dieser Kronauer, der meinen Onkel überfallen hat. Ich weiß gar nicht, wo wir zuerst ansetzen sollen.«

»Abgesehen von Manuel Böttchers Tod könnte es einen Zusammenhang zwischen allem anderen geben«, überlegte

Breuer. »Die Kopinski wurde in der Psychiatrie gefangen gehalten und offensichtlich für eine Organentnahme vorbereitet. Dort unten haben wir die Kinder gefunden und die jungen Ausländer, alle männlich und alle regelrecht ausgeschlachtet. Die Kinder und die Kopinski passen eigentlich nicht ins Bild. Wieso das Mädchen dort gelandet ist, wissen wir inzwischen. Die Kinder erklären sich im Moment noch gar nicht.« Breuer hielt inne.

»Machen Sie weiter«, bat Kristina, die inzwischen St. Johannis passiert hatte und Richtung Königsallee weiterfuhr. Breuers Erläuterungen halfen ihr, ihre eigenen Gedanken zu sortieren.

»Nehmen wir an, Kronauer ist derjenige, der den Männern die Organe entnommen und diese zahlungskräftigen Kunden verkauft hat. Dann war Hannah ein willkommenes Zufallsopfer. Vielleicht arbeitet Kronauer auch jemandem zu, und er ist so eine Art Mittelsmann. Ach verdammt.« Hörbar frustriert brach Breuer ab.

Kristina hielt an der roten Ampel der Kreuzung Wieland-Wagner-Straße zur Richard-Wagner-Straße.

»Wieso verdammt?«, fragte sie.

»Die Angelegenheit ist total verwickelt und verzwickt.«

»Wir brauchen mehr über diesen Kronauer. Beruf, private Verhältnisse, sein Umfeld. Ich hab das Gefühl, bei dem sollten wir ansetzen«, erwiderte Kristina.

»Wie gesagt, ich kümmere mich darum«, antwortete Breuer.

»Außerdem müssen wir noch mal die Mitarbeiter der Norma befragen. Wie ist die Sander an den Aufkleber gekommen, den eines der Mädchen unter dem Rock kleben hatte? Opitz sagte ...«

»... den Joker gibt es erst seit zwei Tagen«, vervollständigte Breuer den Satz für sie.

Die Ampel schaltete auf Grün.

»Das mach ich«, entschied Kristina.

Sie überquerten die Kreuzung. Ihr Handy läutete. Sie tastete verbotenerweise während der Fahrt in dem Ablagefach in der

Nähe der Handbremse danach und warf einen schnellen Blick aufs Display. Sie erkannte Kellers Nummer.

»Die Rechtsmedizin«, informierte sie Breuer.

»Lassen Sie das«, wies der Kollege sie an. »Streife ist hinter uns.«

»Mist«, murrte sie, zögerte noch einen Atemzug lang und reichte dann Breuer widerstrebend ihr Mobiltelefon. »Gehen Sie ran. Bitte.« Verdammt. Alles in ihr wehrte sich.

»Aha. Okay. Ja, hab ich verstanden. Ja, ich sag es ihr. Wie bitte?«

In Kristina brodelte es. Sie konnte den knappen Anmerkungen des Kollegen nichts entnehmen, und es nervte sie ungeheuer, wie lange er mit Keller sprach. Am Straßenrand anzuhalten und das Telefonat zu übernehmen lohnte sich nicht. Sie waren schon beinahe am Präsidium. Breuer legte auf, während sie auf den letzten freien Dienststellenparkplatz bei der Wache fuhr.

»Also?«, erkundigte sie sich mühsam beherrscht, schaltete den Motor ab und löste den Sicherheitsgurt.

»Die fremde DNA, die an Manuel Böttchers Körper gefunden wurde, gehört zu Mareike Sander beziehungsweise zu den Haaren an dem bewussten Halstuch. Die Haare wiederum müssen von ihr stammen, da diese DNA zu der der Kinder passt.«

»Bingo«, murmelte Kristina und blieb hinter dem Steuer sitzen.

»Das heißt, sie hat gründlich gelogen. Sie war in der Hohen Leite, und sie hatte ein vermutlich langfristiges Verhältnis mit Böttcher. Die Frage ist, warum hat sie ihm nicht geholfen, als er den Herzinfarkt bekommen hat? Sie ist doch Ärztin.«

»Weil sie Angst hatte, dass ihre Liebschaft herauskommt«, schlug Breuer vor.

Kristina schüttelte den Kopf.

»Das ist mir zu flach. Sie hätte Erste Hilfe leisten und nötigenfalls anonym einen Rettungsdienst verständigen können.«

»Vielleicht kam ihr sein Tod auch gelegen? Eventuell wollte er mehr als Sex?«, überlegte Breuer weiter.

»Kann sein«, antwortete sie.

»Und nun? Wieder nach St. Johannis?«, fragte er.

»Nein. Solange die Sander nicht weiß, was wir wissen, läuft sie wohl kaum weg. Außerdem hat sie ganz andere Sorgen. Was heißt ›Sorgen‹!« Kristina gab ein schnaubendes Geräusch von sich. »An ihrer Stelle würde ich mich wahrscheinlich aufhängen.«

»An ihrer Stelle hätten Sie noch den Sohn, den wir bisher nicht kennen«, wandte Breuer ein.

»Stimmt.« Kristina nickte. »Wenn Sie so freundlich wären, auszusteigen und so viel wie möglich über Kronauer herauszufinden, dann würde ich jetzt noch mal zur Norma fahren.«

»Sorry, Frau Herbich.«

Breuer ließ den Gurt aufschnappen, stieg aus und schlug grußlos die Tür hinter sich zu. Kristina bekam ein flaues Gefühl im Bauch. Offenbar war er verstimmt. Und wenn sie ehrlich war, sie hatte sich auch mal wieder im Ton vergriffen. Frustriert ließ sie den Motor wieder an.

49

»Ich hätte gerne jemanden von der Filialleitung gesprochen«, sagte Kristina zu dem schmalen jungen Mann, der an der Kasse der Norma-Niederlassung saß. Auf seinem Namensschildchen stand »Fischer – Auszubildender«. Sie hielt ihm ihren Ausweis entgegen. Fischer nickte und drückte einen Knopf unter der Kasse. Sekunden später ging eine Tür neben dem Kassenbereich auf, und eine kleine, kräftige Frau mit kurzen braunen Haaren erschien. Sie warf Fischer einen Blick zu, der mit einer Kopfbewegung zu Kristina wies, ohne ein weiteres Wort zu sagen. Die Frau nickte und streckte ihr die Hand entgegen.

»Ulrike Gerlach. Ich bin die Filialleiterin. Sie wollten mich sprechen?«

Kristina zog ihren Ausweis hervor.

»Kristina Herbich, Kripo Bayreuth. Es geht um den Fall Sander«, sagte sie.

Eine ältere Dame, die eben Weintrauben, Brötchen und Käse auf das Kassenband legte, musterte sie unverhohlen mit neugierigen Blicken.

»Ich hab nicht viel Zeit«, sagte die Filialleiterin und verschränkte die Arme vor dem Bauch. »Jeden Augenblick kommt eine Lieferung, und ich muss die Ware annehmen. Außerdem waren Sie doch schon mal hier, oder?« Forschend sah sie Kristina an.

»Mein Kollege war hier. Ich habe noch ein paar Fragen.«

Kristina merkte, dass die ältere Dame betont langsam ihre Waren in einen Stoffbeutel packte. Inzwischen standen weitere Kunden an der Kasse, die das Gespräch verfolgten.

»Wenn es sein muss … Aber nur kurz. Kommen Sie mit.«

Ulrike Gerlach öffnete die Tür, durch die sie eben den Verkaufsraum betreten hatte, und machte Kristina ein Zeichen, ihr zu folgen. Sie betraten einen winzigen Flur, der mit diversen Waren wie Toilettenpapier, einer beschädigten Packung Waschpulver sowie einem Karton halb verfaultem Obst und Gemüse vollstand. Links gab es eine Damen- und eine Herrentoilette, geradeaus einen kleinen Aufenthaltsraum mit einer winzigen Küchenzeile und einem Tisch mit vier Stühlen. Zwei Angestellte tranken aus dickwandigen Tassen und musterten sie gleichfalls neugierig.

»Hier rein«, wies die Filialleiterin sie an und öffnete die vierte und letzte Tür, die vom Flur abging.

Der kleine Raum dahinter war vollgestopft mit unzähligen Aktenordnern und losen Papieren, die sich auf einem billigen Schreibtisch und einem Regal dahinter stapelten. Auf dem Schreibtisch standen zwei halb volle Kaffeebecher, dazwischen eine geöffnete Packung Kekse. Links vor einem Fenster mit einer Milchglasscheibe stand eine mannshohe Yucca-Palme mit sattgrünen Blättern und offenbar liebevoll gepflegt. Ein junger Mann lümmelte auf einem Plastikstuhl vor dem Schreibtisch. Er hatte den linken Fußknöchel auf das rechte Knie gelegt und spielte auf einem Handy. Als sie den Raum betraten, sah er hoch, stellte beide Füße auf den Boden und setzte sich gerade.

»Das ist mein Neffe Nils. Die Dame ist von der Polizei«, stellte Ulrike Gerlach sie einander vor.

Kristina nickte dem Mann zu, der mit einem freundlichen »Hey« antwortete, sein Handy einsteckte und die Daumen in die Gürtelschlaufen einhängte. Ulrike Gerlach nahm hinter dem Schreibtisch Platz, besagter Nils blieb sitzen, und einen weiteren Stuhl gab es nicht. Verärgert über sein unhöfliches Benehmen dachte Kristina, dass die jungen Leute keinerlei Erziehung mehr hatten oder Höflichkeitsregeln einfach frech ignorierten. Sie beschloss, ihre Fragen zu stellen, als ob der Mann nicht anwesend wäre.

»Frau Gerlach, ich nehme an, Sie kennen die Aufkleberserie ›Meine bunte Welt‹?«, begann sie und zog ihrerseits ihr Mobiltelefon aus der Tasche, um der Filialleiterin ein Foto des Einhorn-Stickers zu zeigen.

»Natürlich.« Die Frau lehnte sich im Stuhl zurück und legte die Fingerspitzen aneinander. Kristina hielt ihr das Bild des Aufklebers entgegen.

»Schon mal gesehen?«, fragte sie kurz angebunden.

Ulrike Gerlach schüttelte den Kopf.

»Ich kenne nur die Tütchen. Es sind immer drei Bilder drin. Welche, weiß ich nicht. Meine Kinder sind schon groß. Aber es muss ein Bild aus der neuen Serie sein, die seit zwei Tagen ausgegeben wird. Der Hersteller wirbt mit dem sogenannten Joker, eben diesem Einhorn.«

Opitz hatte also recht. Die nächste Frage war, wie Mareike Sander trotzdem an den Sticker gekommen war.

Kristina hockte sich demonstrativ auf die Kante eines niedrigen Beistellschrankes. Aus den Augenwinkeln nahm sie wahr, dass Nils sie unentwegt ansah.

»Mareike Sander hat am 17. Juli hier bei Ihnen eingekauft«, fuhr sie fort. Genervt verdrehte Ulrike Gerlach die Augen.

»Das wissen wir ja nun schon längst alle«, gab sie zurück.

»Frau Gerlach! Es geht hier um zwei kleine Mädchen, die

hier auf dem Parkplatz Ihrer Niederlassung verschwunden sind!«, fuhr Kristina sie an. »Ich erwarte etwas mehr Kooperation. Ansonsten lade ich Sie vor.«

Röte stieg in die Wangen der Frau.

»Ich frage mich schon, mit welcher Begründung.«

»Da findet sich eine, verlassen Sie sich darauf. Und jetzt möchte ich von Ihnen wissen, wie Mareike Sander an diesen Aufkleber gekommen ist. Angeblich bekommt man erstens die Tütchen nur ab einem Einkauf von zwanzig Euro …«

»Das ist richtig«, unterbrach die Filialleiterin sie. Die Röte in ihrem Gesicht ging langsam zurück.

»Und zweitens frage ich mich, wieso sie den Sticker überhaupt in Besitz hatte, wenn er doch angeblich erst seit zwei Tagen ausgegeben wird?«

»Ich verstehe die ganze Fragerei nicht. Ich habe keine Ahnung, woher sie das Ding hat. Von uns jedenfalls nicht, es gibt ja noch mehr Norma-Niederlassungen in Bayreuth. Was spielt das für eine Rolle? Was hat das mit den Mädchen zu tun? Haben Sie sie gefunden oder irgendwelche Hinweise bekommen?«

»Dazu kann ich Ihnen im Augenblick noch nichts sagen. Aber ich muss wissen …«

»Sie hat ihn von mir«, unterbrach Nils unvermittelt das Gespräch.

»Von dir?« Überrascht sah Ulrike Gerlach ihren Neffen an. Auch Kristina wandte sich ihm zu.

»Ja. Ich bin ab und an zur Aushilfe hier. Waren annehmen, Bürodienst machen oder auch mal im Laden einspringen. Ich kenne die Sander, ich bin Patient bei ihr. Sie war an dem Tag da, als die neuen Sammelbilder gekommen sind, und das war der 17. Juli. Ein paar Tütchen waren beschädigt. Ich hab sie eingesteckt und dachte, die bring ich meinen Jungs mit, die freuen sich. Ich hab zwei Söhne, drei und vier.« Er grinste plötzlich stolz.

Kristina war für eine Sekunde überrascht, dass der junge Mann bereits zweifacher Vater war. Rasch konzentrierte sie sich wieder auf das Wesentliche.

»Jedenfalls musste ich plötzlich raus in den Laden, beim Auffüllen helfen. Und da stand die Sander mit ihren Milchschnitten und wollte eben gehen. Ich hab ihr eins der Tütchen in die Hand gedrückt, für ihre Mädels. Hinterher bin ich mir doof vorgekommen. Sie hat zwei Kinder, und in jeder Tüte sind drei Bilder. So was gibt immer Streit, ich kenn das. Meine Jungs sind da nicht anders. Ich hätte ihr zwei Tüten geben sollen, waren ja genug da.« Er rieb sich den Nacken.

Kristina spürte ein heftiges Kribbeln am ganzen Körper. Wenn die Sander die Milchschnitten besorgt und dabei die Sticker bekommen hatte, mussten die Mädchen noch im Wagen gesessen haben, als sie von ihrem Einkauf zurück war. Damit war klar, dass sie gelogen hatte. Die Kinder konnten nicht auf dem Parkplatz verschwunden sein.

»Nils, ich brauche Ihre Anschrift, Telefonnummer und so weiter. Sie haben mir sehr geholfen. Wir werden Ihre Aussage zu Protokoll nehmen müssen.«

»Wenn es hilft, gerne«, versicherte er. »Soll ich sofort mitkommen?«

»Nein, das ist nicht nötig. Geben Sie mir Ihre Daten, wir melden uns bei Ihnen.«

Sie war wie im Fieber. Noch sah sie im Dickicht der Hinweise den richtigen Weg nicht, aber sie war ganz nahe dran.

50

Kristina warf ihre Handtasche unter den Schreibtisch und setzte sich. Breuer hatte bei ihrem Eintreten telefoniert und ihr nur flüchtig zugenickt. Nun beendete er sein Gespräch. Er öffnete den Mund, um etwas zu sagen, doch Kristina kam ihm zuvor.

»Es tut mir leid, dass ich vorhin so rüde war. Ich bin derzeit etwas angespannt, und geschlafen hab ich auch nicht«, beeilte sie sich zu sagen. Die Entschuldigung fiel ihr nicht so schwer, wie sie gedacht hatte, etwas unangenehm war es ihr dennoch.

Breuer schüttelte den Kopf.

»Rüde? Mir ist nix aufgefallen«, behauptete er. »Ich hab einiges über Kronauer herausgefunden«, fuhr er übergangslos fort.

»Schön. Ich weiß auch was Neues. Fangen Sie an«, sagte sie und schenkte sich ein Glas Wasser ein.

»Kronauer arbeitet als Chefarzt in der Franken-Transplant-Klinik. Sagt Ihnen die was?«

»Nein.« Sie nahm einen Schluck von ihrem Wasser.

»Die Klinik liegt am Stadtrand von Bayreuth in der Gemeinde Haag, Creußener Straße 27. Die Klinikleitung hat ein Professor Hagen Meining, dessen rechte Hand Kronauer ist. Ich hab mich mal informiert. Beide Ärzte sollen Koryphäen auf dem Bereich Transplantationen sein.«

»Tatsächlich«, murmelte Kristina.

»Ja.« Breuer nickte. »Über Kronauers Privatleben habe ich noch nichts. Aber ich habe Nachforschungen über seinen Vorgesetzten eingeholt, Professor Meining. Meining ist verheiratet, seine Frau heißt Beate – und jetzt wird es interessant: Beate Meining ist sehr engagiert in der Flüchtlingshilfe. Sie lebt aktiv Willkommenskultur, Integration, Unterstützung bei Behördengängen et cetera. Ihr Mann unterstützt sie, vornehmlich mit Spenden. Vor ein paar Tagen hat am Röhrensee ein Sommerfest zur Integration stattgefunden, wo die Frau maßgeblich an der Organisation beteiligt war. Ich hab ein Foto gefunden, das kurz nach dem Fest im Nordbayerischen Kurier war. Herr und Frau Professor im Kreis vieler Flüchtlinge aller Altersklassen. Hier.« Er drehte ihr den Bildschirm zu.

»Das ist wirklich interessant«, bestätigte Kristina. »Damit haben die Meinings eine direkte Verbindung zu Flüchtlingen. Und ich bin sicher, die fünf Toten, die wir in der Psychiatrie gefunden haben, sind welche.«

»Es handelt sich bei zweien tatsächlich um Flüchtlinge, so viel wissen wir inzwischen«, bestätigte Breuer. »Ein Iraker,

Baschan Ayan, und ein Afghane, Raimon Jawed. Beide waren ordnungsgemäß registriert und im AZR, dem Ausländerzentralregister, gespeichert. Keller hat die Fingerabdrücke verglichen. Es gibt keine Zweifel. Von den anderen wissen wir noch nicht, wer sie sind, aber Keller ist dran. Außerdem konnte er Spuren eines starken Betäubungsmittels im Blut von Ayan und Jawed feststellen. Verabreicht bei Jawed seitlich in den Hals.« Breuer strich mit einer Hand über seinen eigenen Hals. »Und bei Ayan in die Hüfte. Ich vermute, es war ein Überraschungsangriff, vielleicht sogar von hinten. Beide Männer hatten keine Ahnung, was derjenige, der ihnen die Spritzen gab, vorhatte. Bisher hat Keller keine Abwehrspuren feststellen können, soweit das in dem Verwesungsstadium und bei dem Zustand der Flüchtlinge noch möglich ist. Sie wurden übrigens regelrecht ausgeschlachtet.«

»Puh«, machte Kristina. »Das ist heftig. Das könnte bedeuten, die Organe für die Franken-Transplant-Klinik stammen zum Teil von den Männern. Eventuell hat Meining sich die nötigen Organe auf dem Weg selbst organisiert.«

»Das können wir nicht ausschließen.«

»Dann wäre Kronauer möglicherweise sein Handlanger gewesen. Vielleicht hat auch er die Organe entnommen, und Meining hat sie eingesetzt. Sicher ein sehr lukratives Geschäft.«

»Mein Vorschlag wäre, wir sprechen so schnell wie möglich mit Meining«, sagte Breuer und lehnte sich im Stuhl zurück.

»Angenommen«, erwiderte Kristina. »Haben wir sonst noch neue Erkenntnisse?«

»Nein. Aber ich habe das Gefühl, wir müssen so bald wie möglich wieder zu der Sander. Mit der stimmt was nicht«, sagte Breuer und runzelte die Stirn.

»Ich gebe Ihnen absolut recht. Ich hab nämlich in der Norma auch was erfahren.«

Kristina fasste zusammen, was Nils ihr erzählt hatte.

Unvermittelt stand Breuer auf, wandte sich zu dem Flipchart, das schräg in einer Ecke des Büros stand, und griff nach dem Filzstift, der auf der Ablage lag.

»Okay«, sagte er. »Wir haben folgende Namen. Mareike und Robert Sander, sie Ärztin, er Apotheker.« Er schrieb die Namen und Berufe in die Mitte des großen weißen Blattes. »Außerdem Natalie und Antonia, beide tot aufgefunden in der Psychiatrie.« Er notierte die Namen der Kinder unter denen der Eltern und zeichnete einen Kreis um die Familie. »Dann haben wir noch Ralph Kronauer und Hagen Meining, beides Ärzte mit Schwerpunkt Organtransplantationen, sowie Manuel Böttcher, Krankenpfleger am Klinikum.« Er notierte die übrigen Personen außerhalb des Kreises. »Hab ich wen vergessen?«

»Die toten Flüchtlinge?«, schlug Kristina vor.

Breuer zögerte.

»Nicht?«, fragte Kristina.

Breuer zuckte mit den Schultern.

»Ich denke, die Männer sind willkürlich ausgewählt und getötet worden. Ihre einzige Verbindung zu den anderen Personen liegt darin, dass allen Organe entnommen wurden. Wie das wiederum mit den Mädchen zusammenhängt, versteh ich bisher überhaupt nicht. Gut, schreiben wir sie dazu.« Er kritzelte in kleiner Schrift an den unteren linken Rand des Papiers die zwei bekannten Namen und setzte ein »plus drei« dazu.

»Hannah Kopinski würde ich jetzt weglassen«, sagte Kristina. »Die scheint ja tatsächlich zufällig in die Sache hineingeraten zu sein.«

Breuer nickte.

»Fällt Ihnen was auf?«, fragte er.

»Ja. Alle arbeiten in irgendeiner Weise im medizinischen Bereich«, antwortete sie. Ihr Telefon läutete. Sie warf einen Blick aufs Display.

»Die Zentrale«, informierte sie ihren Kollegen und hob ab. Kristina hatte sich während des Telefonats aufrecht gesetzt. Ihr Körper war angespannt, und während sie dem Kollegen am anderen Ende der Leitung zuhörte, erwachte das Jagdfieber in ihr. Am liebsten wäre sie aufgesprungen und losgerannt, um die Fährte aufzunehmen, die sie plötzlich vor sich sah. Zudem drängte es sie, dem Kollegen, mit dem sie telefonierte, ins Wort zu fallen und ihn zur Eile anzutreiben. Für ihr Empfinden hätte er durchaus zügiger sprechen können. Deutlich hörte sie den unterschwelligen Stolz des Polizeibeamten Ludemann heraus, ihr sehr Wichtiges mitteilen zu können.

»Nehmen Sie ihn augenblicklich fest. Wenn er nicht transportfähig ist, stellen Sie zwei Mann ab, für eine Überwachung rund um die Uhr«, wies sie ihren Gesprächspartner an. »Und wenn er transportfähig ist, möchte ich, dass er umgehend nach Bayreuth überstellt wird.«

Endlich konnte sie das Gespräch beenden.

»Herr Breuer, es brennt«, sagte sie und presste die Handflächen aneinander.

»Ich merke es. Wer war das, und worum genau geht es?«

»Das Polizeipräsidium in Kempten. Ich habe mit einem Polizeiobermeister Ludemann gesprochen. Es sind Scheine aus dem Erpressungsfall Sander aufgetaucht.«

»Nein.« Überrascht sah Breuer sie an. »Aber es war doch nur eine vergleichsweise geringe Summe registriert, nämlich das Geld, das Sander von seinem Vater bekommen hat.«

»Ja. Und trotzdem ist nun von genau dem Geld etwas aufgetaucht. Und nicht nur das, in dem Zusammenhang ist auch ein Name aufgetaucht, den wir schon kennen.«

»Und? Jetzt reden Sie schon.« Breuer, der neben dem Flipchart gestanden hatte, setzte sich.

»Böttcher«, sagte Kristina.

»Böttcher ist tot«, antwortete Breuer.

»Nicht unser Böttcher. Jörg Böttcher. Ich gehe davon aus, dass es sich um Manuels Stiefbruder handelt.«

Breuer zog die Augenbrauen hoch.

»Und was ist mit ihm?«, fragte er.

»Er hatte vor zwei Tagen einen Autounfall auf der A 7 bei Kempten. Sein Wagen wurde total zerstört und ist auf einen Schrottplatz in Wiggensbach abgeschleppt worden. Der Inhaber des Schrottplatzes, ein Herbert Köfgens, wollte sich telefonisch von Böttcher das Einverständnis holen, den Wagen verschrotten zu lassen. Böttcher, der unter anderem mit einem zweifach gebrochenen Unterschenkelknochen in der Klinik in Kempten liegt, hat ihm das verweigert und sich stattdessen fürchterlich aufgeregt, Köfgens solle ja die Finger von seinem Auto lassen.«

»Aha«, machte Breuer und wippte mit der Rückenlehne seines Stuhls.

»Köfgens war neugierig und hat sich den Wagen näher angesehen. Der Kofferraum stand ein Stück offen, er konnte aber nur durch einen Spalt hineinfassen, weil der Deckel total verbeult und verklemmt war. Dabei hat er in einer Reisetasche eine größere Summe Bargeld gefunden und ein wenig davon für sich abgezweigt.«

Breuer nickte und wippte weiter. Kristina ging die ständige Bewegung auf die Nerven. Sie beherrschte sich.

»Damit hat er einen LCD-Fernseher gekauft. Der Verkäufer ist misstrauisch geworden, weil ihm Köfgens über die Maßen nervös erschien. Er hat die Scheine unauffällig auf die Seite gelegt und seinen Chef verständigt. Und der wiederum die Polizei. Die haben das Geld überprüft, sind tatsächlich durch die Registrierung der Scheine fündig geworden, und haben daraufhin einen Kollegen, eben jenen Ludemann, zu Köfgens geschickt.«

Breuer hörte auf zu wippen. Kristina hielt für einen Moment den Atem an. Hoffentlich beließ er es dabei.

»Köfgens hat anfangs behauptet, das Geld in bar angespart zu haben«, berichtete sie weiter. »Erst als Ludemann ihn auf die Entführung und Erpressung im Fall Sander angesprochen hat, ist er eingeknickt und hat zugegeben, das Geld aus dem schrottreifen Wagen von Böttcher gezogen zu haben.«

»Haben die Kollegen noch mehr unternommen?«, fragte er.

»Allerdings. Sie haben Böttchers Auto beschlagnahmt. Ludemann wollte wissen, ob er Böttcher selber befragen und eventuell festnehmen soll, oder ob wir uns kümmern wollen.«

»Und was machen wir?«, erkundigte sich Breuer.

»Wir warten auf die Rückmeldung von Ludemann. Wenn Böttcher im Augenblick noch nicht überstellt werden kann, fahren wir heute noch nach Kempten. Ich will so schnell wie es geht mit ihm reden«, entschied sie. »Und jetzt fahren wir zu Meining.«

51

»Ich bin fassungslos.« Professor Hagen Meining war grau unter seiner smarten Bräune geworden. Deutlich zeichneten sich auf seinen Wangen Längsfalten ab. »Ich hätte für Kronauer jederzeit beide Hände ins Feuer gelegt.«

Kristina ließ ihn nicht aus den Augen. Wenn er ihnen sein Bestürzen vorspielte, war er gut darin.

»Sie bleiben also dabei, dass Sie nie in der alten Psychiatrie waren und von Kronauers Machenschaften nichts wussten?«, fragte sie.

Meining stand auf, schloss einen Knopf seines Arztkittels und verschränkte die Hände hinter dem Rücken.

»Ich schwöre Ihnen das auf die Bibel, wenn Sie wollen. Ich bin zutiefst erschüttert und hoffe von ganzem Herzen, dass sich sämtliche Verdächtigungen als haltlos erweisen«, versicherte er.

»Das wird nicht passieren, Herr Professor.« Kristina ärgerte sich, dass sie zu ihm aufsehen musste. »Kronauer hat in der Klinik jede Menge Fingerabdrücke hinterlassen, außerdem persönliche Gegenstände, darunter unter anderem seinen Ausweis. Wir gehen davon aus, dass er zumindest maßgeblich an der Tötung der Männer beteiligt war und wohl auch die Organe entnommen hat. Irgendjemand muss ihm zugearbeitet haben. Es ist schwer vorstellbar, dass er, in dem Umfang, in dem er anscheinend tätig war, alles alleine gemacht haben soll.«

»Ich habe damit nichts zu tun! Ich beziehe sämtliche Organe auf rechtmäßigem Weg. Sie können das überprüfen. Mein Gott!« Er fuhr sich mit beiden Händen in die Haare. »Es ist grauenhaft, was Sie hier schildern. Ich will Menschen helfen! Sie retten mit Unterstützung all derer, die sich zu Lebzeiten dafür entschieden haben, ihre Organe im Fall des Falles zur Verfügung zu stellen. Ich bringe niemanden um! Und ich schlachte auch niemanden aus.« Er zerrte an den grauen kurzen Locken, die sich um den Ansatz einer Glatze ringelten. »Bei jeder Transplantation versuche ich nicht daran zu denken, dass ein Mensch sein Leben aufgeben musste und ich nur deswegen vielleicht jemand anderem helfen kann. Denken Sie ernsthaft, ich …« Er ließ die Hände sinken und stützte sie keuchend auf die Schreibtischplatte.

Kristina sah winzige Schweißtröpfchen auf seinen Schläfen. Breuer hatte bisher wortlos auf dem zweiten Stuhl neben ihr gesessen.

»Ihre Frau ist sehr aktiv in der Flüchtlingshilfe«, warf er nun ein. Meining schüttelte schwer atmend den Kopf.

»Ach was. Und jetzt meinen Sie, ich sitze dadurch quasi an der Quelle? Ich unterstütze Beate, wo ich kann. Weshalb sollte ich das tun, wenn ich gleichzeitig … Nein. Nein, das widerspricht jedem gesunden Menschenverstand.« Er ließ sich wieder auf seinen Stuhl fallen und lockerte den Kragen seines weißen Poloshirts, das unter dem Arztkittel hervorlugte.

»Ich nehme an, ich habe keine Chance, den guten Ruf meiner Klinik zu schützen?«, fragte er und presste die Lippen aufeinander.

»Es tut mir leid, Herr Professor. So wie es aussieht …«, begann Kristina.

Meining winkte mit einer müden Bewegung ab.

»Schon gut. Egal, wie man es dreht, die Franken-Transplant-Klinik kommt wohl zur Sprache. Ich kann gleich dichtmachen.«

Kristina tauschte einen Blick mit Breuer, der mit einem winzigen Schulterzucken andeutete, dass auch er nichts zu sagen wusste, um Meinings Prognose zu entschärfen.

»Kann ich mit Kronauer sprechen?«, fragte der Professor unvermittelt.

»Nein, im Augenblick nicht«, antwortete Kristina. »Aber wir würden gerne auch mit Ihrer Frau sprechen.«

»Wozu das?« Meining sah plötzlich unendlich müde aus.

»Vielleicht kann sie uns etwas zu den Toten sagen, die wir aufgefunden haben. Vielleicht kennt sie einen und weiß mehr über ihn. Wo er hinging, mit wem er sich getroffen hat, ob er in Deutschland schon Kontakte aufgebaut hat. Jedes Detail kann hilfreich sein«, erläuterte sie.

»Gut. Ich sage ihr, sie soll sich bei Ihnen melden.«

»Nein. Wir müssen sofort mit ihr reden. Wo können wir Ihre Frau erreichen?«

»Sie müsste zu Hause sein. Ich gebe Ihnen die Adresse.«

52

Das Anwesen von Professor Meining und seiner Frau befand sich im Stadtteil Birken, unweit der Friedenskirche. Kristina und Breuer standen vor einem schlichten Reihenendhaus mit kleinem Garten. Alles war unauffällig, nichts zeugte von dem beruflichen Erfolg des Arztes, seinen wahrscheinlich stattlichen Einkünften und deren Zurschaustellung. Der Rasen war ausgetrocknet ob vieler heißer Sommertage, die Hecke aus Thujabäumen gehörte geschnitten, und zwischen den Pflastersteinen, auf denen man zur Haustür gelangte, wucherte Moos. Einen Gärtner leistete sich das Ehepaar anscheinend nicht, und selbst schienen sie auch kaum etwas im Garten zu tun. Einzig ein großer Kübel mit prächtig blühenden rosa Geranien leuchtete mitten im Rasen. An der Haustür hing ein ovales getöpfertes Schild mit der Aufschrift »Herzlich willkommen«.

»Das Schild ist bestimmt selbst gemacht«, sagte Breuer.

»Bestimmt«, echote Kristina und dachte, dass sie Selbstgetöpfertes noch nie hatte leiden können.

»Ich mag das Zeug nicht«, ließ sich ihr Kollege vernehmen. Sie musste unerwartet grinsen.

»Ich auch nicht«, gab sie zu und drückte auf die Glocke

neben dem hölzernen Gartentürchen, eingelassen in eine kleine Steinmauer, auf der eine blau lackierte Laterne stand. Die Haustür wurde geöffnet. Im Rahmen stand eine schlanke Frau mit rot gefärbten Haaren. Sie war barfuß, trug eine ausgewaschene Jeans sowie ein Batik-T-Shirt in kräftigen grünen Farbtönen und sah ihnen ernst entgegen.

»Frau Meining?«, fragte Kristina und trat vor Breuer durch das Gartentürchen.

»Ja«, antwortete die Frau, die sie auf etwa Mitte vierzig schätzte.

»Mein Name ist Kristina Herbich, das ist mein Kollege Breuer. Wir sind …«

»Von der Polizei, ich weiß. Mein Mann hat mich angerufen. Kommen Sie herein«, sagte Beate Meining höflich, ohne eine Miene zu verziehen.

Kurz darauf saßen sie um einen hölzernen Esstisch in einer kleinen rustikal eingerichteten Küche. In den Fenstern standen Trockenblumensträuße, auf der Arbeitsfläche kleine Töpferwaren wie Schüsselchen und Kerzenhalter. Beim genauen Hinsehen war sämtliche Deko leicht eingestaubt.

»Frau Meining, wir sind hier, weil …«

»Ich weiß«, unterbrach sie die Arztgattin zum zweiten Mal. »Ich kann Ihnen versichern, mein Mann hat mit dieser schauderhaften Sache nichts zu tun. Sollten Sie das anzweifeln und gegen meinen bislang absolut unbescholtenen Mann ermitteln, werden wir gerichtlich gegen Sie vorgehen. Sie sind dabei, unseren Ruf zu ruinieren. Ich habe beste Kontakte …«

Unvermittelt beugte sich Breuer vor.

»Schluss jetzt«, sagte er in einem Ton, der keinerlei Widerrede duldete, und blieb gleichzeitig absolut ruhig. »Noch hat Sie und Ihren Mann niemand angeklagt. Wir ermitteln in alle Richtungen, das ist unsere Aufgabe. Und Sie werden sich jetzt umgehend kooperativ zeigen. Ansonsten …«

»Ja?« Beate Meining zog die Augenbrauen hoch, deren unkontrollierter Wuchs davon zeugte, dass sie nie das Bedürfnis gehabt hatte, der Natur ein wenig Einhalt zu gebieten.

»Ansonsten haben wir durchaus Möglichkeiten, weniger diskret vorzugehen als bisher«, ergänzte Kristina den Satz.

»Wollen Sie mir drohen? Oder besser gesagt: uns?«, empörte sich die Frau, die Kristina zunehmend auf die Nerven ging. In aufrechter Haltung und mit vor der Brust verschränkten Armen musterte die Professorengattin sie. Sie hatte es vorgezogen, während des Gesprächs stehen zu bleiben, und lehnte mit dem Po an der Arbeitsfläche zwischen Spülbecken und Herd.

»Nennen Sie es, wie Sie wollen, gedroht haben Sie. Von meiner Seite aus ist das lediglich eine Information. Also, kommen wir zum Wesentlichen.«

Wenige Minuten später verließen Kristina und Breuer das Haus. Kristina hatte Beate Meining die Bilder der toten Männer aus der Psychiatrie vorgelegt. Die bis dahin so unkooperative Frau war sichtlich erschrocken beim Anblick der zum Teil deutlich vom Verwesungsprozess gezeichneten Männer. Einen hatte sie tatsächlich erkannt. Er hieß Tarik Ghubar.

»Furchtbar«, sagte Kristina, als Beate Meining die Haustür hinter ihnen geschlossen hatte und sie wieder auf dem Weg zum Auto waren.

»Allerdings«, erwiderte Breuer.

»Wir müssen der Mutter Bescheid sagen«, bemerkte sie. Ihr Mund war trocken, und sie fühlte sich schrecklich elend.

»Ich mach das, okay?«

Sie spürte Breuers Blick. »Ja. Danke.«

»Ich kann vorher in der Klinik in Kempten anrufen, wegen Böttcher. Vielleicht haben sich die Ärzte inzwischen entschieden, ob er transportfähig ist«, ergänzte er. »Oder soll ich lieber diesen Ludemann anrufen?«

»Das mach ich, vielen Dank.« Blitzartig ging es ihr durch den Kopf, dass Breuer ihr tatsächlich eine Hilfe war, nicht nur im praktischen Sinn. Er war an ihrer Seite und strahlte eine gewisse Ruhe aus, die ihr guttat. Sie wollte nicht weiter darüber nachdenken.

»Sicher? Ich kann telefonieren, während Sie fahren«, sagte er.

Sie öffnete das Fahrzeug und sah, dass der Kollege sein Handy hervorzog, es hochhielt und die Hand bewegte, als wolle er ihr mit dem Mobiltelefon zuwinken. Ein schwaches Grinsen umspielte ihre Mundwinkel.

»Überredet.«

»Wen soll ich anrufen? Ludemann oder die Klinik?«

»Ludemann«, entschied Kristina.

Sie waren auf Höhe der Friedenskirche, als Breuer den Polizeiobermeister in der Leitung hatte. Er sagte mehrfach »Hm« und »Okay«, während sie an der Ampel warteten, und legte auf, als sie in der Cosima-Wagner-Straße waren und am Hofgarten vorbeifuhren.

»Böttcher wird unter Polizeischutz nach Bayreuth überstellt und kommt dort erst einmal ins Klinikum. Er ist schon unterwegs, müsste in etwa einer Stunde hier sein«, informierte er Kristina. »Ludemann hat in der Zentrale Bescheid gegeben.«

»Gut«, antwortete sie. »Dann schlage ich vor, wir überbrücken die Zeit, bis er hier ist, und essen eine Kleinigkeit, ich hab nämlich Hunger. Vielleicht kann er uns auch etwas zu dem Verhältnis seines Bruders zu Mareike Sander sagen. Anschließend ist die Dame dran. Wir müssen wissen, warum sie uns angelogen hat.«

»Ich denke, das ist ganz einfach. Sie hat versucht, ihre Liebschaft vor ihrem Mann herunterzuspielen. Was allerdings ganz gewaltig stinkt, ist ihre Behauptung, die Kinder wären vom Norma-Parkplatz aus verschwunden«, erwiderte Breuer. »Eigentlich hätten wir das Gespräch mit der Sander allen anderen vorziehen sollen.«

»Nein«, widersprach Kristina. »Ich will alle Informationen, die wir haben können, zusammentragen und dann mit ihr reden. Ich spüre förmlich, dass wir noch ein paar Puzzleteile brauchen, ehe wir klarsehen.«

»Wie Sie meinen … Chefin.« Breuer seufzte.

Kristina stutzte. So hatte er sie noch nie angesprochen. Sie musste grinsen und warf ihm einen raschen Blick zu. Breuer grinste zurück.

53

Jörg Böttchers Gesicht war schmal und bleich, bis auf eine lila schimmernde Verfärbung auf Höhe eines Wangenknochens. Sein magerer Körper zeichnete sich unter der Decke des Klinikbettes ab, sein linkes Bein steckte bis zum halben Oberschenkel in Gips. Über einen dünnen Schlauch, an dessen Ende eine Nadel in eine Vene führte, bekam er eine Infusion. Um sein rechtes Handgelenk trug er eine Schiene. Kristina stellte sich und Breuer vor und zeigte ihren Ausweis.

»Herr Böttcher, Sie wissen, weshalb wir hier sind, nicht wahr?«

Böttchers dunkle Augen wanderten von Kristina zu Breuer und wieder zurück.

»Ich weiß, was Sie mir vorwerfen. Ihr Kollege aus Kempten hat mir ja alles Mögliche unterstellt.« Seine unverletzte Hand wanderte unruhig über die Bettdecke. »Und mich festgenommen! Ich frage mich, ob das rechtens ist! Ich kann mich in meiner Verfassung ja nicht wehren.«

Kristina konnte nicht einschätzen, ob Wut oder Angst des Mannes überwog.

»In Ihrem Fahrzeug wurde eine große Summe Bargeld gefunden. Es handelt sich um das Lösegeld aus dem Entführungsfall Antonia und Natalie Sander. Ich nehme an, die Namen sagen Ihnen etwas?«, fuhr Kristina fort.

»Natürlich sagen mir die Namen was. Stand ja im Kurier, was passiert ist. Ich hab mit der Sache nichts zu tun.«

»Erklären Sie uns bitte, wie Sie in den Besitz des Geldes gekommen sind. Haben Sie die Kinder entführt?«

»Ich sagte eben, ich habe mit der Sache nichts zu tun.« Fiebrige Röte stieg in seine Wangen, doch er sprach verhältnismäßig leise. Kristina warf einen Blick auf die Infusion. Was bekam der Mann? Antibiotika? Schmerzmittel? Beruhigungsmittel? Oder alles zusammen?

»Woher haben Sie das Geld?«, wiederholte sie.

»Keine Ahnung. Ich habe an mehreren Tankstellen gehalten. Einmal hatte ich vergessen, den Wagen abzuschließen. Vielleicht hat mir jemand das Zeug in den Kofferraum gepackt.« Er sah auf seine Hände.

Kristina gab ein schnaubendes Geräusch von sich.

»Das glauben Sie ja wohl selbst nicht. Ich frage Sie zum letzten Mal: Woher kommt das Geld?«

»Himmel noch mal! Ich weiß es nicht!« Nun wurde er doch laut. Aufgebracht erwiderte er Kristinas Blick.

Doch sie sah auch noch etwas anderes in seiner Miene. Angst.

»Wie war Ihr Verhältnis zu Ihrem Bruder?«, wechselte sie unvermittelt das Thema. Tatsächlich wirkte Böttcher verblüfft.

»Zu Manuel? Ganz in Ordnung. Wieso ›war‹?« Unsicher sah er sie an.

»Ihr Bruder ist tot.«

Böttcher presste die Lippen aufeinander. Sekundenlang war es still im Raum.

»Was ist passiert?«, fragte er schließlich.

»Das wissen wir noch nicht so genau. Todesursache war ein Herzinfarkt.«

Böttcher zeigte keine Reaktion.

»Ihr Bruder hatte ein Verhältnis mit Mareike Sander. Wissen Sie etwas darüber?«

Der Mann schüttelte den Kopf, wobei ihm ein Haarbüschel in die Stirn fiel. Er strich es zurück.

»Nein.«

»Sie scheinen nicht überrascht«, meldete sich Breuer zu Wort.

Böttcher zuckte mit den Schultern.

»Manuel hatte viele Frauen. Welche das waren, hat mich nie interessiert«, erwiderte er lapidar.

»Fassen wir zusammen«, fuhr Breuer fort. »Die Sander-Töchter werden entführt. Mareike Sander hat ein Verhältnis mit Ihrem Bruder Manuel. Manuel ist tot. Es wird eine hohe Summe Lösegeld gefordert, die wir bei Ihnen finden. Kann es sein, dass Sie zusammen mit Ihrem Bruder die Kinder entführt haben?«

»Eben sagten Sie, mein Bruder wäre tot. Sie reden wirres Zeug«, entgegnete Böttcher und sah wieder auf die Bettdecke.

»Vielleicht kam Ihnen sein Herzinfarkt sehr gelegen, und Sie wollten mit dem kompletten Geld untertauchen. Wohin wollten Sie überhaupt?«, schaltete sich Kristina wieder ein.

»Ein paar Tage Urlaub machen. In der Schweiz.« Jetzt musterte er seine Fingernägel.

»Passen Sie auf, Herr Böttcher. Ich sage Ihnen etwas, was morgen ohnehin im ganzen Land in der Zeitung stehen wird, zumindest in Oberfranken.« Sie machte eine Pause.

Böttcher hob langsam den Kopf und erwiderte ihren Blick.

»Wir haben die Sander-Töchter gefunden. Sie sind tot. Wir wissen mittlerweile auch, woran sie gestorben sind. Uns fehlt allerdings noch der Täter, der Entführer. Sie waren im Besitz des Lösegeldes, das die Eltern heimlich und an der Polizei vorbei gezahlt haben. Wir gehen davon aus, dass Sie die Kinder auf dem Gewissen haben, auch wenn wir uns die Todesursache im Augenblick noch nicht erklären können. Aber in dem Punkt können Sie uns bestimmt helfen.«

»Nein! Ich hab die Kinder nicht entführt und auch nicht getötet! Ich sage ab jetzt gar nichts mehr.« Er krampfte die gesunde Hand um die Bettdecke.

»Interessiert es Sie gar nicht, wo die Mädchen gefunden wurden und woran sie gestorben sind?«

»Wenn Sie es für notwendig halten, werden Sie es mir sagen. Ich will einen Anwalt.«

»Den werden Sie auch brauchen. Sie werden angeklagt werden. Wegen Menschenraub, Erpressung und Mord oder Totschlag, je nachdem, was unsere Ermittlungen noch ergeben. Haben Sie die Sache alleine durchgezogen?«, fuhr Kristina fort.

»Ich habe gar nichts durchgezogen!« Er schrie ihr die Worte entgegen. Sein Gesicht wurde puterrot, und er schüttelte die Faust, die die Bettdecke umklammert hielt.

»Waren Sie schon einmal in der alten Psychiatrie in Bad Berneck?«, wechselte sie die Richtung des Gespräches. Böttcher ächzte.

»Was wollen Sie von mir?«

»Sie haben zwei kleine Mädchen entführt und sind für deren grauenhaften Tod verantwortlich. Die beiden sind einen unerträglichen Hitzetod gestorben. Ihr Kreislauf hat versagt, sie sind ins Koma gefallen, im Gehirn ist Gewebe abgestorben. Können Sie sich die Qualen vorstellen, die die beiden gelitten haben, ehe sie gnädigerweise das Bewusstsein verloren haben?«

Maßlose Wut stieg in ihr auf, während sie sprach. Sie hätte sich auf den Mann stürzen wollen, um die Wahrheit aus ihm herauszuprügeln.

»Ich war das nicht! Verdammte Scheiße, ja, ich hab das Lösegeld kassiert. Aber da waren die beiden schon tot! Ich hab ihnen nichts getan!«

»Was machen Sie eigentlich beruflich?«, änderte Breuer die Richtung der Befragung. Für einen Augenblick schien Böttcher aus dem Konzept gebracht.

»Ich … ich habe in einem Autohaus gearbeitet, als Verkäufer. Ich habe gekündigt, um mir eine Auszeit zu nehmen.«

»Das heißt, Sie brauchten Geld?«, fragte Breuer weiter.

»Jeder braucht Geld. Aber das mit dem Lösegeld, das hat damit gar nichts zu tun. Ich habe gespart. Ich hätte auch ohne die Summe eine Weile gut leben können«, behauptete er.

»Ich wiederhole meine Frage«, schaltete sich Kristina wieder ein. »Kennen Sie die leer stehende Psychiatrie in Bad Berneck?«

»Nein! Wieso?« Sein Blick flackerte.

»Wissen Sie was? Ich glaube Ihnen kein Wort«, zischte Kristina. »Wir schicken einen Kollegen vorbei. Der nimmt Ihre Fingerabdrücke. Dann werden wir ja sehen, ob Sie die Wahrheit sagen.«

Böttcher gab einen keuchenden Laut von sich.

»Letzte Chance, Herr Böttcher«, fuhr sie fort. »Waren Sie schon einmal in der besagten Psychiatrie?«

»Ich sage kein Wort mehr!«

»Erzählen Sie uns, was passiert ist«, meldete sich Breuer wieder zu Wort und trat dicht an das Fußende von Böttchers Bett.

»Fragen Sie Mareike Sander. Sie hat mich um Hilfe gebeten. Ich bin zufällig dazugekommen.« Er schien unter seiner Bettdecke zu schrumpfen.

»Sie hat Sie um Hilfe gebeten?« Kristina versuchte, ihm in die Augen zu sehen. »Und wo sind Sie dazugekommen?«

Böttcher ballte eine Faust.

»Sie war völlig außer sich. Ich dachte, jetzt kann man ohnehin nichts mehr machen. Dass ich … also, das mit dem Geld. Das ist mir erst später eingefallen.«

»Wobei genau haben Sie ihr geholfen?«

»Fragen Sie sie. Ich werde kein weiteres Wort dazu sagen. Fragen Sie Mareike.«

54

»Ich bin so müde, ich könnte im Stehen einschlafen«, sagte Kristina zu Breuer, als sie das Klinikum verließen. Es war halb neun Uhr abends, die Sonne war verschwunden, doch der Tag war noch ganz warm. Die Sträucher rechts und links der breiten Treppe, die zu der gläsernen Eingangstür der Klinik führte, dufteten. Ein paar Vögel zwitscherten lautstark und schienen sich an dem Sommerabend zu freuen.

»Ich auch«, entgegnete Breuer. »Aber ich schätze, Feierabend machen ist noch nicht drin, oder?«

»Richtig. Wir fahren jetzt nach St. Johannis.«

»Sie sehen wirklich erschöpft aus. Wenn Sie wollen, fahre ich«, sagte Breuer.

»Mit meinem Auto?« Kristina fühlte sich sofort etwas wacher. Ihr Blick fiel auf Breuers lange Beine, die er stets nur mühsam im Fußraum des Beifahrersitzes unterbrachte.

»Es ist nur ein Vorschlag«, ergänzte ihr Kollege.

»Angenommen«, sagte sie.

»Tatsächlich?« Er klang überrascht.

»Ja. Hier ist der Schlüssel.«

Breuer musste den Fahrersitz so weit zurückfahren, wie es möglich war. Kristina überlegte, ob es sie ärgerte, ihn ans Steuer gelassen zu haben, und stellte fest, dass das nicht der Fall war. Sie legte den Kopf nach hinten und war eingeschlafen, noch ehe Breuer vom Parkplatz gefahren war.

»Frau Herbich? Aufwachen, wir sind da.«

Sanft wurde sie am Arm gefasst. Mühsam tauchte Kristina aus ihrem kurzen Nickerchen wieder auf. Das Licht des Abends war jetzt trüb, es würde bald dunkel werden. Sie rieb sich die Augen, stutzte und klappte die Sonnenblende herunter. Breuer schaltete die Innenbeleuchtung des Fahrzeuges ein.

»Geht's?«, fragte er.

»Ja.«

Vorsichtig fuhr sie mit dem Zeigefinger unter ihren Augen entlang. Ein klein wenig von der wasserfesten Wimperntusche hatte das Augenreiben nicht überstanden und zierte nun die zarte Haut unter dem unteren Wimpernkranz.

»So, alles wieder in Ordnung«, sagte sie und klappte die Blende zurück. »Wir können.«

Breuer nickte und manövrierte zuerst seine Beine aus dem niedrigen Peugeot, ehe er sich ganz aus dem Fahrzeug stemmte. Kurz darauf drückte er auf die Glocke neben dem Gartentor, während Kristina bereits das Grundstück betrat. Wie stets bisher war das Tor auch diesmal nicht verschlossen.

Die Haustür wurde geöffnet. Unter der Tür stand eine ältere Frau mit kurzen grauen Haaren. Sie trug eine ärmellose helle Bluse und einen knielangen Rock.

Kristina runzelte die Stirn.

»Wer ist das denn?«, hörte sie Breuer hinter sich leise fragen.

»Keine Ahnung. Vielleicht eine Haushaltshilfe, von der wir noch nichts wussten«, murmelte sie zurück.

»Guten Abend. Mein Name ist Kristina Herbich von der Kriminalpolizei, das ist mein Kollege Breuer. Darf ich fragen, wer Sie sind?«, fragte Kristina und zeigte routinegemäß ihren Ausweis vor.

»Hilde Guntram. Guten Abend«, erwiderte die Frau.

Kristina durchforschte ihr Gehirn. Den Namen hatte sie schon mal gehört.

»Sie sind das Kindermädchen?«, schaltete sich Breuer ein.

»Ja. Herr Sander ist bei seinen Eltern. Er möchte Fabian abholen. Frau Sander geht es sehr schlecht, deswegen bin ich vorbeigekommen. Sie soll nicht alleine sein, und für Fabian ist es auch besser, wenn sich jemand um ihn kümmert, der nicht persönlich von der Katastrophe betroffen ist«, erklärte Hilde Guntram und wich keinen Zentimeter aus dem Türrahmen.

»Frau Guntram, wir müssen Frau Sander sprechen«, sagte Kristina. Es kribbelte ihr in den Fingern, die Frau beiseitezuschieben. Es war eindeutig, dass sie die beiden Beamten nicht hereinlassen wollte.

»Wie Sie meinen.«

Hilde Guntram trat beiseite und hielt die Tür weiter auf.

»Gehen Sie schon mal ins Wohnzimmer. Sie kennen sich vermutlich aus. Ich hole sie.«

Kristina ging voran. Sie war jetzt wieder hellwach. Das Licht im Wohnraum war schon sehr trüb. Sie tastete nach dem Lichtschalter und fand ihn neben der Tür. Sie und Breuer blieben abwartend im Raum stehen. Kurz darauf hörte man Schritte über die Treppe herunterkommen, und Mareike Sander betrat den Raum. Ihr Gesicht glich einer Maske, starr und bleich.

»Ich habe den Eindruck, ich bekomme Sie und Ihren Kollegen nie wieder los«, begrüßte sie sie. »Was wollen Sie denn nun noch?«

»Bitte setzen Sie sich, Frau Sander«, sagte Kristina und verzichtete ihrerseits auf eine förmliche Begrüßung. Auch Breuer sagte nichts.

Mareike Sander ließ sich auf der Sofakante nieder. Kristina entschied sich für einen Sessel, Breuer zögerte und nahm schließlich auf einem Hocker Platz.

»Frau Sander, wir haben das Lösegeld gefunden, um das Sie und Ihr Mann erpresst wurden.«

»Tatsächlich?« Für einen Augenblick erkannte Kristina die Überraschung im ausgemergelten Gesicht der Frau.

»Ja. Der Mann, der es bei sich hatte, wurde in einen schweren Autounfall verwickelt. Er hat den Unfall überlebt und trotz einiger Verletzungen Glück gehabt. Das Lösegeld befand sich im Kofferraum seines Wagens.«

Mareike Sander atmete schwer.

»Unglaublich«, sagte sie schließlich und betrachtete die gläserne Platte des Couchtisches.

Kristina wartete ab. Die Ärztin hob bedächtig den Kopf und sah sie an.

»Woher wissen Sie … ich meine, wir hatten Anweisung, dass das Geld nicht registriert sein sollte …«

»Ihr Schwiegervater hat den Anteil, den er Ihnen gegeben hat, durchaus erfassen lassen. Ein Teil der Scheine ist aufgetaucht, und die Spur konnte zurückverfolgt werden. Bis zu Jörg Böttcher.«

»Böttcher«, wiederholte Mareike Sander. Sie umfasste eines ihrer Knie mit verschränkten Händen.

»Kennen Sie ihn?«, fragte Breuer.

»Nein. Nur dem Namen nach. Er ist Manuels Bruder.« Sie sprach langsam.

»Wir haben Böttcher ausführlich befragt«, fuhr Breuer fort.

»Und … was sagt er?« Sie klang heiser.

»Sie haben uns angelogen, Frau Sander«, schaltete sich Kristina wieder ein.

»Angelogen?« Mareike Sander wandte ihr den Blick zu. In ihren Augen flackerte es nervös. »Sagt er das?«

»Nein. Das sage ich. Sie waren durchaus in der Hohen Leite, und Sie haben mit Manuel Böttcher kurz vor seinem Tod Sex gehabt. Wir haben Ihre DNA an seinem Körper gefunden.«

Die Ärztin stieß schnaubend den Atem durch die Nase.

»Ich hatte kurz vor seinem Tod keinen Sex mit ihm! Und Sie haben keine DNA von mir zum Vergleich.«

»Doch. Wir haben Haare von Ihnen untersuchen lassen. Das heißt, Sie haben entgegen Ihrer Aussage ein längerfristiges Verhältnis mit dem Pfleger gehabt. Und Sie waren bei ihm, möglicherweise an dem Tag, an dem Ihre Töchter verschwunden sind.«

»Nein!« Mareike Sander verkrampfte die Finger ineinander, mit denen sie noch immer ihre Knie umfasst hielt.

»Doch. Außerdem sind Ihre Kinder nicht auf dem Parkplatz vor der Norma entführt worden. Sie haben von einem Mitarbeiter des Discounters, der zudem einer Ihrer Patienten ist, am bewussten Tag Klebebildchen für Ihre Töchter bekommen, und zwar aus einer neuen Serie, die offiziell erst Tage später ausgegeben werden sollte. Eines der Bildchen hat unser Rechtsmediziner auf der Innenseite des Röckchens Ihrer Tochter gefunden. Das wiederum heißt, die Mädchen befanden sich noch im Fahrzeug, als Sie von Ihrem Einkauf zurückgekommen sind. So viele Lügen! Was ist passiert, Frau Sander?«

Die Ärztin rang nach Luft.

»Ich … ich weiß es nicht. Ich … ja. Ja, ich bin zum Auto und habe den Mädchen die Sticker gegeben. Das stimmt.« Sie atmete schwer.

»Und dann?« Kristina spürte wieder dieses Jagdfieber, das sie vorwärtstrieb, wenn sie das Gefühl hatte, ganz nahe an der Lösung zu sein.

»Dann … ich wollte losfahren, und plötzlich dachte ich: Wo hab ich meinen Geldbeutel hin? Ich hatte meine Handtasche im Auto gelassen, ehe ich in die Norma bin, und hab nur das Portemonnaie mitgenommen. Wenn ich so was mache, also nur den Geldbeutel in einen Laden mitnehme, lege ich ihn anschließend auf den Beifahrersitz. Da war er nicht. Also bin ich noch mal ausgestiegen und in das Geschäft rein. Dort hab ich ihn aber auch nicht gefunden. Als ich wieder raus bin und zum Auto, waren meine Mädchen weg. Kann sein, ich hab tatsächlich in der Eile vergessen, den Wagen beim zweiten Mal abzusperren.« Die letzten Sätze hatte sie zunehmend rascher gesprochen.

Kristina spürte maßlosen Frust. Sie drohte, ihre Spur zu verlieren.

»Frau Sander, Sie lügen schon wieder! Warum haben Sie nicht von Anfang an erzählt, dass Sie angeblich zweimal in dem Discounter waren?«

»Ich hatte Angst. Weil ich vielleicht doch das Auto offen gelassen hatte.« Ihre Wangen brannten, und ihre Augen glänzten wie im Fieber.

»Hat Sie jemand gesehen, als Sie erneut in die Norma rein sind?«, erkundigte sich Breuer.

»Das weiß ich nicht.«

»Glauben Sie, dass Jörg Böttcher Ihre Kinder entführt hat?«, fragte Kristina. Sie glaubte der Ärztin kein Wort.

»Ich weiß es nicht. Wenn er das Geld hat, wird es wohl so sein.«

»Böttcher sagt, er hätte zwar das Lösegeld kassiert, aber Ihre Kinder wären schon tot gewesen. Reden Sie, Frau Sander.«

Die Ärztin presste die Lippen aufeinander und schwieg.

»Frau Sander. Sehen Sie mich an«, sagte Kristina.

Die Frau reagierte nicht.

»Herr Böttcher behauptet, Sie hätten ihn um Hilfe gebeten. Wobei genau?«

Die Wohnzimmertür klappte. Robert Sander stand im Raum. Er sah von einem zum anderen.

»Gibt es Neuigkeiten?«, fragte er.

Kristina fiel auf, dass er, ebenso wie zuvor seine Frau, auf eine Begrüßung verzichtete.

»Ein Teil des Lösegeldes ist aufgetaucht«, informierte sie ihn.

»Was?« Sander starrte sie an.

Kristina fasste in ein paar Sätzen zusammen, was sie eben schon seiner Frau berichtet hatten.

»Ich fasse es nicht. Dann ist dieser Böttcher der Täter?«

Robert Sander setzte sich zu seiner Frau aufs Sofa, hielt jedoch eine Armlänge Abstand.

»Das bestreitet er ganz entschieden. Er verweist alle weiteren Fragen betreffend auf Ihre Frau. Sie soll ihn um Hilfe gebeten haben«, sagte Kristina und behielt Mareike Sander während ihrer Worte im Auge. Flammende Röte schoss in die Wangen der Frau.

»Was hast du?« Sander starrte seine Frau an und rückte noch ein Stück weiter von ihr weg.

Mareike Sander schlug die Hände vor das Gesicht und senkte den Kopf.

»Mareike! Was hast du getan?« Sander beugte sich zu seiner Frau, packte sie an den Schultern und schüttelte sie so grob, dass ihr Kopf wackelte.

»Herr Sander! Hören Sie auf!«

Breuer war aufgesprungen und hielt die Arme des Apothekers fest. Keuchend ließ der Mann von seiner Frau ab.

»Was hast du getan?«, brüllte er erneut. »Hast du unsere Kinder auf dem Gewissen? Mareike! Ich will die Wahrheit wissen!«

Die Ärztin presste die Hände gegen die Ohren.

»Hör auf, hör auf, hör auf!«, schrie sie und trampelte mit den Füßen auf den Boden. »Hör auf!« Von einer Sekunde zur nächsten war sie still. Nur Sanders schwerer Atem war zu hören.

»Ich hab das alles nicht gewollt«, presste sie schließlich hervor und schlang die Arme um ihren ausgemergelten Körper.

»Was haben Sie nicht gewollt?« Kristina bemühte sich, ruhig zu sprechen, obgleich in ihr ein Sturm tobte.

55

Das Handy meldete den Eingang einer Nachricht, gerade als sie den Motor angelassen hatte. Sie schaltete ihn wieder aus und kramte in ihrer Tasche, die im Fußraum des Beifahrersitzes stand, nach dem Telefon.

»Ich vergehe vor Sehnsucht. Kuss.«

Ihr Herz pochte augenblicklich schneller, und ihre Hände wurden feucht. Manuel. Schon wieder. Sie hatte es befürchtet. Sie hätte sich nie darauf einlassen dürfen. Am besten, sie ignorierte ihn.

Sie legte das Handy auf den Beifahrersitz, mit dem Display nach unten, und sah durch den Rückspiegel nach ihren Töchtern. Natalie schlief, auf Antonias Köpfchen saß der wuchtige Kopfhörer aus rot-weißem Plastik, der zu ihrem Kassettenrekorder gehörte. Gedankenverloren verzog das Kind immer wieder den Mund. Wahrscheinlich sprach sie den Text ihrer Biene-Maja-Kassette mit.

Erneut ertönte ein leises »Pling« vom Handy. Sie umklammerte das Lenkrad. Es hatte keinen Sinn, er würde keine Ruhe geben. Sie konnte seine Nummer sperren, löschen, blockieren, was immer es für Möglichkeiten gab. Aber Manuel würde nicht aufgeben. Sie traute ihm zu, dass er bei ihr in der Praxis oder gar zu Hause auftauchte. Mareike griff nach dem Handy. Er hatte ein pochendes rotes Herz geschickt, das übergroß auf dem Display pulsierte. Sie tippte auf »Teilnehmer anrufen«.

»Hallo, Prinzessin«, drang Manuels Stimme an ihr Ohr.

Ihr Mund wurde trocken. Unfassbar, wie er ihre Entscheidung, ihre Affäre zu beenden, ignorierte.

»Manuel. Ich hab dir gesagt, es ist vorbei«, raunte sie in den Apparat und sah dabei nach allen Seiten aus den Autofenstern, als fürchtete sie, jemand könnte sie beobachten oder gar zuhören. Die Fenster waren geschlossen.

»Ich bin in Seulbitz, Honey. Komm vorbei, und wir machen es uns richtig gemütlich.«

»Vergiss es! Außerdem hab ich die Kinder dabei.« Sie ärgerte sich, noch während sie sprach. Diese Information war völlig überflüssig. Ein Nein genügte.

»Kein Problem. Bring sie heim, ruf dein Kindermädchen an und komm zu mir. Ich warte auf dich.«

»Manuel.« Empörung und Erschöpfung rangen miteinander. »Wir hatten eine kurze, schöne Zeit. Ich bin aber verheiratet …«

»Ach was.« Alles Schmeicheln war aus seiner Stimme verschwunden. »Das hat dich bis vor Kurzem doch gar nicht interessiert.«

Sie atmete flach. Das stimmte so nicht ganz, sie hatte es nur verdrängt. Sie hatte das Werben des wesentlich jüngeren Mannes genossen, sein Begehren und sein offensichtliches Verlangen. Und schließlich war sie schwach geworden.

»Ja, du hast recht«, gab sie zu. »Aber das war ein Fehler.«

Mareike hielt für Sekunden die Luft an. Auch dass sie das gesagt hatte, war ein Fehler. Sie kannte Manuel gut genug, jetzt würde er wütend werden, was ihre Situation keineswegs verbesserte. Tatsächlich drang ein empörter Laut an ihr Ohr.

»Ein Fehler? Spinnst du? Ich bin also ein Fehler in deinem Leben? Ich sag dir was, Püppchen. Wenn du nicht augenblicklich hier erscheinst, wirst du es bitter bereuen. Ich hab hier was, wenn ich das öffentlich mache, bist du ruiniert und deine Ehe auch. Also mach dich auf den Weg.«

Ihr Puls raste vor Angst und Wut, und etwas schnürte ihr die Kehle zu.

»Du hast was?«, erkundigte sie sich, obwohl sie bereits ahnte, wovon er sprach. Manuel stieß einen übertriebenen Seufzer aus.

»Du weißt, wovon ich rede«, sagte er und klang nun so geduldig, als spräche er mit einem bockigen Kleinkind.

»Ich dachte, du hast das Foto gelöscht?« Sie begann zu zittern.

»Hab ich auch, wie versprochen. Aber so was lässt sich wiederherstellen. Das weiß doch jeder. Püppchen, komm, bitte.« Seine Stimme wurde wieder sanft. »Ich will dir nix Böses. Eigentlich will ich nur noch mal mit dir reden. Du fehlst mir.«

Sie glaubte ihm kein Wort.

»Also was ist jetzt? Fünf Minuten, okay? Danach lass ich dich in Ruhe für alle Zeit. Wobei ich natürlich hoffe, dass du das gar nicht möchtest.«

Es war ein Fehler. Es war alles ein Riesenfehler, den sie nicht mehr ungeschehen machen konnte. Dieses verdammte Bild. Schon als er seinerzeit nach dem Handy gegriffen hatte, hatte sie gewusst, nun hatte er sie in der Hand. Vor ihrem inneren Auge tauchte der Moment wieder auf, als sie nackt bis auf einen Straps mit beiden Handgelenken an die Bettpfosten gefesselt vor ihm gelegen und die Beine alles andere als züchtig geschlossen gehalten hatte. Ehe sie hatte protestieren können, hatte er die Aufnahme gemacht. Sie war furchtbar wütend geworden, doch Manuel hatte gelacht und sie mit Küssen und Schmeicheleien besänftigt, und wenige Minuten darauf hatte er vor ihren Augen das brüskierende Foto gelöscht.

»Fünf Minuten. Nicht länger.« Sie legte auf, ohne eine Antwort abzuwarten, und fuhr zügig los. Vielleicht sollte sie sein Handy klauen und vernichten, damit er das Bild nicht wiederherstellen konnte. Die Möglichkeit, dass er es bereits anderweitig abgespeichert hatte, verdrängte sie.

Bis zur Hohen Leite brauchte sie eine endlose Viertelstunde, weil sie ab der Kreuzung St. Johannis zur Eremitage einen Traktor vor sich hatte. Sie glühte und hätte das schwerfällige Gefährt am liebsten mit Vollgas überholt. Die Fahrbahnführung ließ es nicht zu. Nun schlief auch Antonia. Endlich bog das landwirtschaftliche Fahrzeug ab.

Wenige Minuten darauf hatte sie ihr Ziel erreicht. Umgeben von Tannen und Laubbäumen stand das kleine Häuschen am Ende der schmalen Straße, die zur Hohen Leite führte. Die Sonne stand beinahe senkrecht, doch rechts der Zufahrt spendeten einige besonders ausladende Bäume Schatten. Dort parkte sie den Wagen. Mareike wandte den Blick nach hinten, voller Sorge, die Kinder könnten gerade jetzt aufwachen.

Einen Augenblick zögerte sie noch. Jetzt, wo der Motor des Autos nicht mehr lief und damit auch die Klimaanlage ausgeschaltet war, wurde es rasch warm im Fahrzeug. Aber der Wagen stand im Schatten, und sie schwor sich, in wenigen Minuten wieder hinter dem Steuer zu sitzen. Mit ein wenig Glück verschliefen die Kinder die kurze Zeit.

Die Gluthitze des Julitages schlug ihr entgegen, kaum dass sie die Autotür geöffnet hatte. Sie ignorierte ihr schlechtes Gewissen. Sie würde gleich wieder da sein.

Manuel stand unter der Haustür des kleinen alten Anwesens, das er vor Kurzem von seiner Großmutter geerbt hatte. Er war barfuß und trug eine kurze Hose.

»Komm rein«, sagte er und ging voran. Wortlos folgte sie ihm. Er ging direkt zum Schlafzimmer.

»Manuel, nein. Sag mir einfach, was du sagen möchtest«, versuchte sie ihn zu bremsen. Sie konnten auch in der Küche reden oder im Wohnzimmer. Wo hatte er sein Handy?

Manuel stieß die Tür zum Schlafzimmer auf und betrat den Raum. Zwischen Bett und Kleiderschrank blieb er stehen. Sie verharrte unter der Tür. Sie sah die dünnen Schals an den Bettpfosten hängen und ein Päckchen Kondome auf dem Nachtkasten und versuchte nicht hinzusehen.

Er streckte die Hand nach ihr aus.

»Komm her«, bat er.

Mareike schüttelte den Kopf.

»Es ist mir ernst, Manuel. Es ist vorbei.«

Mit zwei großen Schritten war er bei ihr. Er packte ihr Handgelenk, zog sie entschlossen an sich und drängte seine Zunge in ihren Mund. Mareike stemmte sich gegen ihn und merkte, dass sie keine Chance hatte, sich seinem Griff zu entwinden. Stattdessen bugsierte er sie zum Bett und ließ sich zusammen mit ihr quer darüberfallen. Sie wand sich und zappelte und konnte doch nichts ausrichten, nicht einmal etwas sagen, denn nach wie vor presste er seine Lippen auf ihre. Er lag auf ihr, drückte mit seinem Oberkörper ihren linken Arm auf die Matratze, sein linkes Bein hatte er über ihr rechtes gelegt. Er zerrte den Rock ihres Sommerkleides in die Höhe und fuhr mit der Hand in ihr Höschen.

Hysterisches Schluchzen stieg in ihre Kehle. Sie war dermaßen bescheuert, sie hätte niemals zu ihm fahren dürfen. Manuel keuchte, ließ kurz von ihr ab und nestelte an seiner Hose. Der Moment genügte ihr, den Kopf beiseitezudrehen und das freie Bein hochzureißen. Sie traf nicht die gewünschte empfindliche Stelle des Mannes, dennoch zuckte er zurück. Hastig versuchte sie, ihm zu entkommen, und schaffte es tatsächlich, unter ihm hervorzurutschen und aufzustehen. Augenblicklich sprang auch Manuel auf. Sie wollte aus dem Zimmer rennen, doch er ergriff wieder ihren Arm. Sie rangen miteinander.

Plötzlich riss Manuel die Augen auf, gab ein gurgelndes Geräusch von sich, und sein Gesicht wurde kalkweiß. Sein Griff lockerte sich. Mareike gab ihm einen Schubs, geriet rückwärts ins Straucheln und merkte, dass sie ob der Wucht des Stoßes nach hinten stolperte. Sie spürte einen harten Schlag gegen den Hinterkopf, dann wurde es dunkel um sie.

56

Im Wohnzimmer tickte eine Uhr. Kristina, die stumm zugehört hatte und reglos auf ihrem Platz saß, dachte, dass ihr bei ihren bisherigen Besuchen noch kein Uhrenticken in dem Raum aufgefallen war.

»Was hast du getan«, flüsterte Robert Sander. Sein Gesicht glich einer Maske, harte Züge, graue Färbung, wie in Stein gemeißelt.

Seine Frau hielt die Arme vor Brust über Kreuz, ihre Finger krallten sich in ihre Schultern. Sie gab keine Antwort.

»Frau Sander«, sagte Breuer leise und vorsichtig. »Was ist dann passiert?«

Die Ärztin hob in einer hilflosen Geste die Hände, ehe sie sie in den Schoß sinken ließ.

»Ich …« Sie atmete schwer.

»Ja?«, fragte Kristina sanft, da Mareike Sander nicht weitersprach.

»Ich bin … irgendwann wieder zu mir gekommen«, fuhr sie endlich fort. »Ich hatte rasende Kopfschmerzen, und mir war schwindelig und übel. Zuerst wusste ich nicht einmal mehr, wo ich bin, aber ich hatte so eine schreckliche Unruhe in mir. Manuel lag da und hat sich nicht mehr gerührt, und plötzlich ist mir alles wieder eingefallen. Ich wusste, draußen sitzen die

Kinder im Auto. Ich hatte keine Ahnung, wie lange ich bewusstlos gewesen bin. Ich habe sofort gedacht, dass der Wagen vielleicht schon in der prallen Hitze steht.«

Sie erschauerte und schlug die Hände vors Gesicht. Wieder war es sekundenlang still im Wohnzimmer. Schließlich ließ sie sie sinken und kraftlos zwischen ihre Knie fallen.

Sie atmete schwer.

»Ich glaube, es hat endlos gedauert, bis ich fähig war aufzustehen. Dann bin ich rausgerannt. Der Wagen stand tatsächlich mitten in der Sonne.« Ihre Stimme kippte. Sie rang nach Luft. »Ich hab schon durchs Fenster gesehen, dass ... also ich habe geahnt ...« Sie hielt den Kopf gesenkt.

Kristina wartete vergeblich darauf, dass sie weitersprach.

»Frau Sander, was war dann?«, erkundigte sich Breuer ruhig. Die Ärztin rang nach Luft.

»Ich kann nicht mehr«, flüsterte sie.

Kristina sah, dass Robert Sander völlig reglos auf seinem Platz saß. Er brauchte einen Arzt, dessen war sie sich sicher. Und einen Seelsorger.

»Frau Sander, was haben Sie mit den Kindern gemacht? Haben Sie versucht, Erste Hilfe zu leisten?«, fragte Breuer.

»Ich ... ja, natürlich«, antwortete sie nun doch und sah dabei wieder hoch. »Aber ich war völlig wirr im Kopf. Ich kann mich an Einzelheiten kaum noch erinnern. Ich habe an den Autotüren gezerrt, weil ich in der Hektik den Schlüssel nicht dabeihatte. Ich hab ihn fallen lassen, als Manuel versucht hat ... Irgendwann hatte ich kapiert, dass es so nicht geht, und bin wieder rein.« Erneut rang sie nach Luft. »Ich konnte ihnen nicht mehr helfen. Und plötzlich stand Jörg da.«

»Sie haben ihn um Hilfe gebeten«, ergänzte Kristina.

Die Ärztin nickte.

»Ich dachte, Sie kennen ihn nicht?«, warf Breuer ein, hörbar verärgert.

Kristina warf ihm einen warnenden Blick zu. Ihr Kollege zog ungehalten die Augenbrauen zusammen.

»Ja, aber ich weiß wirklich nicht mehr, was dann genau passiert ist. Ich war völlig neben mir. Jörg … er hat gesagt, ich soll nach Hause fahren. Er kümmert sich um meine zwei. Und er hat gesagt, er meldet sich«, fuhr Mareike Sander fort, ohne auf Breuers Einwand einzugehen.

Kristina tauschte einen Blick mit ihm. Breuer zuckte mit den Schultern und betrachtete einen Moment seine Schuhspitzen. Sie wandte sich wieder an Mareike Sander.

»Bitte, Frau Sander, denken Sie nach. Wir brauchen mehr Einzelheiten. Was genau hat Böttcher gemacht? Die Kinder aus dem Wagen geholt?«

Mareike Sander schüttelte den Kopf.

»Ich weiß es wirklich nicht mehr. Ich glaube schon.«

»Frau Sander, Sie wissen, dass wir Sie mitnehmen müssen«, sagte Kristina ruhig.

»Mitnehmen?« Die Ärztin sah sie an, als hätte sie den Sinn der Worte nicht verstanden.

»Ja«, erwiderte Kristina schlicht und stand auf.

»Aber ich habe nichts getan. Ich konnte meinen Kindern doch nicht helfen. Und Manuel auch nicht.« Ihre Lippen zitterten, und plötzlich füllten sich ihre Augen mit Tränen. »Ich bin doch schon gestraft genug.« Sie schluchzte auf wie ein verzweifeltes Kind.

»Sie haben bei extrem heißen Temperaturen Ihre Kinder im Wagen gelassen. Das alleine ist grob fahrlässig. Dadurch, dass Antonia und Natalie als Folge Ihres Handelns ums Leben gekommen sind, wird die Anklage mindestens auf fahrlässige Tötung oder sogar Totschlag lauten. Der Tod Ihres Liebhabers ist nicht Ihr Verschulden, dennoch hätten Sie sowohl für ihn als auch die Kinder einen Kollegen rufen müssen.«

»Nein. Das war keine Tötung. Das war höhere Gewalt, Schicksal, nennen Sie es, wie Sie wollen. Aber ich habe … niemanden … und schon gleich nicht meine Mädchen!«

Sie schluchzte auf, begann wild mit den Beinen zu strampeln, schlug mit den Händen aufs Sofa und ließ sich unvermittelt nach vorn fallen. Hart schlug ihre Stirn auf dem gläsernen Couchtisch auf. Robert Sander sprang von seinem Platz hoch und rannte durchs Zimmer. An der Tür presste er sich mit dem Rücken an die Wand. Auf dem Glastisch und auf dem Gesicht der Ärztin war Blut.

Kristina wollte nach ihrem Handy greifen, um den Notarzt und einen Seelsorger zu verständigen, und bemerkte, dass Breuer bereits dabei war zu telefonieren.

57

Kristina erwachte am nächsten Morgen aus tiefem, traumlosem Schlaf. Sie brauchte einige Sekunden, um sich zu sortieren. Sonnenlicht drang durch die Ritzen der Schlafzimmerjalousie. Plötzlich war die Erinnerung wieder da. Mareike Sander hatte gestanden, ihre Töchter in größter Hitze im Auto gelassen zu haben, was durch eine fatale Verkettung unglückseliger Umstände zu deren Tod geführt hatte. Zu Jörg Böttchers sogenannter Hilfe hatte sie ihnen nichts mehr erzählen können oder wollen. Unvermittelt hatte die Frau einen Zusammenbruch erlitten. Der Notarzt hatte sie ins örtliche Bezirkskrankenhaus eingewiesen. Für Robert Sander war ein Seelsorger des Präsidiums geholt worden.

Kristina schob die Beine über die Bettkante. Nachdem Herr und Frau Sander medizinisch versorgt worden waren, hatten Breuer und sie das Haus verlassen. Ihr war schlecht gewesen, und sie hatte Knochen und Muskeln im Leib gespürt, von deren Existenz sie bis dato nichts geahnt hatte. Sie hatte sich darauf eingelassen, dass Breuer sie mit ihrem Auto nach Hause fuhr und dann weiterhin ihren Wagen nahm, um selbst heimzukommen. Heute Morgen um neun Uhr wollte er sie wieder abholen, damit sie gemeinsam zum Präsidium fahren konnten. Sie stand auf und tappte auf nackten Füßen zum Fenster, um die Jalousie hochzuziehen.

Der Himmel war klar blau, und die Sonne, die ins Zimmer schien, blendete sie. Sie öffnete das Fenster. Der Ausblick auf die Nürnberger Straße und die dahinter verlaufenden Bahnschienen war nicht der schönste, aber sie hörte ein paar Vögel zwitschern. Die Hauptverkehrszeit morgens zwischen sieben und acht Uhr war bereits vorüber. Kristina ging ins Bad, putzte sich die Zähne und nahm eine schnelle Dusche, die sie im Stillen für sich als Speed-Dusche bezeichnete. Während sie sich abtrocknete, beschloss sie, die Strecke ins Präsidium zu laufen. Wenn sie stramm zumarschierte, würde sie nicht länger als zwanzig Minuten brauchen. Sie setzte Kaffeewasser im Wasserkocher auf, drückte auf den Schalter der Kaffeemühle, die stets darauf eingestellt war, Pulver für zwei Tassen auf Mahlgrad eins durchzulassen, und tippte anschließend eine SMS für Breuer, dass er nicht zu kommen brauchte.

»Wir sehen uns um neun Uhr im Büro«, schrieb sie abschließend. »Gruß K.« Kaum hatte sie die Nachricht abgeschickt, erschrak sie. »K.« war die Abkürzung für ihren Vornamen, und damit hatte sie nahezu vertraulich an ihren Untergebenen geschrieben. Sie war wohl noch nicht ganz wach. Hoffentlich fiel es Breuer nicht auf. Sie löffelte das duftende Kaffeepulver in den Handfilter und wusste, Breuer würde es auffallen. Sie würde aber, falls er sie darauf ansprechen sollte, behaupten, sie hätte sich vertippt. Basta. Sekunden darauf schnurrte ihr Handy. Der Kollege hatte geantwortet.

»Guten Morgen. Geht klar. Bis dann.« Keine Unterschrift. Sie rieb sich mit dem Zeigefinger die Nase und überlegte, ob sie sich darüber ärgern sollte, und kam zu keinem Ergebnis.

Eine Dreiviertelstunde später betrat sie ihr Büro im Präsidium in der Werner-Siemens-Straße. Breuer hockte hinter seinem Schreibtisch und nippte an einer Tasse Tee.

»Guten Morgen«, begrüßte sie ihn.

»Guten Morgen, Frau Herbich. Wir können gleich los, wenn Sie möchten. Haben Sie schon die Zeitung gelesen?«

»Natürlich nicht. Ich bin froh, dass ich halbwegs pünktlich aus dem Bett gekommen bin. Ich nehme an, es steht was zu unseren Fällen drin?«, fragte sie.

»Ja. Sehen Sie.« Breuer klappte den Kurier zu, um ihr die Titelseite zu zeigen, auf der eine große Schlagzeile prangte.

»Grauenhaft: Sander-Töchter gefunden – Mysteriöse Todesumstände in der Horror-Klinik«, las sie.

Sie überflog den darunterstehenden Artikel, in dem, für ihr Empfinden unnötig detailliert, der Fundort und Zustand der Kinder angesprochen wurde. Ebenso wurde von den übrigen Leichenfunden berichtet, von den als OP-Saal ausgestatteten Kellerräumen der alten Psychiatrie sowie über den möglichen Verantwortlichen der unvorstellbaren, aber dem Verdächtigen noch nicht nachgewiesenen Handlungen, die in dem Gebäude stattgefunden hatten. Der Artikel, der beinahe die ganze erste Seite der Zeitung einnahm, war gespickt mit Worten wie Organhandel, Flüchtlinge, illegale Machenschaften und dergleichen. Hier und da gab es über den einzelnen Textabschnitten Zwischenüberschriften. Auch ein Foto der Mädchen war abgedruckt. Kronauers Name fiel nicht, allerdings wurde von dem Chefarzt einer namhaften ortsansässigen Klinik gesprochen, der an den mutmaßlichen Taten beteiligt sein sollte. »Hat der Chefarzt die grauenhaften Funde in Frankensteins Kabinett zu verantworten?«, lautete eine der kleineren Schlagzeilen.

Kristina schob Breuer seine Zeitung wieder zu.

»›Frankensteins Kabinett‹ wird Meining sauer aufstoßen. Wer nicht ganz hinter dem Mond lebt, kann sich einiges zusammenreimen«, sagte sie.

»Ich fürchte, Sie haben recht. Aber es war klar, dass wir die Presse hier nicht heraushalten können. Es ist zu viel passiert und die Sache in der alten Psychiatrie zu groß, um sie noch eine Weile unter Verschluss zu halten. Manchmal kommen ja durch solche Artikel auch Hinweise aus der Bevölkerung, und vielleicht ist etwas dabei, was uns weiterhilft«, sagte Breuer.

Er faltete die Zeitung zusammen.

»Gehen wir?«, fragte er.

Kristina nickte.

Wenige Minuten später waren Breuer und sie unterwegs zum Klinikum, um ein weiteres Gespräch mit Böttcher zu führen. Breuer hatte ihren Peugeot ordnungsgemäß auf dem Parkplatz des Präsidiums abgestellt und ihr ihren Wagenschlüssel auf den Schreibtisch gelegt. Zu ihrer SMS verlor er kein weiteres Wort.

»Wir haben weitere Ergebnisse der Spurensicherung bekommen«, informierte er sie, während Kristina den Wagen Richtung Klinikum lenkte.

»Und?«

»Forsch hat gestern noch jemanden zu Böttcher geschickt, um seine Fingerabdrücke zu nehmen. Es sind tatsächlich reichlich Spuren von dem Mann in der Psychiatrie gefunden worden, hauptsächlich im Keller. Dort wiederum in eigentlich allen Räumen außer dem OP-Saal. Sogar auf dem Schreibtisch in dem Büroraum waren welche, und zwar dort, wo der Besucherstuhl steht.«

»Sehr gut«, sagte sie.

Sie kamen diesem Böttcher immer näher, auch wenn sie nach wie vor nicht wusste, welche Rolle er in beiden Fällen genau spielte.

Wenige Minuten später hatten sie den Parkplatz der Klinik erreicht.

Auf Station 2 bei Zimmer 332 saßen wie angeordnet zwei Polizeibeamte neben der Tür.

Böttcher blickte verkniffen, als sie den Raum betraten.

»Guten Morgen, Herr Böttcher«, begrüßte ihn Kristina. Breuer nickte nur, der Patient gab keine Antwort.

»Wir haben gestern noch ausführlich mit Frau Sander gesprochen. Sie hat uns erzählt, was passiert ist, hat aber ab dem Augenblick, in dem Sie sich bereit erklärt haben, ihr zu helfen, keine Erinnerung mehr.«

Böttcher zuckte mit den Schultern und sah an ihr vorbei. Kristina nahm einen der Besucherstühle und setzte sich in etwa einem Meter Abstand neben sein Bett.

»Sie haben bei unserem letzten Gespräch behauptet, die

verlassene Psychiatrie in Bad Berneck nicht zu kennen. Sie erinnern sich?«, fragte sie.

Er gab keine Antwort und mied weiterhin ihren Blick.

»Ein Kollege von uns war gestern bei Ihnen, hat Ihre Fingerabdrücke genommen und mit denen aus der Klinik verglichen. Sie waren dort und das öfter, bei der Vielzahl der Abdrücke, die wir in nahezu allen Räumen gefunden haben«, fuhr sie fort.

Böttchers Kiefermuskeln arbeiteten.

»Möchten Sie dazu etwas sagen?«, erkundigte sich Breuer höflich, der wie am Vortag am Fußende des Bettes stand. Böttcher schüttelte den Kopf.

»Gut. Dann sage ich Ihnen dazu noch etwas«, sagte Breuer, beinahe freundlich. »In besagter Psychiatrie haben wir zudem eine Vielzahl an Toten gefunden. Zunächst einmal die Sander-Töchter. Wenn ich jetzt an dem Punkt anknüpfe, an dem Frau Sander sich angeblich an nichts mehr erinnern kann, schlussfolgere ich, dass Sie die Mädchen dorthin gebracht haben. Sie kennen also die Örtlichkeiten vermutlich ziemlich gut. Wo die Kinder, ich nenne es mal: ›deponiert‹ wurden, brauche ich Ihnen nicht erzählen, nicht wahr?«

Böttcher starrte auf die Bettdecke.

»Außer Antonia und Natalie lagerten in den nicht mehr funktionsfähigen Kühlkammern des ehemaligen Leichenhauses der Klinik auch noch die bereits in den Verwesungsprozess übergegangenen Körper von fünf jungen Männern. Drei von ihnen konnten wir mittlerweile identifizieren. Es handelt sich ausnahmslos um Flüchtlinge. Auch die anderen beiden sind eindeutig nicht deutscher Herkunft. Sämtliche Männer wurden regelrecht ausgeschlachtet, das heißt, ihnen wurden Organe entnommen. Die Psychiatrie ist in den Kellerräumen zum Teil wie eine kleine Klinik ausgestattet«, übernahm Kristina wieder das Wort.

Böttchers Blick ging ins Leere, als wäre er geistig nicht mehr anwesend. Sie war sicher, er hörte dennoch genau zu.

»Ich nehme an, Sie kennen Chefarzt Ralph Kronauer?« Sie ließ ihn nicht aus den Augen.

Böttchers Schultern zuckten, nur ganz leicht, dann hatte er sich wieder unter Kontrolle.

»Ja oder nein?« Sie sprach jetzt lauter und härter.

»Nein, ich kenne ihn nicht. Und ich will einen Anwalt.« Rote Flecken zeigten sich an Böttchers Hals und Wangen. Der lila Fleck an seinem Wangenknochen schimmerte heute hier und da gelb-grün. Der Mann hielt den Kopf eingezogen, und seine Schultern schienen angespannt.

»Wir kriegen Sie auch so«, sagte Kristina gelassen.

»Sie wissen schon, dass Kooperationsbereitschaft in vielen Fällen für Strafmilderung sorgt?«, warf Breuer ein.

Kristina musterte den Mann, in dessen Miene sie feige Angst gepaart mit Wut und Sturheit sah.

»Also gut.« Unerwartet ließ er die Schultern sinken. »Ja, ich habe die Kinder in die Psychiatrie gebracht. Ich kenne aber weder diesen Kronauer, noch habe ich etwas mit den anderen Toten zu tun.« Er sprach ruhig.

»Nein?«, fragte Breuer, als wollte er sich vergewissern.

»Nein«, antwortete Böttcher. »Mareike war in der Tat am Durchdrehen. Sie war …« Er räusperte sich. »Sie war absolut hysterisch, als ich in der Hohen Leite angekommen bin. Ich hab mir sofort gedacht, dass sie was mit Manuel am Laufen hat und irgendwas passiert ist. Ständig ist sie um ihr Auto herumgerannt. Die beiden hinteren Türen standen offen, und sie hat nach den Kindern gesehen. Ich dachte, sie schlafen oder sind krank. Ich hab erst mal nichts verstanden. Dann bin ich ins Haus, und da lag mein Bruder tot im Schlafzimmer.«

»Sie haben Frau Sander in ihrem Zustand alleine mit den toten Kindern gelassen?«, fragte Breuer.

»Ja. Ich wusste doch nicht, dass sie tot sind, und aus Mareike war kein klares Wort herauszubringen«, erwiderte Böttcher und zuckte mit den Schultern.

»Und als Sie Ihren Bruder aufgefunden haben, haben Sie auch keine Notwendigkeit gesehen, einen Arzt zu rufen?«, erkundigte sich Kristina.

»Richtig. Mareike ist selber Ärztin. Ich hab mir Manuel angesehen und bin dann wieder raus zu Mareike. Sie saß zitternd und zähneklappernd am Boden neben dem Auto und sagte, alle drei wären tot. Ich hab überhaupt nichts kapiert. Meinem Bruder hab ich es angesehen, dass er nicht mehr am Leben war, so blau verfärbt, wie sein Gesicht war. Außerdem standen die Augen ein Stück offen und waren verdreht.« Es schien ihn nicht zu berühren.

»So was ist unterlassene Hilfeleistung«, ließ sich Breuer vernehmen.

»Wie gesagt, ich habe mich auf Mareikes Aussage verlassen«, erwiderte er.

»Obwohl die Frau sichtlich unter Schock stand?«, fragte Kristina und beherrschte mühsam die aufsteigende Wut.

»Meine Güte, ja. Es war auch für mich eine Ausnahmesituation.«

»Hat Frau Sander Ihnen erzählt, was genau passiert ist?«, erkundigte sich Breuer.

»Nicht wirklich. Ich hab es mir aufgrund der Situation zusammengereimt. Ich dachte, sie hat schreckliche Angst, für alles zur Rechenschaft gezogen zu werden. Immerhin hat sie die Kinder bei der Gluthitze alleine im Auto gelassen, wahrscheinlich, um mit Manuel eine Nummer zu schieben. Lagen ja auch die Kondome auf dem Nachttisch.« Böttcher strich mit einer Hand seine Bettdecke glatt. »Jedenfalls dachte ich, ich nehm die Kinder mit und … ja … ich …«

»Ja?«, fragte Kristina.

»Ich weiß, es war ein fataler Fehler. Ich konnte in dem Moment selber nicht mehr denken. Ich wollte die beiden zu einem Arzt bringen. Unterwegs ist mir klar geworden, dass … nun … wie sieht denn das aus? Ich kann doch nicht mit zwei toten Kindern in einer Praxis erscheinen. Was hätte ich denn sagen sollen? Ich hab mich entschieden, sie im Wald zu vergraben, und habe einen Platz in der Nähe der Psychiatrie gesucht. Die Gegend dort ist recht einsam. Ich kenne die Klinik tatsächlich, ein Urgroßvater von mir hat dort gearbeitet, und mein Großvater hat mir die Räume mal gezeigt, da war ich noch ein Teenager. Er hat eine Hintertür aufgehebelt.« Ein flüchtiges Lächeln umspielte seine Mundwinkel. »Mein Großvater ist verstorben. Er kann nicht mehr belangt werden.« Sein Lächeln erlosch. »Ich hatte aber keine Schaufel dabei. Ich war völlig durcheinander und dachte spontan, ich lege die Kinder in die Klinik, am besten in den Keller. Was glauben Sie, wie fassungslos ich war, als ich gesehen habe, dass dort unten irgendwas im Gange ist.«

Kristina erhob sich so plötzlich, dass Böttcher zusammenzuckte, und sogar Breuer schien überrascht.

»Ich höre mir Ihre Geschichten nicht länger an, Herr Böttcher. Wir werden Anklage gegen Sie erheben, wegen Entführung, Erpressung, unterlassener Hilfeleistung et cetera.«

»Nein! Ich habe die Kinder nicht entführt! Ich habe Ihnen doch eben erzählt, wie es war!«

»Sie basteln eine hanebüchene Story zusammen. Woher kommt das Lösegeld?«

»Weil ich im Nachhinein Profit aus der Sache ziehen wollte. Es tut mir leid, es ist unverzeihlich.« Er zitterte, doch statt Reue spiegelte sich in seiner Mimik nackte Angst.

»Allein das ist eine Straftat!«, fuhr sie ihn an. »Was ist mit Kronauer?«

»Ich kenne den Mann nicht.« Er verschränkte die Arme vor der Brust. Ein Büschel seiner dunklen Haare fiel ihm in die Stirn und verlieh ihm einen finsteren Ausdruck.

»Das ist schwer zu glauben. Unsere Ermittlungen haben ergeben, dass Kronauer auf jeden Fall mit der geheimen Klinik und den toten Männern etwas zu tun hat. Wenn Ihre Aussage, Sie hätten ›nur‹ die Mädchen in die Psychiatrie gebracht, weil Sie nicht wussten, wohin mit den Kindern, stimmt, dann dürften Ihre Fingerabdrücke nicht auch in den Büroräumen im Keller gewesen sein. Unter anderem an einem Besucherstuhl und an der Kante des Schreibtisches, vor dem der Besucherstuhl steht. Oder haben Sie sich ernsthaft dort unten ein wenig ausgeruht, ehe Sie die Psychiatrie wieder verlassen haben?«

Böttcher gab keine Antwort.

»Passen Sie auf, Böttcher«, sagte Breuer und stützte sich

dabei mit den Händen am erhöhten Fußende des Klinikbetts ab. Kristina stellte überrascht fest, dass er auf eine höfliche Anrede verzichtet hatte. Ohne dass sie es hätte begründen können, stieg er in ihrer Achtung.

»Es ist eigentlich ganz einfach. Sie haben mindestens drei Todesfälle vertuscht. Den Ihres Bruders und den der Sander-Mädchen. Sie haben eine hohe Summe Lösegeld erpresst, indem Sie zumindest Robert Sander Hoffnung gemacht haben, er bekäme seine Kinder lebend wieder, wenn er zahlt. Das zeugt von absoluter Grausamkeit und Gefühlskälte. Es gibt bisher rein gar nichts, was vor Gericht für mildernde Umstände sorgen könnte.«

Böttcher presste die Lippen aufeinander.

»Wir haben einen Zeugen, der Sie im Keller der Psychiatrie gesehen und gehört hat«, sprach Breuer weiter.

»Unsinn«, fuhr Böttcher ihn an.

»Wir werden Sie dem Zeugen, besser gesagt, der Zeugin, gegenüberstellen«, ergänzte Breuer ruhig.

»Das kann nicht sein.« Seine Stimme hob sich und bekam einen schrillen Unterton.

»Oh doch«, erwiderte Breuer ungerührt.

»Sie lügen. Sie wollen mich in die Enge treiben«, sagte Böttcher sichtlich erregt und fuchtelte mit einer Hand. Das Haarbüschel, das ihm in die Stirn gefallen war, bewegte sich. Er strich es ungehalten zurück, doch es fiel sofort wieder in die ursprüngliche Position.

Kristina erhob sich von ihrem Stuhl.

»Sie werden ins Untersuchungsgefängnis überstellt, sobald Sie transportfähig sind«, sagte sie.

Böttcher gab keine Antwort.

58

»So ein sturer Hund«, sagte Kristina, als sie wieder auf dem Flur des Klinikums standen.

Breuer zuckte mit den Schultern.

»Es war nicht anders zu erwarten«, sagte er. »Warum sollte er mehr zugeben, als wir mehr oder weniger sowieso schon wissen? Dumm ist er nicht. Er wird sich kaum selber ans Messer liefern.«

»Ich hatte gehofft, er verliert die Nerven«, gab Kristina zu.

Breuers Schuhsohlen quietschten auf dem Linoleumbelag des Flures.

»Ich schon auch. Deswegen habe ich auch versucht, ihn noch ein bisschen mehr in die Enge zu treiben, von wegen der Zeugin, Sie wissen schon«, sagte Breuer.

»Von welcher Zeugin reden Sie eigentlich? Doch nicht etwa Hannah Kopinski?«

»Doch.«

»Aber laut ihrer Aussage hat sie doch so gut wie nichts gesehen«, wandte Kristina ein.

»Schon. Aber sie hat die Stimmen der Männer gehört. Ein bisschen was erhoffe ich mir davon durchaus.«

»Hm.« Zweifelnd wiegte Kristina den Kopf. »Selbst wenn. Ob das unter den Umständen dem Staatsanwalt ausreicht? Hannah war in einer furchtbaren Lage. Es ist ziemlich unwahrscheinlich, dass sie sich erinnert.«

Breuer nickte.

»Ich hab aber auch keinen besseren Vorschlag. Sie?«

»Nicht wirklich. Aber vielleicht können wir Kronauer und Böttcher einander gegenüberstellen.«

»Ach was.« Breuer grinste. »Und vorher erzählen wir beiden, der jeweils andere hätte gegen ihn ausgesagt, was? Ein ganz alter Trick.«

Kristina blieb stehen. Sie hatten den Ausgang des Klinikums erreicht.

»So schlecht finde ich die Idee gar nicht. Ich bin sicher, die beiden kennen sich, auch wenn Böttcher was anderes behauptet, und sie hängen gemeinschaftlich in den Machenschaften in der Psychiatrie drinnen. Wir müssen nur noch herausfinden, wer der Drahtzieher ist und wie alles zusammenhängt.«

»›Nur noch‹ ist gut«, erwiderte Breuer und lächelte schwach. »Was machen wir jetzt?«

»Wir befragen noch einmal Kronauer und konfrontieren ihn mit dem Teil, den wir sicher wissen. Nämlich, dass Böttcher zugegeben hat, die Sander-Mädchen in seinem Gruselkabinett abgelegt zu haben. Mal sehen, wie er reagiert, wenn wir ihm erzählen, dass sich außer ihm noch jemand dort aufgehalten hat. Es muss doch möglich sein, dass der Kerl irgendwann wenigstens nervös wird.«

»Schauen wir mal«, sagte Breuer. »Fahren wir zu ihm?«

»Nein. Wir lassen ihn ins Präsidium überstellen. Sie dürfen sich gern darum kümmern, während wir zurückfahren. Umso schneller können wir mit ihm reden«, wies Kristina ihren Mitarbeiter an.

»Selbstverständlich«, brummte Breuer.

»Warten Sie. Wir erkundigen uns, ob Böttcher noch mal transportfähig ist. Falls ja, soll er auch kommen. Wir stellen die Herren einander gegenüber, ohne irgendwelche falschen Behauptungen aufzustellen, von wegen der jeweils andere hätte eine Aussage gemacht. Vielleicht verliert dann einer die Contenance«, sagte sie aus einer plötzlichen Eingebung heraus.

»Und falls nicht?«, fragte Breuer.

»Dann warten wir mit der gemeinsamen Vernehmung, bis Böttcher so weit ist. Ach ja, und noch was. Ich hätte auch gerne Hannah Kopinski im Präsidium. Sie soll sich die Männer durch den Einwegspiegel ansehen. Vielleicht erinnert sie sich doch an etwas.«

59

Drei Stunden später wurde Kronauer in einem Rollstuhl in Kristinas Büro gebracht. Seine Gestalt war hagerer, als Kristina sie in Erinnerung hatte. Bei seinem Eintreffen trug er Handschellen. Sie ließ sie ihm abnehmen. Seine Schultern waren eingesunken, dennoch spiegelte sich Wut in den Zügen des Mannes.

»Was soll das? Mich hierher transportieren zu lassen wie einen gefährlichen Verbrecher! Sie hätten zu mir kommen können, wenn Sie etwas von mir wollen!«

Weder Kristina noch Breuer gingen auf seine Worte ein.

»Wir warten noch einen Augenblick mit der Befragung«, informierte Kristina ihn stattdessen.

»Und worauf, wenn ich fragen darf?«, fuhr er sie an. Kristina erwiderte seinen Blick.

»Sie dürfen nicht. Aber es kann nicht mehr lange dauern«, sagte sie ruhig.

»Ich bin ein kranker Mann, Frau Kommissarin. Ich brauche Ruhe …«

»Ich bin ganz Ihrer Meinung, dass Sie krank sind«, unterbrach sie ihn. »Allerdings meine ich, dass Ihre Erkrankung hier oben sitzt.« Sie tippte sich an die Schläfe.

Kronauer lief rot an.

»Das ist eine Unverschämtheit! Solch eine Beleidigung lasse ich mir nicht bieten! Ich werde mich über Sie beschweren.« Seine Kiefer mahlten aufeinander.

»Tun Sie das«, antwortete sie ruhig. Sie rechnete damit, dass er damit drohen würde, Breuer als seinen Zeugen für ihre Geste zu benennen, doch offenbar war Kronauer klar, dass er damit nichts erreichte.

Es klopfte an der Tür. Kurz darauf schob ein Polizeibeamter einen zweiten Rollstuhl ins Zimmer. In diesem saß Böttcher. Böttcher zuckte zusammen, als er Kronauer sah, und wandte sofort den Blick ab.

Auch Kronauers Gesichtszüge entglitten ihm einen Moment, doch er hatte sich rasch wieder unter Kontrolle.

Kristina sah wechselweise beide Männer an.

»Ich denke, ich brauche Sie einander nicht vorzustellen«, sagte sie ruhig.

Weder Kronauer noch Böttcher gaben eine Antwort. Böttcher zerrte am Kragen seines T-Shirts. Auf seiner Stirn standen Schweißperlen.

»Möchte einer von Ihnen etwas sagen?«, fuhr sie fort.

Kronauer schnaubte. »Das reinste Affentheater hier.«

»Gut. Fassen wir zu Beginn unseres Gespräches noch einmal zusammen«, beschloss Kristina. »Von Ihnen beiden wurden reichlich Spuren im Keller der verlassenen Psychiatrie im Wald von Bad Berneck gefunden. Außerdem in der ehemaligen Kühlkammer des Leichenkellers fünf junge Männer, in einzelnen Fächern aufbewahrt. Den Männern wurden allesamt Organe entnommen. Sie wurden regelrecht ausgeschlachtet. Wir gehen davon aus, dass es sich um illegale Organbeschaffung handelt. In einem der Fächer lagen die Sander-Mädchen. Sie dürften von dem Vermisstenfall wissen. Die Mädchen sind ebenfalls tot, aber körperlich unversehrt. Zudem wurde in dem Keller eine junge Frau gefangen gehalten, die es geschafft hat zu fliehen.«

Kristina machte eine kurze Pause und blickte wieder von einem zum anderen. Böttcher rieb mit der rechten Handfläche über seinen Oberschenkel. Kronauer sah gelangweilt drein.

»Sie, Herr Chefarzt«, fuhr sie fort und sah ihn an, »haben die Verfolgung der Frau aufgenommen. Sie konnte Ihnen mit Hilfe des pensionierten Pfarrers von Bad Berneck entkommen. Daraufhin sind Sie gewaltsam in das Haus des Mannes eingedrungen, und nur durch eine Verkettung für Sie ungünstiger Umstände gelang es Ihnen nicht, die junge Frau zurückzuholen. Oder zu töten. Vielleicht war das Ihr Bestreben.« Sie holte Luft. Kronauers Lippen glichen einem Strich. »Vermutlich hatten Sie auch vor, den Pfarrer zu töten, doch hier können wir nur spekulieren. Naheliegend ist es, Ihnen kann schließlich jeder Zeuge gefährlich werden. Apropos Zeuge.« Sie wandte sich Breuer zu. »Ist die Zeugin hier?«

»Ja«, bestätigte ihr Kollege.

Zufrieden stellte Kristina fest, dass Böttchers Schultern zitterten. Er hatte eindeutig die schlechteren Nerven.

»Gut«, sagte sie und sah Böttcher an. »Sie haben zugegeben,

die Sander-Mädchen in einer der defekten Kühlkammern abgelegt zu haben, weil Sie Mareike Sander helfen wollten.«

Kronauers Kopf fuhr herum. Wütend sah er Böttcher an. Seine Hände ballten sich zu Fäusten, bis die Knöchel weiß wurden. Böttchers Nasenflügel bebten, und er wich dem Blick des Arztes aus.

»Habe ich mich bis hierher verständlich ausgedrückt?«, fragte Kristina und musterte erst Böttcher, dann Kronauer.

»Was wollen Sie von mir?«, keuchte Böttcher. »Ich habe nur Mareike helfen wollen. Mit den Flüchtlingen hab ich nix zu schaffen. Das war er!«

Mit zitternder Hand wies er auf Kronauer.

»Bist du bescheuert?«, fuhr ihn dieser an.

»Ich hab jetzt genug! Du hast mich in diese ganze Scheiße reingezogen!«, brüllte Böttcher und riss am Kragen seines T-Shirts.

»Er ist nicht bei Trost. Ich habe mir nicht das Geringste zuschulden kommen lassen«, behauptete Kronauer. »Im Gegenteil. *Ich* hab ihn in dem Keller erwischt. *Er* ist derjenige, den Sie suchen«, regte er sich auf.

»Nein!« Böttchers Stimme überschlug sich, und er schnaufte lautstark beim Reden. »Wenn du größenwahnsinniger Verbrecher jetzt versuchen willst, mir deine Schandtaten anzuhängen, dann pack ich aus! Ich sage alles!«, schrie er und machte Anstalten, aus seinem Rollstuhl aufzustehen, indem er seine Hände auf die Räder stemmte. Mit schmerzverzerrtem Gesicht ließ er sich wieder in den Stuhl sinken.

»Man wird dir kein Wort glauben«, zischte Kronauer. Wut und Hass flackerten in seinen Augen.

Kristina wandte sich Böttcher zu.

»Erzählen Sie«, forderte sie ihn auf, während sie aus einer ihrer Schreibtischschubladen ein Aufnahmegerät zog.

»Was machen Sie da?«, erkundigte sich Böttcher. Seine Zähne schlugen beim Reden aufeinander, und er fixierte das Tonband.

»Wir nehmen Ihre Aussage auf«, erklärte Breuer.

»Von mir aus.« Böttcher gab ein keuchendes Geräusch von sich. »Mir ist jetzt alles egal. Ich habe niemanden getötet. Niemanden!«

»Halt die Schnauze!«, brüllte Kronauer.

Sein Gesicht war dunkelrot angelaufen, und er bewegte sich hektisch auf seinem Stuhl, eindeutig ebenso wenig in der Lage aufzustehen wie Böttcher.

»Herr Kronauer, vielleicht ist es besser, Sie warten draußen«, sagte Kristina, hob den Hörer ihres Telefons ab und erbat über die Zentrale einen Beamten.

Kronauer fluchte, tobte und drohte Böttcher, sich gut zu überlegen, wessen er ihn hinter verschlossener Tür beschuldigen wollte.

Nachdem ein Kollege den aufgebrachten Chefarzt mitgenommen hatte, drückte Kristina die Aufnahmetaste des Aufzeichnungsgerätes. Sie nannte den Namen der zu befragenden Person sowie das Datum und den Grund der Vernehmung, ehe sie Böttcher ein Zeichen gab zu sprechen.

Böttcher schwitzte. Er stützte in vorgebeugter Haltung die Ellbogen auf die Armlehnen des Rollstuhls und ließ die Hände baumeln. Sein Blick war zu Boden gerichtet.

»Ich kenne Kronauer schon lange, ebenso wie Mareike. Ich habe seinerzeit auch ein Medizinstudium angefangen, aber nur ein paar Semester durchgehalten. Ich bin, nachdem ich das Studium abgebrochen hatte, für ein paar Jahre nach München gegangen. Dann ist mein Vater krank geworden, und ich musste zurück. Kurz darauf hab ich Kronauer zufällig wiedergetroffen. Ich war finanziell ziemlich am Ende, und er hat mir einen Job angeboten für richtig viel Geld. Einzige Voraussetzung war: kein Wort zu niemandem.«

Er machte eine Pause und schien nachzudenken. Kristina wartete ab.

»Ich sollte vernünftig denken, hat er gesagt. Ich könnte in doppeltem Sinne etwas Gutes tun.« Er atmete schwer.

»Was hat er gemeint?«, fragte Breuer, der sich inzwischen auf den Besucherstuhl gesetzt hatte, der neben Kristinas Schreibtisch stand. Böttcher wischte sich den Schweiß von der Stirn.

»Mein Vater war achtundsiebzig Jahre. Er hätte eine neue Lunge gebraucht. Aber ... es gab keine. Verstehen Sie?« Er hob den Kopf und sah Kristina sowohl flehend als auch furchtsam an.

»Nein«, erwiderte sie.

Böttcher rang nach Luft. »Ich habe Kronauer davon erzählt.«

»Und?«, fragte Breuer.

Böttcher sah wieder zu Boden. »Danach hat er mir das Angebot gemacht.« Er hielt den Kopf weiter gesenkt.

Sowohl Kristina als auch Breuer warteten ab. Nach einer schier endlosen Weile sprach Böttcher weiter.

60

»Unser Land«, raunte Kronauer und beugte sich ein Stück zu ihm rüber. Sein Atem streifte Böttchers Ohr. Es kitzelte, doch er wagte nicht, zurückzuweichen. Stattdessen fühlte er sich wie gelähmt. »Unser Land wird überschwemmt von diesen Schmarotzern! Die setzen sich hier fest! Wollen ihre Sitten, Gebräuche und Kulturen hier leben und verbreiten und saugen uns aus. Willkommenskultur! Dass ich nicht lache. Lies die Zeitungen, hör Radio, sieh fern oder schau ins Internet. Jeden Tag geschehen neue Verbrechen, weil diejenigen, die unsere Regierung gegen den Willen der Mehrheit unserer Gesellschaft hier hereinlässt, nicht bereit sind sich anzupassen, zu integrieren, dankbar zu sein. Nein! Sie nehmen nur! Sie bringen uns und unsere Frauen und Kinder in Gefahr.«

Kronauer, der die ganze Zeit mit unterdrückter Stimme gesprochen hatte, jedoch auch zunehmend aufgebracht und eindringlich, machte eine Pause und sah sich um. Sie saßen ganz allein auf der Bank im Kurpark Bad Berneck. Weit und breit kein menschliches Wesen, nur ein paar Spatzen hüpften über den gekiesten Weg. In etwa hundert Metern Entfernung schob eine alte Frau bedächtig ihren Rollator vor sich her. Sonst war um die frühe Uhrzeit an dem trüben Frühlingstag noch niemand im Park unterwegs. Böttcher konnte ein kleines Eckchen der altehrwürdigen Kolonnaden zwischen den Bäumen aufragen sehen. Das Gebäude schmiegte sich an einen dicht bewachsenen Hügel dahinter. Auf den Rasenflächen blühten hier und da die ersten Krokusse. Es war kalt, und die Sonne mochte sich nicht blicken lassen.

»Stell dir vor, du hättest die Möglichkeit, deinem Vater eine Lunge zu kaufen und ihm damit zu helfen. Würdest du es tun?« Kronauer sprach jetzt wieder ruhiger, aber nach wie vor leise.

Böttcher durchrann ein Schauer. Welche Frage. Er wollte sie nicht beantworten müssen.

»Es ist ganz einfach.«

Kronauers Stimme war noch immer verhalten, und er blickte sich immer wieder um. Hinter ihnen befand sich eine weitläufige Grünfläche, vor ihnen die fast leeren Spazierwege. Die alte Frau kam nur sehr gemächlich voran.

»Ich gebe dir das Betäubungsmittel. Du nimmst Kontakt zu Personen auf, die dir geeignet scheinen. Ich brauche junge Männer, die sind mir lieber als Frauen. Bau ein wenig Vertrauen auf. Unternimm was mit ihnen, aber sorge dafür, dass ihr niemandem auffallt. Dann verabreichst du ihnen die Spritze und bringst sie in die alte Psychiatrie. Der Rest ist meine Sache. Wenn ich getan habe, was sein muss, entsorgst du die Körper.«

Böttcher spürte kalten Schweiß vom Kopf bis zu den Zehen.

»Das kann ich nicht«, krächzte er.

»Überleg es dir. Wenn du mir einen geeigneten Probanden bringst, ist die erste Lunge für deinen Vater. Gratis und die Bezahlung obendrauf für dich. Für jeden weiteren Mann gebe ich dir so viel, dass du über kurz oder lang ein reicher Mann bist.«

»Ich kann das nicht.« Ihm war schlecht.

»Doch. Nach den Organentnahmen entsorgst du die Toten. Ich habe zwei Zinksärge im Keller der Psychiatrie. Damit fährst du sie ins Krematorium, immer wenn Bruno Kretschmar Dienst

hat. Es ist alles besprochen. Auf ihn ist Verlass, dafür wird er auch genug kassieren. Er packt sie mit in Särge, die zeitnah eingeäschert werden. Wenn Kretschmar keinen Dienst hat, legst du die Reste vorübergehend in ein Fach in der Kühlkammer. Sie dürfen nicht zu lange liegen, die Kühlung ist defekt.«

Hinter Böttchers Stirn stach und pulsierte es. Das war alles nicht real. Das war ein Alptraum. Kronauer konnte doch nicht glauben, dass er sich auf eine solch ungeheuerliche Sache einließ.

»Es gibt nichts zu überlegen, Jörg«, redete Kronauer auf ihn ein. »Denk an die Lunge für deinen Vater. Er ist ein alter Mann. Keiner weiß, wie viel Zeit er noch hat. Außerdem organisierst du Organe für Menschen, die ohne eine Transplantation keine Chance mehr haben. Es gibt viel zu wenig Spender. Du hilfst mir, etwas sehr Gutes zu tun.«

»Aber Ralph«, wagte er einzuwenden. »Du kannst doch nicht ...«

»Was?« Beinahe höhnisch lächelnd wandte Kronauer ihm das Gesicht zu.

»Menschen, die Schreckliches erlebt haben und unter unmenschlichen Bedingungen in unser Land geflohen sind ...« Er war nicht sicher, ob er es aussprach oder nur dachte. Neben ihm saß ein Irrer.

»Papperlapapp. Es wurde keiner gezwungen, in unser Land zu kommen. Hast du die Zeitung gelesen? Immer wieder gibt es Übergriffe auf unsere Frauen. Soll das so weitergehen? Bald leben hier mehr Ausländer als Deutsche. Und der Staat kassiert brutal von unserem hart erarbeiteten Geld, um dieses Pack zu finanzieren. Es ist nicht zu fassen!«

Kronauer wandte sich ihm nun mit dem ganzen Körper zu. Seine Augen funkelten wie im Wahn.

»Mir«, sagte er, betonte das Wort mit allem Nachdruck und bohrte seinen Zeigefinger gegen seine Brust. »Mir ist es gegeben, wenigstens im Kleinen einzugreifen. Ich kann etwas tun, um unser Land wieder ein Stückchen sauberer zu kriegen, und gleichzeitig unseresgleichen helfen! Verstehst du das?«

Herr im Himmel, wenn er nur einfach aufwachen könnte.

Schweißgebadet und zitternd in seinem Bett liegen und sich mit Entsetzen an diesen Alptraum erinnern. Kronauer ließ ihm keine Chance.

»Du und ich«, flüsterte er, und in seinem Blick lag etwas, was Böttcher Todesangst einjagte. »Wir beide.« Er fixierte ihn, als wollte er ihn hypnotisieren. »Wir reinigen unser Land und schenken Schwerstkranken eine Zukunft! Ist das nichts?«

Böttchers Mund und Kehle waren so trocken, dass es schmerzte.

»Aber wir müssen stillschweigen. Glaub mir, es denken sehr viele so wie du und ich. Aber die wenigsten haben den Mut, dazu zu stehen. Wir handeln. Im Stillen.«

Plötzlich rückte Kronauer ein Stück von ihm ab.

»Solltest du auf die irrsinnige Idee kommen, mich bei der Polizei anzuschwärzen, bist du der Nächste, der stirbt. Auch wenn ich aus deinen Organen dann wohl nichts mehr machen kann.« Er redete jetzt ruhig und sicher, der Fanatismus war aus seiner Stimme gewichen. Er lächelte ihn an, während er sprach.

61

Oh mein Gott, ging es Kristina durch den Kopf. Sie war derart erschüttert, dass sich ihr Körper anfühlte wie mit winzigen Eiskugeln gefüllt. Sie fror und zitterte, und es gelang ihr nicht, sich gegen diese innere Kälte zu wehren. Es war unvorstellbar, was Böttcher eben erzählt hatte.

»Es tut mir so leid«, flüsterte Böttcher. Sein Gesicht war grau, die Mundwinkel hingen nach unten. »Ich wollte das nicht. Wirklich nicht. Aber ich hatte eine Scheiß-Angst vor Kronauer, und ich hab es getan.« Er schluckte mühsam.

Kristina überlegte, ob sie ihm ein Glas Wasser anbieten sollte, und fühlte sich nicht dazu in der Lage. Breuer erhob sich wortlos, holte eine Flasche Wasser von einem hüfthohen Beistellschränkchen und schenkte Böttcher ein Glas ein. Er stürzte es in einem Zug hinunter.

»Ich wollte aussteigen. Immer wieder. Aber ich hab die Kurve nicht gekriegt. Dann kam die Sache mit Mareike.« Er knetete seine Hände ineinander.

»Und darin haben Sie Ihre Chance gesehen, alles hinter sich zu lassen?«, fragte Breuer sachlich.

Böttcher nickte eilig.

»Ja. Mareike und ihr Mann sind vermögend. Ich dachte, ich räume mit einem Schlag groß ab. Dazu die Ersparnisse von dem, was Kronauer mir gezahlt hatte. Damit wollte ich in die Schweiz und neu anfangen. Am besten sogar mit einer neuen Identität, damit er mich nicht doch noch kriegt.« Er hatte schnell gesprochen.

Kristina hatte das Gefühl, in der Nähe des Mannes zu ersticken.

»Herr Böttcher, wir lassen Sie jetzt in die Haftanstalt bringen. Sie können sich auf eine lange Anklageschrift gefasst machen. Mehrfacher Mord, Beihilfe zum Mord, Vertuschung einer Straftat, Erpressung et cetera«, sagte sie. Böttcher schüttelte den Kopf.

»Das können Sie nicht machen.« Seine Stimme klang verzweifelt. »Ich habe Ihnen doch gesagt, wie es war. Kronauer hat mich gezwungen. Ich wollte das alles nicht.«

»Mit diesen Details werden sich Richter, Anwälte und die Staatsanwaltschaft auseinandersetzen.«

Sie stand auf, verließ den Raum und zog hart die Tür hinter sich zu. Ihre Knie zitterten, und sie hatte Schwierigkeiten zu atmen. Hilflos stand sie im Gang und sah sich nach allen Seiten um. Dieses Geständnis war mehr, als sie ertrug. Kronauer war ein Wahnsinniger, und Böttcher hatte ihm zugearbeitet. Ohne es begründen zu können, hätte sie sich am liebsten aus dem Fenster im zweiten Stock des Präsidiums gestürzt. Oder noch besser, sie lief hoch in die dritte Etage. Dann fiel sie tiefer und löschte alle grauenhaften Erkenntnisse aus ihrem Gehirn.

Eine Hand legte sich sacht auf ihre Schulter.

»Frau Herbich?« Sie hörte Breuers Stimme. Er sprach behutsam. »Alles in Ordnung?«

Sie merkte, dass sie ans Fenster getreten war. Ihre Stirn lag an der kühlen Scheibe, die Handflächen hatte sie auf das alte Sims aus Marmor gestützt. Ein paar Krümel und Staub hafteten nun an ihrer Haut.

»Es ist so abscheulich«, antwortete sie mühsam. Noch immer schnürte es ihr die Luft ab.

»Ja«, bestätigte Breuer und nahm seine Hand von ihrer Schulter. Augenblicklich wurde die Stelle, wo sie gelegen hatte, kühl. Kristina wandte sich vom Fenster ab und säuberte ihre Hände an der Hose.

»Böttcher ist unterwegs in die Haftanstalt«, teilte Breuer ihr mit. »Kronauer wartet noch immer.«

Sie nickte. »Mit dem reden wir jetzt auch noch.«

»Was machen wir mit Hannah Kopinski?«

»Ich denke, sie kann gehen. Nach Böttchers Aussage brauchen wir sie im Moment nicht mehr. Der Staatsanwalt wird es uns wissen lassen, falls er sie doch noch für eine Gegenüberstellung will«, entschied Kristina.

62

»Herr Kronauer, Herr Böttcher hat eine umfassende Aussage gemacht. Möchten Sie uns auch etwas sagen?«, fragte Kristina, so ruhig und sachlich es ihr möglich war.

»Ich habe Ihnen nichts zu sagen. Wenn Sie gegen mich vorgehen möchten, tun Sie das. Ich nehme mir die besten Anwälte. Sie werden nichts erreichen.« Er saß sehr gerade in seinem Rollstuhl.

»Nach den Aussagen Ihrer Helfer kommen Sie nie wieder frei.«

»Die Aussagen müssen erst bewiesen werden«, konterte Kronauer.

»Keine Sorge, die Beweise kriegen wir. Es ist bereits ein Kollege unterwegs, um diesen Herrn Kretschmar vom Krematorium ins Präsidium zu holen. Wir lassen sämtliche Konten überprüfen. Ihre, die von Böttcher, die von Kretschmar. Wir haben auf Ihrem hervorragend gesicherten Computer, den unser Techniker dennoch knacken konnte, eine Liste mit Personen gefunden. Anhand Ihrer Anmerkungen zu den Personen können wir davon ausgehen, dass es sich um Organempfänger oder zumindest Interessenten handelt. Wir werden alle befragen. Seien Sie sicher, irgendjemand knickt ein und erzählt uns genau das, was Sie leugnen.«

Kronauer schnaubte, äußerte sich jedoch nicht mehr.

»Sie haben kaltblütig unzählige Menschen ermordet, um sich zu bereichern. Was glauben Sie, wer Sie sind?«, schaltete sich Breuer ein, der gegen ein Fenstersims gelehnt stand.

»Sie verstehen gar nichts«, erwiderte Kronauer.

»Ich möchte Sie auch nicht verstehen. Für mich zählen Fakten«, gab Breuer zurück.

»Pah!« Wütend schlug der Arzt mit der Faust auf seine flache Hand. »Ihr seid doch alle Idioten! Seht ihr nicht, was ich tue? Ich helfe Menschen, und ich helfe, unser Land zu säubern! Schaut doch mal genau hin! Was hab ich denn getan? Ein paar Ausbeuter unseres Staates durften sich durch meine Hände nützlich machen und einigen Gastgebern das Leben retten! So sieht es doch aus! Aber ihr kapiert nix. Klagt mich diverser Verbrechen an. Seht hin, wen ich gerettet habe. Sprecht mit den Leuten. Sie wären längst unter der Erde, wäre ich nicht eingeschritten.«

»Sie sind übergeschnappt. Ein Psychopath, ein Wahnsinniger. Ich glaube nicht, dass Sie ins Gefängnis müssen. Sie werden in eine geschlossene Psychiatrie eingewiesen werden, möglicherweise für den Rest Ihres erbärmlichen Lebens«, presste Kristina heraus.

»Ach ja?« Mit zusammengekniffenen Augenbrauen beugte sich Kronauer ein Stück nach vorn und versuchte, ihr in die Augen zu sehen. »Sind Sie sicher? Stellen Sie sich vor, Sie oder jemand, der Ihnen nahesteht, braucht ein neues Organ. Auf der verdammten Warteliste stehen Sie ganz unten. Und jetzt komme ich und mache Ihnen ein Angebot. Sind Sie sicher, dass Sie ablehnen würden?«

»Ja!«, fuhr Kristina ihn an und weigerte sich, den Gedanken auf sich wirken zu lassen.

»Respekt. Dann halten Sie sich mal schön die Däumchen, dass Sie nie in so eine Lage kommen.« Kronauer lehnte sich wieder zurück. »Wenn wir nun schon so offen reden, sage ich Ihnen noch etwas. Die junge Frau hat herumgeschnüffelt. Böttcher war so dämlich, sie niederzuschlagen. Sie kam mir trotzdem gelegen. Dass sie fliehen konnte, war eine Verkettung ärgerlicher Umstände. Und mit den Töchtern von Mareike habe ich nichts zu tun. Ich dachte, mich trifft der Schlag, als Böttcher mit den Kindern kam.«

Kristina musterte den Arzt voller Abscheu. »Erzählen Sie uns nicht, Sie wollten die Kinder unversehrt lassen.«

»Natürlich! Ich vergehe mich doch nicht an kleinen Kindern, und an denen von Mareike schon gar nicht. Ich habe Böttcher gesagt, er soll sie schleunigst wegschaffen. Doch der Trottel hat es wieder vermasselt. Dass er die beiden in die Kühlkammer gelegt hatte, wusste ich gar nicht.«

Kristina hob den Telefonhörer von der Station.

»Was machen Sie?«, erkundigte sich Kronauer hörbar misstrauisch.

»Ich lasse Sie zurück ins Gefängnis überstellen.« Sie tippte eine Nummer, sprach kurz mit einem ihrer Kollegen und legte wieder auf.

Wenige Minuten später waren Breuer und sie wieder allein. Kristina war unendlich müde.

»Wir sollten für heute Feierabend machen«, schlug Breuer vor. Kristina versuchte ein Lächeln.

»Die Sander wusste, dass ihre Töchter nicht mehr am Leben sind, und hat ihren Mann zahlen lassen«, sagte sie, ohne auf Breuers Vorschlag einzugehen.

»Ja«, bestätigte ihr Kollege.

»Vielleicht wollte sie die Summe mit Böttcher teilen und ihr bisheriges Leben hinter sich lassen«, spekulierte Kristina.

»Das glaube ich nicht«, hielt Breuer dagegen. »Ich denke, sie wusste einfach nicht, wie sie sich verhalten sollte. Sie konnte kaum versuchen, ihren Mann von der Zahlung der Summe abzuhalten, ohne sich mehr als verdächtig zu machen. Ihr blieb wohl nichts anderes übrig, als es durchzustehen.«

»Wahrscheinlich haben Sie recht«, räumte Kristina ein. »Außerdem frage ich mich, warum Böttcher die Kinder in der Psychiatrie abgelegt hat. Er hätte sie doch wie die jungen Männer mit ins Krematorium bringen können.«

»Das hat er auch. Aber Kretschmar hat ihn an dem Tag abgewimmelt. Die Öfen wären schon kalt, und über Nacht wollte er die beiden keinesfalls im Krematorium haben. Am nächsten Tag hatte er frei. Böttcher konnte also eigentlich gar nicht anders, als die beiden wieder zurückzubringen. Und ab dem Zeitpunkt, so hat er gesagt, ist er nicht mehr ans Handy, wenn Kronauer sich gemeldet hatte, sondern hat versucht, Robert Sander das Lösegeld rauszuleiern. Dessen geheime Handynummer hat er übrigens von Mareike.«

»Sie haben ja offenbar noch gründlich mit ihm gesprochen, während ich draußen war«, sagte Kristina.

»Sicher. Sie waren ja fast eine halbe Stunde vor der Tür«, antwortete Breuer.

»Tatsächlich? So lange? Mir kam es vor wie wenige Minuten.«

»Böttcher hat mir auch noch erzählt, dass für seinen Vater jede Hilfe zu spät kam.«

»Für den alten Mann tut es mir leid. Für Böttcher bestimmt nicht«, sagte Kristina.

»Machen wir jetzt Feierabend?«, fragte Breuer.

»Ja. Und morgen fahren wir noch mal zu Robert Sander, um ihm mitzuteilen, was wir jetzt wissen.«

Breuer erhob sich, wartete ab, bis auch Kristina aufgestanden war, und hielt ihr die Bürotür auf.

63

Robert Sander schien um Jahre gealtert. Seine Haut war fahl und faltig, die dunklen Haare zu lang und von unzähligen grauen Strähnen durchzogen. Dennoch hatte er sie sorgfältig gekämmt. Um seine knochige Gestalt schlotterte die Kleidung. Trotz des warmen Sommertages trug er eine Strickjacke.

»Ihr Geld bekommen Sie selbstverständlich wieder, sobald die Ermittlungen endgültig abgeschlossen sind«, sagte Kristina leise.

Sander nickte stumm.

»Ihre Töchter können jetzt auch … beerdigt werden«, ergänzte sie.

Es schnürte ihr die Kehle zu. Der Mann tat ihr unendlich leid. Wieder nickte er.

Die Stille im Raum, unterbrochen nur vom Ticken einer Uhr und dem unterdrückten Atmen der drei Menschen, die sich im Wohnzimmer befanden, war unerträglich.

»Auf Kronauer und Böttcher wartet der Prozess«, teilte sie Sander mit, hauptsächlich, um etwas zu sagen. »Auf Ihre Frau natürlich auch. Sie könnte allerdings auf Kaution freikommen.«

Sie konnte sich nicht vorstellen, dass Sander bereit war zu zahlen. Mareike Sander hatte sein Leben zerstört, ebenso das ihrer drei Kinder und ihr eigenes.

»Selbst wenn ich wollte, ich habe kein Geld«, antwortete Sander mit gepresster Stimme. Kristina dachte an die Summe, die er zurückbekommen würde. Dennoch nickte sie nur und stand auf.

»Ich wünsche Ihnen viel Kraft, Herr Sander«, sagte sie leise und reichte ihm die Hand. Sander erhob sich ebenfalls und erwiderte müde ihren Händedruck.

Wenige Minuten später standen Breuer und sie wieder vor dem Anwesen. Die Luft war sommerlich warm, windstill und erfüllt vom Duft unzähliger Blüten. Am leuchtend blauen Himmel zogen gemächlich ein paar kleine weiße Wolken entlang. Ein herrlicher Tag. Beinahe zwanghaft sah Kristina zwei kleine Mädchen vor sich, in Sommerkleidern, mit verrutschten Söckchen und in Sandalen, die fröhlich durch den Garten des Elternhauses sprangen.

»Auf uns wartet immer noch Arbeit«, unterbrach Breuer ihre Phantasien.

»Ja, ich weiß«, erwiderte sie. »Berichte schreiben, die Aussage von Kretschmar zu Protokoll nehmen, die Angehörigen der toten jungen Männer verständigen, soweit wir sie ermitteln können, und so weiter.«

»Richtig. Also, fahren wir«, schlug Breuer vor.

»Ja. Und heute Abend besuche ich meinen Onkel. Ich will wissen, wie es ihm jetzt geht.«

Breuer lächelte.

»Machen Sie das.«

64

Die Sonne warf lange Schatten, als Kristina ihren Peugeot hinter dem Wagen ihres Onkels parkte.

Arno meldete mit lautem Gekläff ihre Ankunft, kaum dass sie die Autotür zugeschlagen hatte. Der Dackel kam angerannt und drückte seine Nase durch den abgeblätterten hölzernen Jägerzaun, der die Garagenwand mit der Hausmauer des Pfarrhäuschens verband. Unkraut und Rasen wucherten am Zaun, sodass der Hund bis über den Rücken im Grünzeug stand. Kunze bog um die Hausecke.

»Arno, Klappe«, befahl er, ehe er Kristina anlächelte. »Mein Nichtchen, wie schön. Ich habe mich eben in die Abendsonne gesetzt. Leistest du mir Gesellschaft? Auch ein Bier?«

»Gern, Onkel Johan«, erwiderte sie dankbar und lächelte zurück.

Ein paar Minuten später saß sie mit ihrem Onkel auf dessen Terrasse. Die Pflastersteine waren kreisförmig ausgelegt, und alles, was man daraufstellte, egal ob Stuhl oder Tisch, wackelte. Johan Kunze hatte einige Bierdeckel, die er in diversen Gaststätten hatte mitgehen lassen, zum Ausgleich unter die jeweiligen Beine geklemmt.

»Prost«, sagte er und hob sein Glas.

»Prost«, murmelte Kristina.

»Du hast den Fall also gelöst«, begann der Onkel das Gespräch.

»Breuer und ich«, gab sie zu. Ihr wurde ein wenig wärmer, als sie es aussprach. Der Kollege war ihr tatsächlich eine große Hilfe gewesen. Sie ertappte sich bei dem Gedanken, dass es ihr nicht gefallen würde, würde Willbrandt ihn wieder abziehen.

»Ihr kommt miteinander klar?«, fragte Kunze.

»Ja. Besser, als ich dachte.«

»Schön. Magst du was essen?«

»Nein danke, Onkel Johan. Wie geht's dir? Hast du den Schock überwunden?«

»Welchen Schock? Eine Aufregung war das schon, das kannst du mir glauben. Aber ich war ja nicht alleine. Arno hat mich unterstützt. Guter Junge.« Kunze nickte dem Hund zu. Der Dackel wedelte, und der Pfarrer beugte sich vor, um ihn zu streicheln.

»Heute Nachmittag war ich bei Betty Krüger«, erzählte er. »Das arme Ding tut mir wirklich leid.«

Kristina runzelte die Stirn. Sie überlegte, wie der vermisste Freund der Frau geheißen hatte und ob er unter den bekannten Opfern war. Sie konnte sich nicht erinnern.

»Sie denkt, ihr Freund ist Kronauer in die Klauen geraten?«, fragte sie.

Kunze schüttelte den Kopf.

»Nein. Sie *dachte*, dass es so ist. Deswegen hat sie mich angerufen, als der erste Artikel im Kurier war. Sie war todunglücklich und völlig verzweifelt, wollte sich aber bei mir bedanken, dass ich seinerzeit versucht hatte, ihr zu helfen. Heute bin ich noch mal zu ihr, um nach dem Rechten zu sehen.« Er drehte sein Bierglas in der Hand und musterte den Schaum.

»Und?«, fragte Kristina.

»Sie hat ihn heute Vormittag auf dem Wochenmarkt gesehen, in Begleitung einer anderen Frau.«

»Das tut mir leid«, antwortete Kristina mechanisch.

Sie versuchte, sich in die Lage der Frau zu versetzen. Entsetzen und Enttäuschung hatten ihr wohl den Boden unter den Füßen weggezogen. Doch die Realität war: ein mögliches Opfer weniger gegen den Liebeskummer einer Frau. Der Kummer würde irgendwann vergehen, auch wenn er sicher Narben hinterließ. All diejenigen, die Kronauer auf dem Gewissen hatte, hatten keine Chance mehr.

»Denk nicht so viel nach«, unterbrach Kunze ihre Gedanken. »Mein Nachfolger, Pfarrer Eichner, plant eine Art Singlekreis im Gemeindehaus. Für den Anfang alle zwei Wochen am Sonntagnachmittag. Er sucht jemanden, der ihm in der Planung und bei der Organisation zur Hand geht. Ich erzähl Betty die Tage davon. Vielleicht ist das was für sie, und sie kommt mal raus.«

Ein winziges Lächeln erschien auf Kristinas Gesicht.

»Du hast aber keine Hintergedanken dabei, oder?«

»Natürlich nicht.« Kunze nahm einen großen Schluck Bier, wischte sich über den Mund und schmunzelte.